文學研究叢書・現代詩學叢刊

空間新詩學

——新詩學三重奏之一

The New Poetics of Space

蕭蕭　著

〔新詩學三重奏〕總序

　　萬卷樓版〔新詩學三重奏〕，實際上包含了《空間新詩學》、《物質新詩學》、《心靈新詩學》三書。三重奏，通常指使用三種不同樂器如大、中、小三種提琴，或樂器與人聲如男女高音、中音、低音的搭配演奏與演唱的團體或曲目。此處借用三重奏這個術語，討論新詩中空間的書寫、物質的選擇，心靈的探索等題材論、內容論，顯示大面向相同而趨勢有異的詩學研究。另一方面，以〔新詩學三重奏〕為名，其實也是為了與爾雅版《臺灣新詩美學》（2004）、《現代新詩美學》（2007）、《後現代新詩美學》（2012）合稱的〔新詩美學三部曲〕有所呼應。

　　爾雅版《臺灣新詩美學》、《現代新詩美學》、《後現代新詩美學》的〔新詩美學三部曲〕，在八年間，協助我從講師升等為助理教授、副教授、教授，在論文寫作上有著深厚的革命情感。在明道大學專任的這十四年，除了按部就班的這三本著作外，我還寫了不少論文，如今彙集成書，發現幾乎都聚焦在「境」、「物」、「心」三類元素的追索上，以三重奏為名，其實也有符應〔三部曲〕的頻率。

　　〔新詩學三重奏〕與〔新詩美學三部曲〕合而觀之，都是我在明道十四年的學術研究成果，維繫著汗血般的情義，特別假借七十虛度的名義，付梓問世，一方面感謝明道大學提供我研究、教學、服務、輔導的平臺，更感謝近三年協助我建設人文學院的十二位顧問，他們的捐資義舉，護持善行，銘感五內：李阿利（中美兄弟製藥公司人事經理、大愛電視臺〔茶的幸福告白〕主持人）、李清冠（衛生福利部

健康照護司技正)、呂培川（員林高中、臺中女中校長）、蔡榮捷（社頭朝興國小校長退休、體育博士）、龔華（詩人、作家）、張譽耀（唯心聖教桃園道場住持）、楊朝麟（立善關懷基金會執行長）、杜文賢（新加坡詩人）、林永晟（臺中市偉聯報關公司總經理）、謝建東（漳州長泰龍人古琴村創始人、村長）、張錦冰（漳州長泰龍人古琴村副村長）、曾勝雄（臺灣農業改良場研究員）。同時，我也藉著這次出版，反思自己的學行缺憾，尋找「才開始」的奮起點、更廣遠的挺進空間。

〔新詩學三重奏〕的英譯，沒有採用習用的 Trio，而以 3S 代替，定名為：〔The New Poetics of 3S〕，蓋因空間為 Space，物質是 Substance，心靈可以使用 Spirit，巧合的三個詞彙都以 S 為首，以 3S 為名，說不定可以留下討論的空間。詩學的研究不外乎時與空的選擇及其顯示的意義，時間的討論已多，本書首重空間的觀察，或許可以找出詩人應用空間時自覺或不自覺的潛意識傾向，有助於詩歌內涵的理解。詩作書寫內容可以約簡為心與物的接合、感通、交流、晤談、激盪、糾葛、融會、內化……，因此再追索物質的最基本存在，金木水火土的元素所可能造就的繁複情意，更深入追索心靈的神秘性，那又是一個更廣闊的世界，可能及於浩瀚、無極，但卻樂趣橫生，因此以《空間新詩學》、《物質新詩學》、《心靈新詩學》為名，輕觸端倪，企圖窺見繽紛，首途出發，沿路奇觀疊現，相信新詩發展百年，會有更多繼起之秀，秀出極光瑰麗。

二〇一七年三月寫於明道大學〔蕭蕭玄思道〕旁

目次

〔新詩學三重奏〕總序 ……………………………… 1

第一章　緒論：新詩人所追求的空間與視角 …………… 1

第二章　生命撞擊下的空間詩學：論《商禽詩全集》
**　　　　的空間對比與隱蔽** ……………………… 7

第一節　前言：超現實或者超級現實的對比與隱蔽 ………… 8

第二節　《夢或者黎明》的空間對比與隱蔽 ……………… 11

第三節　《用腳思想》的空間對比與隱蔽 ………………… 18

第四節　《把現在放進過去的過去裡面》的時空交涉與互攝 …25

第五節　結語：超現實主義或者商禽主義 ………………… 33

第三章　歷史文化裡的空間詩學：論《瘂弦詩集》
**　　　　聚焦的鏡頭應用與散置的舞臺效應** …………37

第一節　前言：瘂弦鍾一生之愛於一本詩集 ……………… 38

第二節　聚焦於物的鏡頭應用 …………………………… 41

第三節　鋪展其境的舞臺設計 …………………………… 48

第四節　凸顯人物的戲劇企圖 …………………………… 52

第五節　十字架說的文化效應 …………………………… 58

第六節　結語：瘂弦的空間開啟與文化承載 ……………… 64

第四章　現實思維後的空間詩學：論《張默小詩帖》的虛實對應與融攝 ·············· 69

第一節　前言：在熱與動之中透視張默的靜 ············· 70

第二節　在靜之中透視張默的空間感 ············· 73

第三節　在空間感中透視張默的現實思維 ············· 77

第四節　在現實思維中透視張默的虛實對應 ············· 81

第五節　在虛實對應中透視張默的融攝之功 ············· 89

第六節　結語：在融與攝之後透視張默的詩 ············· 92

第五章　地方視境前的空間詩學：林亨泰詩作與東螺溪的文化繫連與形象思維 ········· 97

第一節　前言：林亨泰與北斗的臍帶 ············· 98

第二節　濁水溪與彰化人的土地記憶 ············· 101

第三節　東螺溪的馴化與東螺街的轉化 ············· 105

第四節　東螺溪的地文書寫 ············· 108

第五節　北斗街的人文書寫 ············· 113

第六節　斗苑路的現代書寫 ············· 119

第七節　結語：新詩地理學的期待 ············· 122

第六章　飛騰跑跳間的空間詩學：論王鼎鈞《有詩》的意象流動 ·············· 125

第一節　詩是文學的遺傳基因 ············· 126

第二節　重複是空間流動的記憶留存 ············· 128

第三節　隱喻與換喻的意象流動 ············· 136

第四節　意識是空間流動的靈魂 ……………………………… 139

第五節　流動是詩的終極指歸 ………………………………… 143

第七章　飄浪行旅時的空間詩學：以金庸《連城訣》
探討文學中的角落設計 …………………………… 147

第一節　前言：時間藝術裡的空間設計 …………………… 148

第二節　小處著手的空間設計 ……………………………… 151

第三節　金庸小說起筆處的角落設計 ……………………… 155

第四節　希望之所繫：窗臺上盆花的象徵寓意 …………… 159

第五節　功夫之所習：牢房與破廟的象徵寓意 …………… 162

第六節　情意之所寄：洞穴的象徵原型與寓意 …………… 166

第七節　結語：角落設計後的時間藝術 …………………… 171

第八章　都市心靈的工程師：隱地詩中的空間觸感
與人間情味 ………………………………………… 175

第一節　前言：罕見的都市型詩人 ………………………… 176

第二節　木盒圓瓶方鏡是都市拘囿的當然縮影 …………… 179

第三節　口舌體腔四肢是都市慾望的必然載體 …………… 185

第四節　喜怒哀樂愛惡是都市活力的自然型錄 …………… 191

第五節　孤獨寂寞懷憂是都市本質的黯然伏流 …………… 195

第六節　結語：罕見的智慧型都市型詩人 ………………… 203

第九章　鄉鎮郊野處的空間詩學：林煥彰詩作的
快意穿梭 …………………………………………… 209

第一節　前言：市井閭巷的背包客 ………………………… 210

第二節　007公事包規格 ……………………………… 213

第三節　臺灣包巾標誌 ………………………………… 218

第四節　個性帆布包形象 ……………………………… 222

第五節　結語：庶民詩學的遊戲龍 …………………… 224

第十章　結論：空間文化學的深度觀察 ………… 227

附錄　蕭蕭評論書目 ………………………………… 231

第一章
緒論：
新詩人所追求的空間與視角

　　金窩、銀窩，不如自己的狗窩——這是戀舊者的家屋追求。旅行在外時，陌生地的床鋪往往讓人無法入眠，輾轉反側，這是另一種空間的懷念，一般人稱為認床。從瓶罐、抽屜、床鋪、家屋，一直到家鄉、地方、家國、洲際，是空間的擴大，許多人情義理藉著這些空間而繫連、而加深，形成牢不可破的記憶網絡。同學會是同一間教室、同一間學校的人群組合，同鄉會是同一個鄉鎮、縣市、同一個省別的人群組合，所謂人不親土親，所謂土地的認同，這裡的土、土地，指的都是空間的辨識所形成的情意滲入。

　　靠山吃山，靠海吃海，取的就是空間的親近與便利。山頂人有山頂人的脾氣，城內人有城內人的個性，這是土地、作物、建築、氣象所環繞的實境、氛圍，逐漸累積、沉澱而造就，也是言教、身教、境教裡的「境教」。因此，臺灣南部成長的詩人與臺北的詩人，顯然會有不同的個性、語言、聲腔，應用不同的資材、風物，造就不同的人格、風格。

　　這種空間感甚至於可以追蹤到胚胎成形的最早生存空間——母親的子宮，有人稱這種感情為「懷念母親子宮般的鄉愁」。[1] 當孩子長

---

[1] 王溢嘉：《實習醫師手記》，臺北縣：野鵝出版社，1989。〈自序〉：「所有文章都寫於我離開醫業，賣文、編雜誌為生的時候，這使我能像一個放逐者般與醫學保持適當的距離，但也使我對永遠不再的時光興起懷念母親子宮般的鄉愁。」

大與母親同高時，還忍不住撒嬌去揉搓母親的肚腹、去環抱母親的腰際，是否就是懷念最初生存空間之鄉愁的下意識動作？子宮，因而成為孩子最早熟悉的空間，最初記憶的鄉愁。

在加斯東‧巴舍拉（Gaston Bachelard, 1884-1962）的《空間詩學》[2]裡，第一章即在討論「家屋‧從地窖到閣樓‧茅屋的意義」，作為東方人，或許可以在家屋的討論過程裡發出會心的微笑，但面對地窖與閣樓就會有陌生的怯怯心意，因為地窖與閣樓，不是東方建築常見的生活空間。這種東西方的差異，當然也顯現在臺灣的南北有別、城鄉差距。不同的空間影響詩人的成長，不同的文化背景影響詩人的空間選擇，因此，本書就在審視現代詩人詩中所追求的空間與視角，會有什麼特殊的景觀呈現，空間與情意之間又如何相互激發。

書中抽樣討論了八位現代詩人的空間設計與書寫。

第一位討論的是被視為臺灣超現實主義最具代表性的詩人商禽（羅顯烆，1930-2010），以其三冊詩集《夢或者黎明》（十月出版社，1969）、《夢或者黎明及其他》（書林出版公司，1988）、《用腳思想》（漢光文化公司，1988）為本，藉由空間對比與隱蔽的觀念，看見生命撞擊下的空間詩學。譬如商禽的名詩〈門或者天空〉，是以兩種悖反的空間意象來做對比，但是，詩人真的單純到以門作為狹窄出口的象徵，而以天空作為空間無限的延伸？有沒有可能「天空」反而是更大的牢籠、更大的恐慌？這樣的探討，會讓空間意象的內涵得到更大的拓展。商禽在二〇一〇年過世，早一年印刻文學生活雜誌出版有限公司就為他整理出版《商禽詩全集》（2009），除了以上三冊詩集之外，加入他晚近的作品所合成的《把現在放進過去的過去裡面》，

2　〔法〕加斯東‧巴舍拉（Gaston Bachelard）著，龔卓軍、王靜慧譯：《空間詩學》（*La poétique de l'espace*），臺北市：張老師文化，2006。

有趣的是這冊新的詩集的主要調子卻放在時間的蠡測，「現在」成為可以切割下來的實物，可以放在另一個「空間」的「過去」裡面，因此在這本詩集裡我們可以思考時空的交涉與互攝：譬如色彩的揀取與運用，能使時間轉變為空間；譬如修辭學的頂真法，可以將空間禁錮在時間裡；譬如疊合的技巧，可以在時間軸上展示空間。這些都因為商禽的實驗，成為時空交涉與互攝時新呈現的大場域。

　　其次討論的是不那麼精準的另一位超現實主義詩人瘂弦（王慶麟，1932-）。瘂弦是學戲劇的詩人，所以用「聚焦的鏡頭應用」與「散置的舞臺效應」，來討論他的空間詩學在歷史文化裡的意義。重要的論述範疇包括：聚焦於物的鏡頭應用、鋪展其境的舞臺設計、凸顯人物的戲劇企圖，從「物」的特寫拉開為「境」的鋪展，進而演示「人」與「事」的高潮迭起的戲劇性。特殊的是，瘂弦的空間層次裡含蘊著文化厚度，就像他個人氣質上所顯現的儒雅風度，面對新詩的發展，他曾提出「十字架」說：「在歷史精神上做縱的繼承，在技巧上（有時也可以在精神上）做橫的移植，兩者形成一個十字架，然後重新出發。」所以我們可以從縱的時間軸上看見瘂弦的西方文化積澱，見識他的博識與智慧；還可以從橫的空間軸上看見中國北方的風土人情，實質的顛沛人生的甜美與苦澀。

　　第三位討論的詩人是與瘂弦同為創世紀創辦人的張默（張德中，1931-），張默像是「夏日一陣驟雨」，充滿無限活力，臺灣詩壇即知即行的行動派，張默也像是「冬夜一盆爐火」，近七十年的歲月一直在燃燒自己，溫熱別人，溫熱詩壇。因此適合以「劍及履及」的頂真方式論述：在熱與動之中透視張默的靜 → 在靜之中透視張默的空間感 → 在空間感中透視張默的現實思維 → 在現實思維中透視張默的虛實對應 → 在虛實對應中透視張默的融攝之功 → 在融與攝之後透視張默的詩。在尋找確切的空間詩例時，發現《張默小詩帖》（創世紀詩

社，2010）裡最早的一首小詩〈荒徑吟〉（1954），已具有相當成熟的空間感，二十四歲的張默已深知「身體」也是「空間」，人體與天體可以互喻，所以浪子的鬍髭、亂髮，在爬滿兩腮之後，還要向無垠的闊野航行。最晚近的一首〈我的書房〉（2010），則以現今的內湖書房，展向記憶中的家鄉（無為老家的小池塘），推及於異國的草原、石林，從現實的空間拓開為心靈的空間，對於空間的應用可以啟發後輩詩人。

　　空間的探索可以成為地方、地理學的文化認知，所以，第四位詩人的空間討論轉向成長於彰化北斗的詩人林亨泰（1924-），從林亨泰與北斗的臍帶關係說起，一個有文化底蘊的北斗市鎮，曾經孕育詩哲林亨泰、散文名家林文月（1933-），靠著（舊）濁水溪連接山（八卦山）與海（鹿港、臺灣海峽），因此，林亨泰詩中是否留存彰化人的土地記憶，是否能感覺出東螺溪（舊濁水溪）的馴化、東螺街（舊北斗街）的轉化？是否可以將林亨泰作為典範，期待「新詩地理學」的建立？林亨泰是跨越語言的一代，林氏家族來臺至林亨泰是第七代，七代間可以看盡東螺社→東螺溪→東螺街→北斗街的歷史進展，可以凝視平埔族文化、漳泉文化、客家文化、大和文化、儒家文化，在這個地區交替、互涉、衝激、共鳴，而又不斷地繼續衍生、演繹、演繹、衍生。如此以地追人，以人追詩，以詩追地，「新詩地理學」的空間研究，似乎不遠處也就可以看見實現的光輝了。

　　四位詩人的空間書寫之後，暫時跳開詩作的關注，轉頭注意散文家、小說家的空間規劃又會如何，首先值得注視的是散文大家王鼎鈞（1925-），但因為他散文種類繁多，勵志小品、寫作指引、抒情散文、思理方塊、人生隨筆、時代回憶，卷帙龐雜，不好梳理，所以仍舊以他唯一的詩集《有詩》（爾雅出版社，1999）作為觀察的客體，雖然不能以一御萬，但也彷彿可以見其端倪。王鼎鈞以詩作為文學的

遺傳基因，認為「不管你是寫散文，寫小說，寫劇本，都以詩為指歸」，但《有詩》一書卻是「無心機」的書寫，「非計畫」的出版，所以更能顯現此書之詩心無所矯飾，詩藝從容不迫，當然也可以見識到詩的最基本要素，其一是廣義的「重複」，東西方文學論述都強調「重複」的重要，王鼎鈞詩中往往以重複的型態作為表述的主軸；其二是廣義的「隱喻」，可以看到意象如何藉隱喻而流動，因流動而有了敘事性、空間感，彰顯了散文家正規的空間設計途徑。

　　至於小說家，則以武俠大家金庸（查良鏞，1924-）為注目的焦點。在眾多長篇巨幅的作品裡，特別挑選單冊的《連城訣》論述「角落設計」，我們相信連細節都能處理得近乎完美的人，大節不會不保，因此從小說起筆處觀察金庸的角落設計，最後歸納出，金庸透過窗臺上盆花的展示，呈現希望之所繫；以牢房與破廟的卑微空間蘊藏不為人知的精湛武功，此一潛規則幾乎成為武俠世界的金規律；而洞穴的象徵原型，在《連城訣》中金庸也運用得淋漓盡致，令人思考「創造家或故鄉的感覺，是寫作中一個純地理的建構」這個命題，當然同時也顯現出詩與小說在空間追求的難易面向，似乎有著可以再深入比較的點、線、面。

　　從純粹想像的武俠世界，再回到現實的詩天地裡，同樣是飄浪行旅，一九四九年來臺，長期生活在臺北城裡的隱地（柯青華，1937-），與土生土長在鄉野、或城市邊緣（如南港、汐止）的林煥彰（1939-），年齡差兩歲，不是距離，空間差二十公里，卻可能拉長了創作的幅度。

　　都市狹窄的生活空間，是否讓隱地特別注意木盒、圓瓶、方鏡，藉生活中的小器物去凸顯都市空間的拘囿？都市中人體與人體是擁擠的，人心與人心卻是疏離的，隱地的都市詩常常觸探肉體，挖掘情慾，當然也容易見到孤獨、寂寞的情懷，隱地或許真是講究空間觸感

的都市型詩人。至於林煥彰，卻是快意穿梭在城鄉之間，最先或許是
對城市文明的嚮往，提著007公事包，遵守著既定的準則，走著文明
人走過的路，接下來的挫折、挫傷，卻也可能讓詩人退縮，回到自己
原先相處慣的母體，療癒，反思，最後尋找到自己適意的路，揹起個
性的帆布包走天下。

詩人的空間設計，早先在《後現代新詩美學》[3] 中曾以余光中
（1928-）為例，談討「身體詩學」與「地方書寫」。「身體詩學」中
探索余詩裡人體與天體的交戰與合一、物體與肉體的對待與替代、自
體與女體的尊崇與推崇、虛體與實體的或然與適然，可以看出空間詩
學的討論範疇寬廣。「地方書寫」裡則從臺北市廈門街直抵高雄、南
臺灣，一證「地方有多大，詩就有多大」，再證「詩有多大，地方就
有多大」。這是屬於具體、實寫的空間。至於「玄思異想」的空間詩
學，則以管管（管運龍，1929-）擅長的「措置／錯置」去追索，以
周夢蝶（周起述，1921-2014）的「蝶道」與「詩路」去思考現實中
「蓬蓬然周也」，到坐忘時「栩栩然蝴蝶也」的距離，其間頗有可觀
者，此處不贅述。

經由這十二篇（含《後現代新詩美學》四篇）論文的探討，當代
新詩的空間設計或許有了更開闊的視野，至少可以引發論者在時間、
空間的討論上有著更對等的視境。甚至於由空間的討論，進而觀察詩
人寫作視角、切入點的選擇，如此，新詩論述天地將有更新的空間。

---

3 蕭蕭：《後現代新詩美學》，臺北市：爾雅出版社，2012。

第二章
生命撞擊下的空間詩學：
論《商禽詩全集》的空間對比與隱蔽

摘要

　　超現實主義者、散文詩創導者商禽，不願被限居於固定的、既有的窠臼中，多次加以否認。本文因而跳開超現實主義長期的糾葛，企圖在空間對比與隱蔽下，看見生命撞擊下的空間詩學。依商禽三冊詩集出版之先後，仔細評述門或者天空等意象，竟成為逼迫與重壓的空間象徵。第二冊詩集的身體空間，強調主體性的存在才是自我重要的主題，但也見證存在的悲哀。第三冊詩集，空間與時間的糾葛，形成時空疊合、禁錮、互攝與相涉的多重變化，商禽已不能單純地以超現實主義、存在主義或「散文詩」去制約他，而是專屬於他的商禽主義，或者，商禽學。

關鍵詞：商禽、空間詩學、空間隱蔽、夢或者黎明、時空互攝

第一節　前言：超現實或者超級現實的對比與隱蔽

臺灣超現實主義的追求與嘗試，早在二十世紀三〇年代即已開始。當時在日本超現實主義盛興的背景下，一九三一年留學東京「文化學院」的臺灣詩人楊熾昌（筆名水蔭萍、水蔭萍人、島亞夫、柳原喬、南潤，1908年11月29日-1994年9月27日）深受震撼，一九三三年結合林永修、李張瑞、張良典，日本人戶田房子、岸麗子、島元鐵平等七人，倡導以 esprit nouveau（新精神）寫詩，組成「風車詩社」（Le Moulin），一九三五年創刊《風車詩誌》，發表前衛詩論，推動超現實主義詩風，並曾分別在東京和臺南出版了兩部充滿超現實主義色彩的詩集《熱帶雨》、《樹蘭》。後來，一九八七年楊熾昌反思自己三〇年代的美學：「我所主張的聯想飛躍、意識的構圖、思考的音樂性、技法巧妙的運用和微細的迫力性等，對當時的我來說，追求藝術的意欲非常激烈，認為超現實是詩飛翔的異彩花苑。」[1] 楊熾昌勇於承認自己是一個超現實主義者，但他也認為作品要與現實完全切開而以超現實表達，但超現實的技巧卻是為了還原或逼近現實，「在超現實中透視現實，捕住比現實還要現實的東西。」[2]

商禽（羅顯烆，1930-2010），一向被拱為六〇年代臺灣超現實主義的重要指標人物，《六十年代詩選》說：「他是我們之中最最具有超現實主義精神的一人。」並且舉例說：「在〈天河的斜度〉一詩中，我們得見較之 P・愛呂亞、F・G・洛珈更高的美之建造；在〈不被編結時的髮辮〉中，我們又發現小說家喬易士之『意識流』技巧的投影；一種形而上的且又是倫理學的神經敏感症的表現，一種馬克思・

---

1 〔日〕中村義一：〈臺灣的超現實主義〉，呂興昌編、葉笛譯：《水蔭萍作品集》，臺南市：臺南市立文化中心，1995，頁289-293。

2 楊熾昌：〈燃燒的頭髮——為了詩的祭典〉，《水蔭萍作品集》，頁127-138。

夏考白式的奇異和幽默，使他的詩成為我們這個年代的新的『迷歌』。」[3] 其後一般論者、學者大都以此為圭臬。[4] 但在商禽詩集《夢或者黎明》被選為「臺灣文學經典」的研討會中，瘂弦（王慶麟，1932-）的論文一方面說商禽「在文學思潮方面，他特別喜歡布魯東等人提倡的超現實主義，並花了很多時間去研究，長期的浸淫之下，他的詩受到該派很大的影響。」[5] 一方面卻又認為商禽把超現實主義當作技巧之一，而不是唯一的技巧，因而做出這樣的結論：「在臺灣，超現實主義這把火，商禽的確是少數幾個點燃者之一，影響不能說不大，但他本人從來沒有說他是一個超現實主義者，因為他不願意把自己侷限在單一的文學觀之中。對超現實主義，他能入也能出，有破也有立，所以才能在美學上獲得那樣高的成就。」[6]

更早之前，香港評論家李英豪（1941-）就已強調，如果要說商禽的詩是超現實的，他堅持將「主義」二字略去。[7] 最新出版的《商禽詩全集》[8] 封底，引錄商禽的三行話做為廣告文案，顯然是策劃出版的編輯群所擇定，且為商禽所授意或首肯：

我不是超現實主義者，而是超級現實或更現實、最最現實。我

3　瘂弦、張默主編：《六十年代詩選》，高雄市：大業書店，1961，頁120。

4　余欣娟：《一九六○年代臺灣超現實詩——以洛夫、瘂弦、商禽為主》，臺中市：東海大學碩士論文，2003。即為例證。

5　瘂弦：〈他的詩·他的人·他的時代〉，陳義芝：《臺灣文學經典研討會論文集》，臺北市：聯經出版事業公司，1999，頁242。

6　瘂弦：〈他的詩·他的人·他的時代〉，《臺灣文學經典研討會論文集》，頁244。

7　李英豪：《批評的視覺》，臺北市：文星書店，1966，頁195。

8　商禽：《商禽詩全集》，臺北市：印刻文學生活雜誌出版有限公司，2009。此書收入商禽所有詩作，分為三卷，卷一收入《夢或者黎明》（1969），卷二收入《用腳思想》（1988），卷三命名為《把現在放進過去的過去裡面》，包含前二書未收之舊作、及二十世紀九○年代之後的新作品。本文所引詩作以此為憑。

　　判定自己是一個「快樂想像缺乏症」的患者。唯一值得自己安
慰的是，我不去恨。我的詩中沒有恨。──商禽 [9]

　　為《商禽詩全集》寫序的陳芳明（1947-）因而以〈快樂貧乏症
患者〉為題，指出商禽對自己的詩觀頗具信心，堅稱超現實的
「超」，應該解讀為「更」，說他的詩是超現實，倒不如說是更現實、
極其現實。[10]

　　若是，商禽的詩，既有「超現實主義」的傾向、技巧與稱號，卻
又有「超級現實」、「極其現實」的內涵，因此我們必須同時注視這兩
極，才能看見商禽，以及商禽的現實。瘂弦論文所提示的，商禽的詩
剖析的是商禽的人，刻畫的是商禽的時代。陳芳明序文所強調的，商
禽的詩是內在心靈的真實寫照，寫出政治現實中的悲傷、孤獨、漂
流，沒有那樣幽暗與閉鎖的時代，就沒有那樣沉重的情緒流動。[11] 他
們所共同指陳的，都指向商禽詩中超級現實的「現實」──撞擊下的
生命。

　　三〇年代的楊熾昌與六〇年代的商禽，在超現實主義項下，他們
提供了對比性的存在，楊熾昌不諱言倡導超現實主義，商禽卻選擇私
人聚會時侃侃而談、公開場合則三緘其口，採否認的態度（隱匿的態
度）。他們或明或暗選擇超現實主義，其實都在隱匿眼前或心中的現
實，楊熾昌所隱匿的是保鄉的意識，不採用現實主義的直陳其事，與
日本殖民政權硬碰硬，反而會挫折自己的鋒芒，因而隱匿其事，逸入
超現實；商禽所隱匿的是懷鄉的情愁，在高壓統治下避談現實表象，
深入本質思索，自舔時代傷口，保全自我與文學的命脈與訊息。陳芳

9　商禽：《商禽詩全集》，封底。

10　陳芳明：〈快樂貧乏症患者──《商禽詩全集》序〉，《商禽詩全集》，頁30。

11　陳芳明：〈序〉，《商禽詩全集》，頁30。

明曾引商禽的〈長頸鹿〉[12]為例，指明這是羈留異域而被鄉愁纏繞時，「眺望著回不去的故鄉，以及忍受著挽不回的歲月，流亡者都無可避免淪為時間的囚犯。」[13]但就〈長頸鹿〉詩中所提到的「獄」卒、「囚」犯、脖子、窗子、動物園中、長頸鹿欄下，均為空間意象。人的一生，先天上就是時間的囚犯，時間是抽象的，詩人會以具體的空間意象去呈現，因此，本文選擇商禽詩中空間意象的對比與隱蔽，探討生命撞擊下的商禽的空間詩學。

第二節　《夢或者黎明》的空間對比與隱蔽

論述商禽的角度通常以「超現實主義」或者「散文詩」切入，商禽已堅決強調「我不以為自己是超現實主義者」，[14]本文論述的內涵單純指向最現實的現實——被撞擊的生命。也就是陳芳明序文中所說的「被扭曲、被綁架的靈魂」。

「那個年代大多數現代主義運動中的創作者，都必須訴諸語言的變革，才能真正到達被扭曲、被綁架的靈魂深處。」[15]陳芳明在此段文字中特別強調的是「語言」的「變革」，不論是現代主義或超現實主義的臺灣新詩，通常都會獲得晦澀、難懂、扭曲、怪異的評價，亦即是詩人盡其所能在語言上捶打、鍛冶、濃縮、鑄造。但標舉「語言本能」的喬姆斯基（Noam Chomsky），在人類語言習得的基礎上，曾經提出兩個現象，其一是人類所講或所聽的句子，幾乎都是全新的句

---

12 商禽：〈長頸鹿〉，《商禽詩全集》，頁70。
13 陳芳明：〈序〉，《商禽詩全集》，頁32-33。
14 須文蔚：〈現代詩創作與理論的鴻溝〉，臺北市：《創世紀詩雜誌》107期，1996年7月，頁54。
15 陳芳明：〈序〉，《商禽詩全集》，頁30。

子，所以語言絕對不可能是「刺激──反應」的匯合，因此他斷言，人類大腦必定有某一個控制或某一種設定，它可以用有限的字句製造出無限的句子，這個大腦的設定就是所謂的「心理語法」（mental grammar）。其二是小孩很快就發展出這套複雜語法，應用這套語法去解釋從來沒聽過的新奇句子。[16] 語言是一種與生俱來的本能，不待學就會的良能，因此，童稚、老嫗都能解，都能發展、應用的語言、語法，詩人需要盡其全力去變革、改造嗎？詩人真的變革、改造了這種「心理語法」，或者依循、恃賴這種「心理語法」？

商禽個人的語言觀，或許從他對「散文詩」的看法中可以覓得。商禽不認為「散文詩」需要獨立成類，曾發出「何謂散文詩？」的疑問，他認為散文與韻文是兩大「文體」（不是兩大「文類」），從前的人寫詩、寫歷史、乃至醫學都用韻文，但，近現代以來，人們開始使用散文寫歷史、小說、戲劇，自由詩於焉出線（出現），商禽因而強調自己「用散文寫詩」，要求的是「本質的詩的充盈」。[17] 換句話說，對於海峽兩岸漢語新詩所津津樂道的「散文詩」類型，不予置評。商禽所在意的是「用散文寫詩」，在他看來，所有不用韻文寫作、詩的本質充盈的，就是「散文詩」。依這樣的觀點來看，商禽的語言觀是使用接近庶民生活的散文語言，口頭的語言，不是趨近官方、學院、詩的語言，書寫的語言。因此，他思考的不是語言的改革、變造，而是思考將人放在什麼位置，人應該在什麼位置，不是語言、文字應該如何擺放。他的詩的技巧，設定在設計空間、置入人物、演繹情節。同屬超現實主義詩人群的瘂弦、商禽，跟洛夫（莫洛夫，1928-）之

---

16 〔美〕史迪芬・平克（Steven Pinker）著，洪蘭譯：《語言本能：探索人類語言進化的奧祕》（*The Language Instinct: how the mind creates language*），臺北市：商周出版，2008（三版），頁29。

17 商禽：〈何謂散文詩？〉，《商禽詩全集》，頁438。

不同，就在於洛夫翻雲覆雨，魔化語言；瘂弦、商禽則親手布置，點化環境，思考人的存在以及存在的價值何在。

　　商禽，一個「詩中沒有恨」的詩人，他的空間設計使得他的「超現實」手法（譬如夢境）產生震撼性的戲劇效果，勝過語言的詭譎魅力。本節將討論他的第一本詩集《夢或者黎明》[18] 中的兩首詩〈門或者天空〉、〈夢或者黎明〉，以概其餘。

　　〈門或者天空〉這首詩，[19] 張漢良（1945- ）認為是深受沙特（Jean-Paul Sertre,1905-1980）啟發的一齣存在主義色彩濃厚的荒謬戲劇。[20] 劇本所該具備的「時間、地點、人物」三項，都不具確切性。時間：「在爭辯著」，尚未落實為某一段落，當然另一方面這也暗示著任何時段都可能發生；地點，「沒有屋頂的圍牆裡面」，顯示圍牆的高，卻也顯示圍牆的無所不在；人物則是「一個沒有監守的被囚禁者」，「無人監守」卻是「囚禁者」的矛盾語法，暗示人群中的你、我、他都可能是這樣的囚犯，人類處在既定的時空裡就是人類生命先天的侷限，無形的牢籠彷如無期的徒刑，讀者讀此詩不自覺就會將自己比擬為劇中人物。這是作為詩劇的〈門或者天空〉，第一層次的時空設計，將所有的人籠絡在相同的處境中。

　　就「聲部」而言，整齣戲既無對白、也無獨白、更無配樂，完全切斷了人與人之間的「言語」溝通，類似啞劇。就「科部」而言，戲一開始，唯一的主角還有伐樹、立門框的演示，此後則是來來回回，反覆著「推門、出去」反身又「推門、出去」，單調、乏味、無聊而

18　商禽：《夢或者黎明》，臺北市：十月出版社，1969。再版《夢或者黎明及其他》，臺北市：書林出版公司，1988。收入《商禽詩全集》時，納為「卷一：夢或者黎明」。本文所引詩作，以全集為本。

19　商禽：〈門或者天空〉，《商禽詩全集》，頁153-156。

20　張漢良：〈從戲劇的詩到詩的戲劇〉，《創世紀》詩刊第42期，1975年12月，頁83。

荒謬的動作。全齣戲的情節，幾乎是將最前面的「時間、地點、人
物」以敘述性的長句「再敘述」一遍：

> 在沒有絲毫的天空下。在沒有外岸的護城河所圍繞著的有鐵絲
> 網所圍繞著的沒有屋頂的圍牆裡面的腳下的一條由這個無監守
> 的被囚禁者所走成的一條路所圍繞的遠遠的中央，這個無監守
> 的被囚禁者推開一扇由他手造的祇有門框的僅僅是的門
> 出去。
> 出來。
> 出去。
> 出來。 [21]

商禽第二層次的空間設計就在「門」與「天空」的全然對比與隱匿。
「門」是自我設限的（自己編造）、虛擬的（祇有門框）象徵式空
間，卻限定人類一輩子反反覆覆，進進出出，彷彿希臘神話裡推大石
上山（Sisyphus rolled a rock up hill）的西西佛斯（Sisyphus）。[22] 門是
有限的空間，人必得在這有限的空間裡穿梭。相對於門的窄小，天空
自是無限廣大，在劇中，「沒有絲毫的天空」，看不見一絲一毫的天
空，天空是不存在的。劇末雖有「直到我們看見天空」，卻是不確定
會實現的預言，觀眾心中期待卻未必出現的場景。何況，「天空」也
是矛盾語法所鑄造的語詞，「天」是「空」的，虛且無。「門」與「天
空」──有限與無限，限定與不限定，全然的對比。但「門」與「天
空」卻也同時是隱蔽或虛擬：祇有門框的「門」，空間是虛擬的、所

---

21 商禽：〈門或者天空〉，《商禽詩全集》，頁155-156。
22 〔美〕愛笛絲・赫米爾敦（Edith Hamilton）著，宋碧雲譯：《希臘羅馬神話故事》
（*Mythology*），臺北市：志文出版社，1999，頁366。

以是隱蔽的。「天空」是「空」的，也不存在於眼前，所以是隱蔽的；「直到我們看見天空」，還是虛擬的、期待而可能落空的。此外，〈門或者天空〉的「或者」，是不確定的連接詞。整首詩的空間意象在虛泛不真中展開，在不確定中繼續重複。

　　「門」與「天空」的對比，在加斯東・巴舍拉（Gaston Bachelard, 1884-1962）的論述裡，相當於「幽閉恐懼症」（claustrophobia）與「廣場恐懼症」（agoraphobia）的並置，他引用尤勒・舒貝維葉（Julis Supervielle）的詩句：「跟空間不夠比起來，太多空間更令我們窒息。」認為內部與外部（門與天空），在此交換它們的暈眩。[23] 換句話說，商禽詩中未出現的天空，可能造成更大的空間暈眩。舒貝維葉寫道：「正因為太多的騎乘和太多的自由，正因為視野毫無改變，雖然我們極度渴望奔馳，但彭巴草原卻變成了我的監獄，這個監獄要比其他監獄來得大。」[24] 舒貝維葉相信「監獄是在外在世界裡」。[25]

　　雖然陳芳明在評述這首詩時也說：「〈門或者天空〉是以兩種悖反的意象來對比，門是狹窄的出口，天空則是無限空間的象徵。……人酷嗜創造各種門的意象，包括城堡、圍牆、護城河、鐵絲網、屋頂，使生命壓縮在最小的空間。越沒有安全感的人，越需要城堡來保護，由於創造了窄門，人從此便失去了天空。」[26] 陳芳明指出了門與天空的悖反，人創造了窄門，所以失去了天空。但在舒貝維葉或巴舍拉的理念裡，「天空」卻是更大的牢籠、更大的恐慌。

23　〔法〕加斯東・巴舍拉（Gaston Bachelard）著，龔卓軍、王靜慧譯：《空間詩學》（*La poétique de l'espace*），臺北市：張老師文化事業公司，2006，頁323。

24　〔法〕尤勒・舒貝維葉（Julis Supervielle）：《萬有引力》（*Gravitations*），頁19。轉引自《空間詩學》，頁323。

25　同前注，頁323。

26　陳芳明：〈序〉，《商禽詩全集》，頁36。

因此，重讀商禽有關「天空」的詩篇，被撞擊的生命內傷，必然
會在關節深處、肌肉內裡，隱隱作痛。

在失血的天空中，一隻雀鳥也沒有。相互倚靠而抖顫著的，工
作過仍要工作，殺戮過終也要被殺戮的，無辜的手啊，現在，
我將你們高舉，我是多麼想──如同放掉一對傷癒的雀鳥一
樣──將你們從我雙臂釋放啊！[27]

死者的臉是無人一見的沼澤
荒原中的沼澤是部分天空的逃亡
遁走的天空是滿溢的玫瑰
溢出的玫瑰是不曾降落的雪
未降的雪是脈管中的眼淚
升起來的淚是被撥弄的琴弦
撥弄中的琴弦是燃燒著的心
焚化了的心是沼澤的荒原 [28]

〈鴿子〉詩中，天空是失血的，悲憫的詩人要將自己無辜的手高舉，
如傷癒的雀鳥一樣將它釋放，但要知道在失血的天空中，一隻雀鳥也
沒有啊！〈逃亡的天空〉直接在題目中標明天空正在逃亡，雖然有
「遁走的天空是滿溢的玫瑰」，彷彿有「玫瑰──情愛」的象徵，但
在頂真句法中馬上接以「溢出的玫瑰」，「溢出」是液態的特質，「玫
瑰」的紅顯然暗喻著血液，在這首封閉型的頂真詩中，逃亡的天空是

---

27 商禽：〈鴿子〉，《商禽詩全集》，頁78-79。

28 商禽：〈逃亡的天空〉，《商禽詩全集》，頁108。

溢出的血、脈管中的淚、焚化了的心，與〈鴿子〉詩中的天空一樣是「失血的」，顯然不是可以期待的、庇護的空間。

〈夢或者黎明〉[29]有著與〈門或者天空〉相同的情節醞釀，只是更為繁瑣，因為加入了作為生命倒影的「夢」的多重影像，加入了作為時間因素的「黎明」的等待。詩之最後是以我的夢之夢的銳角鍥入，但「你就是我終於勝過了的／就要由我們朝朝將之烹飪的／那黎明麼」？黎明未到，黎明會是苦難的救贖嗎？詩人深致懷疑。黎明雖是天要亮而未亮的時間詞，但與夢境相對，因而形成人與「浮腫的眼瞼」（指初昇的太陽）之間的遼夐空間。這首詩在眾多霧、星光、氣流、隕石之間穿行，不時插入「請勿將頭手伸出窗外」（七次）的警惕，窗與門原本是交流、溝通、觀察的最佳空間，有窗有門的車體、船艙、房屋，原來都為了保護個體而建造，如今卻是一切都在禁絕之列。夢境是未知的冒險之旅，黎明是未可期待的「浮腫的眼瞼」，困惑多疑的「或者」橫亙在二者之間，更加增生命裡的不確定感。

對於「門戶」，巴舍拉認為要分析許多白日夢才能面對，「因為門戶就是半開半闔的宇宙」：「門戶的基本意象之一，正是白日夢的根源，匯聚了慾望和誘惑：誘惑我們打開存有的終極深度，欲望著征服所有遲疑不決的存有者。」[30]是關是闔，要進要出，門戶讓慾望和誘惑這兩類白日夢形成尖銳的對比。

商禽的〈門或者天空〉、〈夢或者黎明〉詩中，人來回穿梭的門與不可開啟的窗，成為外在身軀與內在心靈雙重壓力的徵象。天空與黎明，同屬未可知的隱蔽空間，其為物也無形，而人對其物無明，天空與黎明，竟成為一種更大的空間所形成的逼迫與重壓。

---

29 商禽：〈夢或者黎明〉，《商禽詩全集》，頁135-140。
30 〔法〕加斯東・巴舍拉（Gaston Bachelard）：《空間詩學》，頁324-325。

　　商禽這兩首詩寫的不是實景真事，彷彿夢境場景，弗洛依德（Sigmund Freud, 1856-1939）的精神分析法中曾提到「在夢中不存在選擇性，『並且』代替了『或者』。……兩個或兩個以上的事物是互相疊加的，而不是互相替換的。」[31] 夢，顯示一種特殊的偏愛，那就是把矛盾的事物結合成一個整體，弗洛依德曾分析過，「在夢中，花同時既與性無知相關，也與性犯罪相連。」[32] 若是，商禽的「門」或者「天空」、「夢」或者「黎明」，兩個對比意象之間有著相疊相加的效果，而非相互抵制、相互矛盾，「天空」可能是另一種「門」，「黎明」或許是另一個「夢」的潛行，空間的對比與隱蔽，因而形成難以負荷的生命之重。

第三節　《用腳思想》的空間對比與隱蔽

　　所謂空間，一般認為有其長度、寬度、高度等三維屬性的立體性存在，可以用幾何學的點、線、面加以計算。但在人文地理學、人類學、文化學、哲學的角度而言，空間是人類身體活動與思想活動的主要場域，包含了具體可見的物理空間，如宇宙、山川、草原、建築，也包含了不可見的心靈空間，如情意的流動、異想的世界等等。

　　商禽在他的第一本詩集《夢或者黎明》中有著十分清晰的空間概念與創造，如〈界〉[33] 這首詩所宣示：

　　第一段僅有一句話：「據說有戰爭在遠方……」，這是一個加入時間感的（戰爭）、設想的空間（在遠方）。

31　〔美〕斯佩克特（Jack J. Spector）著，高建平譯：《弗洛依德的美學——藝術研究中的精神分析法》（*The Aesthetics of Freu: A Study in Psychoanalysis and Art*），成都市：四川人民出版社，2006，頁151。

32　同前注，頁151。

33　商禽：〈界〉，《商禽詩全集》，頁74-75。

　　第二段：「於此，微明時的大街，有巡警被阻於一毫無障礙之某處。無何，乃負手，垂頭，踱著方步；想解釋，想尋出：『界』在哪裡；因而為此一意圖所雕塑。」此段「微明時的大街」是現實的物理空間，但「被阻於一毫無障礙之某處」則屬於心靈空間，既然是毫無障礙，何以被阻？顯然是「思路」未能暢通所致。這樣的一條界既是抽象的，此詩的第三段可以看出商禽的鄙夷：「而為一隻野狗所目睹的，一條界，乃由晨起的漱洗者凝視的目光，所射出昨夜趨勢之覺與折自一帶水泥磚頭頂的玻璃頭髮的回聲所織成。」目光所射、回聲所織的空間，當非實存，這樣的一條界，卻阻擋巡警「越界」，應該不是商禽所樂見。

　　對於人為造成的有限疆域，商禽一直堅持排斥的態度，因此，在〈籍貫〉[34] 詩中，「四川」的省籍是被恥笑的，「中國」的國籍是被嘲弄的，「地球」的觀念是狹隘的。對於〈行徑〉[35] 詩中，宇宙論者（同時也是夢遊病患者）日間折（拆）籬笆、晚上砌牆的行徑，商禽是寄予同情與悲憫的。以這樣的空間認識，回頭看待商禽既被目為「超現實主義」實踐者，又被界定為「散文詩」帶動者，卻遭商禽挺身否認，只因為他不願意被圈定在某一特定的意識空間裡。

　　商禽的第二本詩集《用腳思想》[36] 的空間設計，卻由宇宙論者的空間觀，轉身審視自己的身體。如果將空間視為一個有體積的「容器」，「宇宙」（上下四方謂之宇，古往今來謂之宙）是傳統觀念裡至大的空間，商禽的首冊詩集以此為眺望之的；而身體、身體裡的器官，則是最靠近自己的小容器，是一個「即身即我」的空間，商禽

34　商禽：〈籍貫〉，《商禽詩全集》，頁49-50。

35　商禽：〈行徑〉，《商禽詩全集》，頁51。

36　商禽：《用腳思想》，臺北市：漢光文化公司，1988。收入《商禽詩全集》時，納為「卷二：用腳思想」。本文所引詩作，以全集為本。

《用腳思想》即以此思考人生。如此重大的轉身決定，其實在《夢或者黎明》最後一首詩〈主題〉已有暗示，當所有的人在城市、鄉村、楓林、草原尋找「秋的主題」而無著落，商禽藉著詩人與小孩的對話，揭示出來：

> 在這裡。就在我們每一個人現在所站立的地方，它就是這些去尋找它的這些人們，你們和我，我們就是這秋的主題啊！[37]

「我」就是這世界的主題。商禽寫作這些作品的年代（1953-1969），正是臺灣盛行存在主義的時代，文學界、藝術界都在思考「存在先於本質」的哲學命題，深信文學藝術要從「人的主體性」出發。根據日本學者的觀察，存在主義（existentialism）之所以盛行，一是時代的不安與疏離，二是個人自我的覺醒。關於時代的不安，松浪信三郎（1913-）指出「堅持那侵入存在中間的『無』所引起的不安，並經常靠著對它的反芻而活著的，便是達達主義。寫了超現實主義宣言的達達派詩人安德列·布列東（André Breton）說，無論是誰在他的一生中至少都會有過一次陷到想否定外界的一切的一種情境。」[38] 關於自我的覺醒，松浪信三郎果斷宣稱：「『存在』絕不是可以由理念導出，也絕不包含在概念之中；『存在』是先於這一切的；『存在』又是先於本質的；『存在』是一種絕對性的出現，這個出現沒有任何道理可言。」[39] 存在主義的哲學思考中，人的本質既然是由人自身所決定，「我」可以決定我是一個什麼樣的我，反身觀察自我、

---

37 商禽：〈主題〉，《商禽詩全集》，頁184-186。

38 〔日〕松浪信三郎著，梁祥美譯：《存在主義》（Existentialism），臺北市：志文出版社，1992（再版），頁43。

39 同前注，頁50。

省視自我、探索自我，自然成為不二的選擇。但也因為人已無所依傍，凡事必須自己選擇、自己決定、自己承當，所以，人是孤獨的、疏離的，人的痛苦由此而來。

　　商禽從宇宙、天空的空曠，返回自我的身體，空間的書寫依然有著特殊的對比性與隱蔽性。

　　《用腳思想》的第一首詩〈咳嗽〉，以「單詞」斷句的形式顯現，形式上，呼應廣闊空間裡自我的微渺；實質上，可以看出社會的疏離與自我的孤獨：

　　　坐在
　　　圖書館
　　　的
　　　一室
　　　的
　　　一角

　　　忍住

　　　直到
　　　有人把一本書
　　　歷史吧
　　　掉在地上

　　　我才
　　　咳了一聲
　　　嗽 [40]

40　商禽：〈咳嗽〉，《商禽詩全集》，頁189-190。

這是一九七○年商禽在美國愛荷華大學作家工作室所寫的詩，圖書館的一室的一角，對比出空間由大而小，也對比出臺灣人的自卑感在堂皇的美國大學圖書館裡更為瑟縮，甚至於連咳嗽都不敢。「咳嗽」是由肺、氣管、喉頭而發出，隱蔽性的身體空間，比「圖書館的一室的一角」還小、還隱蔽。趁著有人掉書在地上發出的響聲，可以遮掩咳嗽，「我」才咳了一聲嗽。中國詩人牛漢（1923-）曾以信件稱讚年輕詩人胡寬的作品，說是「從心胸裡咳出來的詩」，「從深深的胸膛裡咳出來的音響是他詩的生命的存在和脈息」，這是「歷史最真實的心聲和心電圖」——「咳聲，是奇特而莊嚴的大韻律。」[41] 但商禽的咳嗽卻是卑微而畏怯的，與牛漢所讚頌，不同倫類。商禽這種刻意壓抑的的自我空間，需要「時間」去支撐，「歷史吧」！以中華文化悠久的歷史去「阿Q」自己。中國詩評家陶保璽（1941-）討論商禽詩作時，特別討論這一句：「『歷史吧』這個簡約的『間插話』，在全詩中起著畫龍點睛的妙用。它使整首詩，由感性而臻於知性，顯得深沈、冷峻，而且頗具拙樸而又峭拔的藝術特色。」[42] 這種中美歷史感的對比，渡也（陳啟佑，1953-）的詩提供了另一種有趣的對比：「今晚你俯身拾取掉在地上的禮記時／妳的乳房穿過寬大無私的領口看我／而禮記抬頭望妳的乳房／那一刻／我趕快用五千年道統／抵抗你身上兩百年的美國」。[43] 這也是文化歷史的對比性應用，渡也選擇了詼諧、俏皮與趣味，商禽堅持一貫性的壓抑、傷痛與苦悶。但商禽的「咳嗽」卻又代表在巨大歷史之流，雖小卻依然是一種真實存在的自我；另一首〈夜歸三章〉的第三章：「進得門來咳聲嗽／省得老妻問是

---

41 牛漢：《散生隨筆》，太原市：北岳文藝出版社，1999，頁38-39。此處轉引自陶保璽：《臺灣新詩十家論》，臺北市：二魚文化公司，2003，頁165。

42 陶保璽：《臺灣新詩十家論》，臺北市：二魚文化公司，2003，頁164。

43 渡也：〈美國化的乳房〉，《手套與愛》，臺北市：故鄉出版社，1980，頁24-25。

誰」，[44] 是另一個「存在」的佐證。主體性的存在才是自我重要的主題，這種存在即使面對綿長的歷史、巨大的空間，亦足以獨立自存。

　　商禽第二冊詩集更明顯使用身體空間的是，入選國中教科書的〈五官素描〉，[45] 年輕學子喜歡「祇有翅翼／而無身軀的鳥／／在哭和笑之間／不斷飛翔」，點出「眉頭緊鎖」、「眉開眼笑」的對比性表情意象。但表現在〈嘴〉裡的「歌唱」、「吻過酒瓶」的哀樂中年，表現在〈眼〉裡的「魚尾紋」、「夢中淚」的流亡與離散感，表現在〈耳〉裡的「咒罵」、「讚揚」照單全收的滄桑體會，甚至於應該是生之氣息所進出的〈鼻〉卻成為死亡象徵的「雙穴的墓」，更是中年商禽所體會的生命沈重的嘆息聲。〈五官素描〉都在臉上，空間不隱蔽，隱蔽的是情感，從〈嘴〉的哀樂、〈眉〉的哭笑，對比書寫漸漸失衡，身體成為承載哀愁的空間，「對比」而後「隱蔽」——隱蔽快樂的情緒（商禽判定自己是一個「快樂想像缺乏症」的患者），這是五官所塑造的空間，隱蔽了常人應有的情緒。以嘴來說，有人把嘴形容成「臉上的戰場」，因為嘴負擔著大量工作，咬、舔、吮吸、品嚐、咀嚼、咳嗽、打呵欠、吼叫、尖叫、打呼嚕，還要講話、微笑、大笑、親吻、吹口哨、抽菸……[46] 但商禽只選擇第一義的「吃」，其次的相對性的「歌唱」（快樂‧偶爾）與「吻過酒瓶」（澆愁‧不少），逐漸向「存在的不快樂」傾斜。

　　《用腳思想》的主題詩〈用腳思想〉，[47] 外在形式上已經標明頭腳顛倒、是非混淆，對比性十分清楚。

---

44 商禽：〈夜歸三章〉，《商禽詩全集》，頁244。

45 商禽：〈五官素描〉，《商禽詩全集》，頁271-275。

46 〔英〕戴斯蒙德‧莫里斯（Desmond Morris）著，施棣譯：《裸女》（*The Naked Women: A Study of Female Body*），北京市：新星出版社，2006，頁136。

47 商禽：〈用腳思想〉，《商禽詩全集》，頁291-292。

〈用腳思想〉

找不到腳　在地上
在天上　找不到頭
我們用頭行走　我們用腳思想

虹　垃圾
是虛無的橋　是紛亂的命題
是飄渺的路　雲　陷阱　是預設的結論

在天上　找不到頭
找不到腳　在地上

我們用頭行走　我們用腳思想。

這首詩可以視上半為一首詩、對比著下半的另一首詩，上下呼應。在上的天因為找不到腳，所以用頭行走，因而天上的虹是虛無的、雲是飄渺的；在下的地因為找不到頭，所以用腳思想，因而地上到處是紛亂的垃圾、預設的陷阱。上下交相亂，陳芳明認為這首詩諷刺臺灣怪現狀，悖離知行合一，「在價值混亂的歷史，在怯於實踐的時代，他看到的是用頭行走、用腳思想的荒謬人物。如果說，這首詩在於總結他一生的真實體驗，則長年來他忍受的殘酷體制與屈辱人生，無疑是最大的悲劇。」頭與腳，在不恰當的地方相對性的存在，但上半部行走的頭，在這首詩中卻被隱蔽了，「用頭行走」所造成的傷害也不過是「虛無飄渺」而已，但「用腳思想」才是這個時代最大的致命傷。

〈用腳思想〉的形式設計，也可以上、下連串著讀，中間的四個意象濃縮為兩類，虹與垃圾，結合在一起，形成虛無而紛亂；雲與陷阱，都是飄渺的路、預設的結論。虛無，宿命，無可倖免。這時，空間依然存在（天上、地上），但對比性消失，各種命題豁然呈現，隱藏的、未知的恐慌，隨之消失。這兩種形式相互對照，前者對比清晰、秩序井然，因而具足震撼力；後者缺少對比與隱蔽，削弱了商禽

詩特有的魅力。

　　第二冊詩集具體使用身體，設計空間之作仍多，如〈電鎖〉，將鑰匙孔比擬為心臟，對比光亮與黑暗；如〈沙漠〉，說仙人掌是「大腿上長出大腿」，以「笑」去對應「暴虐」；如〈廢園〉，說優曇是「從手臂長出手臂」，可以分解出形而上的芬芳，可以吐出星光照亮庭園；如〈手腳茫茫〉，是腳與手相互探索，確定存在；如〈尋找心臟〉，暗示冷冷的現實需要一顆溫暖的心臟。至於〈人的位置〉，放在這冊詩集的最後，更像是一篇文章的結語，人之所以有臉、有眼（可以「借代」為所有人體的任何部位），是因為「有淚」（可以是「快樂想像缺乏症」類近詞的任何形式的「互文」關係）。商禽在這一卷詩集裡的身體空間，深受存在主義思想的影響，點明存在，也點明存在的悲哀。

第四節　《把現在放進過去的過去裡面》的時空交涉與互攝

　　《商禽詩全集》的「卷三：把現在放進過去的過去裡面」，可以說是商禽繼《夢或者黎明》、《用腳思想》之後的第三本詩集。如果第一本與第二本詩集是宇宙與個體的空間對比，「卷三」則是正、反之後的「合」，時間影響著空間的操作，對比、交涉與互攝產生了新穎的景觀。

　　為使論述清晰，本節重點放在《把現在放進過去的過去裡面》，並歸納為四個重點項目，顯示商禽如何將抽象的時間以具體的空間意象加以顯影，譬如此卷之名，以「放進」這個動詞使「現在」和「過去的過去」都有了空間感，可以折疊、收拾、隱藏。

一　色彩能使時間轉變為空間

　　《把現在放進過去的過去裡面》之輯三，收進了八篇贈畫家的詩作，如〈默雷──某年某月某日觀陳庭詩畫展並和他筆談〉、〈他想，故他不在──贈楚戈〉、〈彩色騷動──贈李錫奇〉、〈割裂──繪朱為白〉、〈六祖談畫──贈夏陽〉、〈胸窗──洛貞九七年畫展觀後〉、〈夢到畫中去開鎖──看潘麗紅「九七阻絕系列」展〉、〈飛行魚──贈畫家馮鍾睿〉，總其輯名為「彩色騷動」；另在輯五「誠實之口」中有〈米蘭──贈旅意大利畫家霍剛〉、〈手套與繩子的對話──讀楚戈鄭璟娟聯展〉二首贈畫家之作，色彩在第三部詩集悄悄地騷動著。臺灣畫壇重要的「東方畫會」、「五月畫會」前衛畫家盡入商禽詩中，他們幾乎與「創世紀」詩社諸君子往來密切，共同帶動現代主義風潮。這種彩色騷動，顯然影響了商禽第三階段的作品，如輯三第一首詩〈捏塑自己〉，[48] 以捏陶的方式為自己塑像（我用兩個手指／對準眼窩的部分按下），還真捏塑出自己的真形象，如外型的「把頭頸弄歪一點」（商禽，好友以「歪公」稱之），內在的詩特質「悲哀是高溫也除不盡的雜質」（商禽自言是「快樂想像缺乏症」的患者）。因此，彩色在他的筆下騷動，彩色在他心中騷動，自有淵源。

　　第三卷詩中，述及色彩的作品，如〈解凍而去──贈孔秋泉先生〉[49]：「漢城的殘雪／飾著你雙鬢的華髮／說銀杏的金黃／與楓的猩紅的旗幟／曾在你崢嶸的頭角／招展（那疾馳而去的是一匹灰色馬）」，以漢城產物的顏色描繪韓國朋友，形象因顏色而鮮明；時間如一匹灰色馬疾馳而去，正是時空交涉與互攝的結果。如〈薤露〉講黃昏多彩是因為「大地將所有色彩還給天空」，對於光影與顏色的互動

48　商禽：〈捏塑自己〉，《商禽詩全集》，頁341-342。

49　商禽：〈解凍而去──贈孔秋泉先生〉，《商禽詩全集》，頁301-302。

有如此動人的彩色畫面：「黎明時薙上的露有淡藍的光／黃昏中的淚怎不是琥珀色的哩」，兩句都呈現了「時間・空間・色彩」的結合。又如〈鹹鴨蛋〉，[50] 第一段寫閒置的鹹鴨蛋在原木桌面、螞蟻靜靜爬過的場景，充滿各種顏色，彷彿一幅靜物畫：「木紋畢露的原木桌面／鹹鴨蛋　近乎藍／渾無光澤　有點綠／一隻細小褐螞蟻爬行／在深灰橢圓蛋影中」，在這安詳的畫面中「鐵門碰的一聲／人　散步去了」。藍、綠、褐、灰，寂靜的冷色色系，對比著鐵門聲的巨響、人散步的動態，時空互攝，讓人感受到夕暮、晚年的時間場景。

　　這些作品都以色彩使時間轉變為空間，以空間流露淡淡的哀愁。

　　至於〈五彩友誼〉，[51] 如果以〈五官素描〉作為對照組，更能感知友誼背叛所帶來的憤怒情緒，顏色激昂，渲染力勁強大，噴薄而出有如行風厲雷，最後以黑色的死亡結束，令人扼腕。茲將〈五彩友誼〉所觸及的顏色、身體、表情、物件，列表如下，以見其色彩之豐富，表情之猙獰，空間變化之多樣。

顏色	身體	表情	物件
紅	胸膛	獰笑著	刀
黃	臉、兩隻眼、一個嘴巴	驚悸，痙攣，蒼白	
藍	腳	踢翻轉來	
白	牙齒	突然抽出立即揮進	刀
黑	眼皮（重）、口（渴）	升天，嘆氣？	

50　商禽：〈靜物畫〉，《商禽詩全集》，頁337。
51　商禽：〈五彩友誼〉，《商禽詩全集》，頁303-306。

二　頂真將空間禁錮在時間裡

　　頂真，是以上一句結尾的詞彙，作為下一句開始的修辭法。[52] 商禽曾經使用句與句間的頂真法，整首詩如一串「聯珠」。《把現在放進過去的過去裡面》裡有兩首聯珠頂真詩，一是〈傷心的女子〉，[53] 一是〈搖搖欲醉的星星〉[54]，前者寫傷心女子，後者寫酩酊醉漢，都藉「聯珠格」頂真法，揭示哀傷之既久且長。其前兩冊詩集已多次使用頂真法，如〈曉〉、〈逃亡的天空〉、〈凱亞美廈湖〉、〈人的位置〉，均極明顯，〈遙遠的催眠〉則近似而改裝。〈夢或者黎明〉，改用段與段之間的「連環體」頂真法：「穿越疲憊之雲層以及渴睡的星群……太空中有為隕石擊傷的夢」、「夢在稀薄的氣流中被擊傷……灰灰的砲管上亦難免有星色的霧」、「墨綠的草原無處不是星色的霧……穿越緊閉的全視境之眼」、「航行中我的夢有全視境之眼……或許　機群已然出動」、「或許船艦已經起錨……」[55]。應用這種修辭格，會有循環不盡的感覺，尤其是商禽使用這種頂真，往往最末的詞彙又會回到第一句首度出現時相同的詞彙，讓詩中的傷痛周而復始，無法中斷、無法終結。

　　渡也曾經引述物理學家奧登堡（Otto Oldenberg）：《原子與核物理學概論》（*Introduction to atomic and Nuclear physics*），認為核分裂的反應本身，可以重行自動生成相同的質點，亦即是用中子引發而依舊能再輕易產生中子，以順利達成引發下一次分裂的任務。分裂的過程，可以產生能量。[56] 化學裡的連鎖反應（Chain reaction）也足以闡

52　黃慶萱：《修辭學》，臺北市：三民書局，2004（增訂三版），頁689-717。

53　商禽：〈傷心的女子〉，《商禽詩全集》，頁317。

54　商禽：〈搖搖欲醉的星星〉，《商禽詩全集》，頁381。

55　商禽：〈夢或者黎明〉，《商禽詩全集》，頁135-140。

56　渡也：《渡也論新詩》，臺北市：黎明文化公司，1983，頁53-54。

述這種變化，渡也藉由 Edward. L. King 的剖析，指出藉由自由基
（Free Radical）引發多分子聚合連鎖反應的引發劑（Initiator），也有
催化劑的作用，只要微量且適當的引發劑，往往能令大量的反應產
生，當然，引發劑本身也因此產生變化。[57] 渡也藉物理、化學中的連
鎖反應可以增強能量，用以解釋「層遞」這種型式設計可能發揮的作
用，相類近的「頂真」也有這種去而不還或循環不息的增能作用，彷
彿將一個接一個的空間鎖在時間的長流裡，不得逸失。

三　疊合是時間軸的空間展示

　　疊合不同的空間場景在同一時間裡呈現，這是商禽創作技巧中特
殊的一環，在其他詩人作品中未曾一見。三部詩集中都曾出現這樣的
詩作一篇。《夢或者黎明》中出現的是〈躍場〉，根據商禽詩後的附
註：「躍場為工兵用語，指陡坡道路轉彎處之空間。」詩中首段描述
出租轎車司機，在躍場這個不上不下的空間，想及怎麼是上、怎麼是
下，以及靈魂是否可以出租的問題，第二段就呈現這種疊合的非現實
場景：「而當他載著乘客複次經過那裡時，突然他將車猛地剎停而俯
首在方向盤上哭了；他以為他已經撞燬剛才停在那裡的那輛他現在所
駕駛的車，以及車中的他自己。」[58] 兩次不同的際遇在同一時間出
現，無形的車禍產生了！第二次雖然載有乘客，但第一次車輛放空
（無收入）的不安，同樣會在幸福的時刻中複次出現，這是流亡者內
心永遠的恐慌。哈金（Ha Jin，本名金雪飛，1956-）曾說：「對許多
離散群體來說，懷舊摻雜著恐懼——害怕不確定性，害怕面對更大的

---

57 同前注，《渡也論新詩》，頁54-55。

58 商禽：〈躍場〉，《商禽詩全集》，頁68-69。

世界擺出的挑戰，害怕夾帶著過去和信心的缺失。」[59] 對流亡如商禽者而言，流亡常與懷舊相繫連，而所懷的舊，又常是毫無任何輝煌的過去。商禽創作的〈躍場〉就成為卑微人物上不上、下不下，卡在中間的象徵場域。

《用腳思想》的空間疊合之作，是〈音速——悼王迎先〉。一九八〇年因李師科搶劫銀行，形貌相近的計程車司機王迎先，竟遭刑求認罪，蒙受不白之冤，商禽想像他在被警察押解時，選擇投河自殺的畫面：

> 有人從橋上跳下來。
>
> 那姿勢凌亂而僵直，恰似電影中道具般的身軀，突然，在空中，停格了1／2秒，然後才緩緩繼續下降。原來，他被從水面反彈回來的自己在縱身時所發出的那一聲淒厲的叫喊托了一下，因而在落水時也祇有淒楚一響。[60]

這首詩以接近停格的慢動作拍攝，時間僅一瞬的那剎那，淒厲的叫喊先行，又從水面彈回來，拖住隨後的身軀一下，才繼續落水。切割的畫面，形成一層一層的空間，一層一層的畫頁，要讓讀者深深感受那聲淒厲的叫喊，要把那聲淒厲的叫喊留在歷史裡。那急速的一秒間，商禽給出許多層次的空間，以及一聲歷史的痛。或許就如巴舍拉所言：「微型（miniature）能夠匯聚大小於方寸之間，而自有其遼闊（vaste）之道。」[61]

---

59 哈金（Ha Jin）著，明迪譯：《在他鄉寫作》（*The Writer as Migrant*），臺北市：聯經出版公司，2010，頁45。

60 商禽：〈音速——悼王迎先〉，《商禽詩全集》，頁195。

61 〔法〕加斯東・巴舍拉（Gaston Bachelard）：《空間詩學》，頁317。

　　《把現在放進過去的過去裡面》的〈水族館〉[62]是第三首空間疊合的詩，空間設計在管理員關燈離去後的水族館，一個被遺忘的遊客，看著遊客們瀏覽水族箱、魚缸時留下的眼睛，那是許多不同時間、不同場次的觀眾視線，曾經駐足的所在，彷彿留下了眼睛，在孤獨中、黑暗中，「仍能給人以微溫」，此時雖為失侶的遊子提供了些許的溫暖，但詩之最後，這個被遺忘的遊客「把自己的眼睛分給魚兒們吃了」，又將黑暗中的恐懼感、時代裡的無助感，溢滿於詩中。

　　商禽以時間軸上的一點，疊合不同的空間場景，擊出極具震撼力的三幕短劇。

四　交涉與互攝的時空大場域

　　「宇」是上下前後左右的六合空間，「宙」是古往、現在、未來流成的長帶時間，二字對舉而成詞，卻不似「矛盾」一詞形成矛盾。換言之，時與空難予兩離，無法切割。商禽詩集裡，時空交涉（時空保持原貌）與時空互攝（時空相互滲透）的作品極多，以《把現在放進過去的過去裡面》為例，列舉如下：

　　1.不知道為什麼站牌竟越來越矮並且逐漸消失而我的身體也跟　　著不斷下沉，直到背部都快要觸及地平線時我美麗的女兒才　　將我扶起，說：爸，太陽已經下山了。（《全集》，頁322）
　　　　——以兩句長句的空間改變，暗喻時間移易。

　　2.我剛從流鼻涕的童年回來。小河變成街道。祖墳飄著紙幡，

---

62 商禽：〈水族館〉，《商禽詩全集》，頁338-339。

招引早已往生的亡靈。我清醒的回去回來又睡夢中歸來歸去。(《全集》,頁323)

──前後兩句回來回去是時間,中間是不同的空間轉換。

3. 花朵緩緩下降,時間慢旋轉,在每一朵花蒂著地之前,世上已發生了許多事件。單我,便曾咳過幾聲嗽,許過幾次願,並且老了好幾年。(《全集》,頁336)

──時空糾葛,互攝,難以辨清,如「花朵緩緩下降」既表時間也表空間。

4. 時間,一百年、三百年、一千年變成木屑在空中飛舞,時間,一千年、兩千年轟然倒下。過去倒下,未來倒下。(《全集》,頁374)

──時空交涉,一千年(用以借代巨樹)在空中飛舞。

商禽很清楚這種時空的互攝,是現代詩精彩的表演,《把現在放進過去的過去裡面》集中更多精彩之作,如〈背著時間等時間〉[63] 說時間藏在「身體」裡面,以貓的兩眼瞳孔變化來計量時間,子午卯酉、貓眼瞇成一條線,寅申巳亥、貓眼如圓鏡,丑未辰戌、貓眼似棗核,這是奇特的發現,而貓不自覺;在貓的眼中,「時間是灰色的翱翔」(鴿子),促使讀者思考的是:鴿子、我們是否也能自覺時間與身體的對話,如何發現二者之間互喻、互攝的空間。此卷的主題詩〈把現在放進過去的過去裡面〉,更將時空二元相互滲透,渾然一體:

---

63 商禽:〈背著時間等時間〉,《商禽詩全集》,頁384-385。

原來我把手錶放在戰國青瓷燈盞裡又被愛整潔的女兒收撿到魚
紋彩陶盆中，直到人們的歡呼聲逐漸沉寂，細弱的鬧鈴音從三
角形的魚口中氣泡般冒出來，這已是二〇〇〇年零時三〇分

報歲蘭的冷香從陽臺上施施然而來。[64]

詩中手錶、戰國、歡呼聲（跨年）、鬧鈴音、二〇〇〇年零時三〇
分、報歲蘭，屬於時間意象；燈盞、魚紋彩陶盆、魚口、陽臺，屬於
空間意象；魚紋彩陶盆是空間，卻也隱喻商朝；鬧鈴音「氣泡般」冒
出來，則是時空互攝，暗示「時間」微弱而容易消逝。商禽的時空意
象可以是小如手錶、古董的生活物件，有時卻是生死的呼應，如〈天
葬臺〉[65]上「靈魂」「叨不起來」、「拼不起來」、「成為一頁頁負面的
時間」，「天葬臺花崗岩」「成了一頁頁負面的時間」，所謂「負面」正
是空間意象，表達生命與花崗岩所受的蝕刻、傷痕；詩中另有「斧
頭」的意象，既是禿鷲的尖喙（空間）、也是時間的傷害（時間）。在
在吐露著，生與死、時與空、肉體與岩石、人與鷹鷲，不停地對話。
商禽的生命觀，積澱在《把現在放進過去的過去裡面》空間意象中。

第五節　結語：超現實主義或者商禽主義

詩評論者習於將商禽設定在超現實主義者、散文詩創導者，加以
論述，但商禽卻又不甘於被限居於固定的、既有的窠臼中，加以否
認。詩家與詩評家當然不需要各執一詞，對立相待，論述商禽可以回

---

64 商禽：〈把現在放進過去的過去裡面〉，《商禽詩全集》，頁386。
65 商禽：〈天葬臺〉，《商禽詩全集》，頁413。

到詩的文本上來，仔細研讀、仔細審視，在超現實主義與散文詩之外，仍然有更開闊的空間可以盱衡商禽的價值與地位。本文因而跳開超現實主義長期的糾葛，企圖在空間對比與隱蔽下，看見生命撞擊下的空間詩學，這其中當然也不限定商禽是一個「逃亡者」的身分，否則又陷入另一個無形的洞穴。

在第一冊詩集中，商禽對於人為造成的有限疆域，一直堅持排斥的態度。狹窄的生活環境，實存的社會意識與生存空間，逼使商禽將天空、宇宙拿來做對比，造成震撼性的效應，而且將兩個對比意象形成相疊相加的效果，而不製造矛盾、相互抵消，以見其心中所見超級現實的真實，顯露難以負荷的生命之重而無可如何。詩中的門不是生命的出口，人進而復出、出而復進，與不可開啟的窗之意涵相近，成為外在身軀與內在心靈雙重壓力的徵象。無形的天空與不可知的黎明，竟成為一種更大的空間所形成的逼迫與重壓。

第二冊的《用腳思想》，商禽應用人體個別而單純的器官，強調主體性的存在才是自我重要的主題，這種存在即使面對綿長的歷史、巨大的空間，亦足以獨立自存。因為受到當時流行的存在主義影響，商禽此一時期，以身體意象點明存在，同時也見證存在的悲哀。

二十世紀九〇年代以後的作品，集結在《把現在放進過去的過去裡面》，空間的對比與隱蔽，漸漸加入時間因素的糾葛，形成時空疊合、禁錮、互攝與相涉的多重變化，因此，商禽已不能單純地以超現實主義、存在主義等去制約他，甚至於詩的形式也依不同內容而有多重面貌，不侷限在「散文詩」的範疇中，商禽可以形成屬於他的商禽主義，或者，屬於他的「商禽學」（不需主義二字）。

參考文獻

一　商禽詩集（依出版序）

商　禽　《夢或者黎明》　臺北市　十月出版社　1969

商　禽　《夢或者黎明及其他》　臺北市　書林出版公司　1988

商　禽　《用腳思想》　臺北市　漢光文化公司　1988

商　禽　《商禽詩全集》　臺北市　印刻文學生活雜誌出版有限公司　2009

二　中文書目（依作者姓名筆畫序）

牛　漢　《散生隨筆》　太原市　北岳文藝出版社　1999

余欣娟　《一九六〇年代臺灣超現實詩──以洛夫、瘂弦、商禽為主》　臺中市　東海大學碩士論文　2003

李英豪　《批評的視覺》　臺北市　文星書店　1966

陶保璽　《臺灣新詩十家論》　臺北市　二魚文化公司　2003

渡　也　《手套與愛》　臺北市　故鄉出版社　1980

渡　也　《渡也論新詩》　臺北市　黎明文化公司　1983

黃慶萱　《修辭學》　臺北市　三民書局　2004　增訂三版

瘂弦、張默主編　《六十年代詩選》　高雄市　大業書店　1961

三　中文篇目（依作者姓名筆畫序）

張漢良　〈從戲劇的詩到詩的戲劇〉　《創世紀》詩刊第42期　1975年12月

陳芳明　〈快樂貧乏症患者──《商禽詩全集》序〉　《商禽詩全集》

須文蔚　〈現代詩創作與理論的鴻溝〉　臺北市　《創世紀詩雜誌》107期　1996年7月

楊熾昌　〈燃燒的頭髮——為了詩的祭典〉　呂興昌編、葉笛譯
　　　　《水蔭萍作品集》　臺南市　臺南市立文化中心　1995

瘂　弦　〈他的詩‧他的人‧他的時代〉　陳義芝　《臺灣文學經典
　　　　研討會論文集》　臺北市　聯經出版事業公司　1999

四　中譯書目（依姓氏字母序）

Bachelard, Gaston（加斯東‧巴舍拉）著　龔卓軍、王靜慧譯　《空
　　　　間詩學》（*La poétique de l'espace*）　臺北市　張老師文化
　　　　2006

Ha Jin（哈金）著　明迪譯　《在他鄉寫作》（*The Writer as Migrant*）
　　　　臺北市　聯經出版公司　2010

Hamilton, Edith（愛笛絲‧赫米爾敦）著　宋碧雲譯　《希臘羅馬神
　　　　話故事》（*Mythology*）　臺北市　志文出版社　1999

Morris, Desmond（戴斯蒙德‧莫里斯）著　施棣譯　《裸女》（*The
　　　　Naked Women : A Study of Female Body*）　北京市　新星出版
　　　　社　2006

Pinker, Steven（史迪芬‧平克）著　洪蘭譯　《語言本能：探索人類語
　　　　言進化的奧秘》（*The Language Instinct:how the mind creates
　　　　language*）　臺北市　商周出版　2008

Spector, Jack J.（斯佩克特）著　高建平譯　《弗洛依德的美學——
　　　　藝術研究中的精神分析法》（*The Aesthetics of Freu: A Study in
　　　　Psychoanalysis and Art*）　成都市　四川人民出版社　2006

中村義一　〈臺灣的超現實主義〉　呂興昌編　葉笛譯　《水蔭萍作
　　　　品集》　臺南市　臺南市立文化中心　1995

松浪信三郎著　梁祥美譯　《存在主義》（*Existentialism*）　臺北市
　　　　志文出版社　1992

第三章
歷史文化裡的空間詩學：
論《瘂弦詩集》聚焦的鏡頭應用與散置的舞臺效應

摘要

　　瘂弦以一本詩集崛起於詩壇，始終為華文世界愛詩者所欣賞與尊崇，歷年來學術論述之觀點極為多元而宏富，本文則企圖以空間詩學的角度，依其創作之先後秩序，理出四個層次：聚焦於物的鏡頭應用、鋪展其境的舞臺設計、凸顯人物的戲劇企圖、十字架說的文化效應，這四個空間層次雖有間廁交疊之時，但其發展，依循此一脈絡則清晰可見。最後則以瘂弦詩中的空間開啟，既承載其一生情義，亦顯露其文化厚度作結，可以看出瘂弦詩作裡空間設計之高妙，及其詩史上所據有的空間寬幅。

關鍵詞：瘂弦、空間詩學、鏡頭應用、舞臺設計、文化厚度

第一節　前言：瘂弦鍾一生之愛於一本詩集

　　瘂弦（王慶麟，1932-）是臺灣、中國、香港（臺中港）新詩壇少見的傳奇，一部詩集可以從香港的《苦苓林的一夜》（香港國際圖書公司，1959），轉為臺灣版的《瘂弦詩抄》（創世紀詩社，1960），又變身為三處《深淵》（眾人出版社，1968；晨鐘出版社，1971，增加〈詩人手札〉；東大圖書公司，1979），轉而為定本的《瘂弦詩集》（洪範書店，1981，增加〈二十五歲前作品集〉、英譯〈鹽 SALT〉，其後版次仍多），[1] 終而前往中國、回到香港發行《瘂弦詩選》（周良沛選編，成都：四川文藝出版社，1987）、《瘂弦短詩選》（香港：銀何出版社，2002），擴大詩的影響力。其間還有選輯本在臺發行，如《瘂弦自選集》（黎明出版公司，1977）、《如歌的行板》（洪範書店，1996）、《弦外之音》（聯經出版公司，2006，朗誦光碟），但綜合而觀，這是一部詩集的增減修補，外掛翻譯或朗誦與否，瘂弦一生傾其心血，只經營這一部詩集，此為傳奇之一。

　　據《瘂弦詩集》所附〈題目索引〉，[2] 最早的一首詩〈我是一勺靜美的小花朵〉寫於一九五三年，最晚的一首詩則為〈復活節〉，完成於一九六五年，寫詩活躍期前後僅十三年而已，始於二十一歲，至三十四歲正當年富智高卻戛然而止，得詩八十七首。據龍彼得統計，另有三十一首未收入任何詩集中，全部詩作應該是一百一十八首。[3] 此後四、五十年信守童子軍似的誓言「一日詩人，一世詩人」：（一）獎掖後進，如羅青（羅青哲，1948-）、吳晟（吳勝雄，1944-）、張漢

1　瘂弦：〈序〉，《瘂弦詩集》，臺北市：洪範書店，1981（四版），序頁2-3。
2　瘂弦：〈題目索引〉，《瘂弦詩集》頁325-329。
3　龍彼得：〈瘂弦──現代詩壇的一座睡火山（代前言）〉，《瘂弦評傳》，臺北市：三民書局，2006，頁1-24。未輯入詩集之篇目，見369-370。

良（1943-）、蕭蕭（蕭水順，1947-）、渡也（陳啟佑，1953-）、陳義
芝（1953-）等，都因為瘂弦識才、提攜而成為詩壇中堅人物；（二）
精進詩藝，完成《劉半農卷》（洪範書店，1977）、《戴望舒卷》（洪範
書店，1979）、《中國新詩研究》（洪範書店，1981）、《聚繖花序》一
集、二集（洪範書店，2004）、《記哈客詩想》（洪範書店，2010）等
與詩相關的隨筆、訪談、逸聞掌故、序文，既能分享美學經驗，又可
探索詩藝秘境；（三）推廣詩運：長期應邀詩的演講、朗誦、評審，
主編《天下詩選：1923-1999臺灣》（天下文化，1999）二冊，維持與
其詩等高的卓犖、優雅、精緻而苦澀之品味。瘂弦不只以「詩創作」
傳世，更在「創作詩」的生活熱情、理想與實踐上，應驗一世詩人之
言，此為傳奇之二。

　　聯合報社受行政院文建會委託，曾於一九九九年三月舉辦「臺灣
文學經典30」活動，選出小說十本、散文七本、新詩七本、戲劇、評
論各三本之經典作品，其中新詩七書為：周夢蝶（周起述，1920-）
《孤獨國》（藍星詩社，1959）、余光中（1928-）《與永恆拔河》（洪
範書店，1979）、洛夫（莫洛夫，1928-）《魔歌》（中外文學出版社，
1974）、商禽（羅顯烆，1930-2010）《夢或者黎明》（十月出版社，
1969）、瘂弦《深淵》（眾人，1968；晨鐘，1971；東大，1979）、鄭
愁予（鄭文韜，1933-）《鄭愁予詩集》（洪範書店，1979）、楊牧（王
靖獻，另有筆名葉珊，1940-）《傳說》（志文出版社，1971）。[4] 此
時，《孤獨國》、《夢或者黎明》、《深淵》都已出版超過三十年，在這
三十年內其他六位詩人都有數本新著問世，唯有瘂弦以一本詩集「在
完成三十餘年後，仍能從臺灣半世紀出版了將近兩千本個人詩集中脫

4　陳義芝主編：《臺灣文學經典研討會論文集》，臺北市：行政院文化建設委員會、聯
　經出版事業公司，1999。

穎而出，代表了瘂弦個人在新詩藝術上的成就和影響歷久不衰。」[5]
白靈（莊祖煌，1951-）還從相對於這七人以外的眾多詩人加以比
較，認為「瘂弦創作和尋索人生的十三年歲月（1953-1965）就相當
於他們的一輩子、或甚至一百年所要追尋的。」[6] 以十三年創作歲月
累積的能量，繼續在不同時空中擴大其震幅而未歇止，此為傳奇之
三。

　　瘂弦，祖籍河南南陽，一九四九年抵達臺灣，一九五三年進入北
投復興崗政工幹校（今國防大學政治作戰學院）影劇系，就讀兩年畢
業，一九五四年至左營任職海軍廣播電臺，並與張默（張德中，
1931-）、洛夫（莫洛夫，1928-）創立「創世紀詩社」，發行《創世
紀》詩刊，一九六二年返回政工幹校任教，講授「藝術概論」、「中國
戲劇史」，四年後以少校軍銜退伍，並應美國國務院之邀，參加愛荷
華大學（University of Iowa, Iowa City）「國際作家寫作計畫」訪問兩
年，回國後任《幼獅文藝》主編（其後還包括《幼獅月刊》、《幼獅學
誌》等雜誌總編輯），注入詩的能量，拔擢新人，穩固文藝刊物的閱
讀風潮與影響深度。一九七六年入威斯康辛大學（University of
Wisconsin, Madison），獲東亞研究碩士學位。次年起擔任《聯合報》
副刊主編達二十一年之久，創造臺灣報紙副刊盛世時期的聯副王國，
鼓動時潮，創造風氣，其影響之深遠值得傳播學界以專文探索。[7] 一
九九八年瘂弦自《聯合報》系榮退，家居加拿大溫哥華，但兩岸三地
之間，客座教授、駐校作家、學術研討會、朗誦會邀約不斷，如二○

5　白靈：〈宇宙大腦的一點燐火：瘂弦詩中的神性與魔性〉，黎活仁總主編：《瘂弦詩
　　中的神性與魔性》，臺北市：大安出版社，2007，頁2。

6　同前注，頁2。

7　白靈、徐望雲（徐嘉銘）：〈瘂弦年表〉，《瘂弦、鄭愁予詩歌欣賞》，南寧市：廣西
　　教育出版社，1998，頁246-258。

○一年擔任臺灣花蓮國立東華大學創作與英語文學研究所駐校作家一年，二○○七年應聘香港浸會大學駐校作家三個月，參與「國際作家工作坊」（International Writers' Workshop）活動，如此驛馬倥傯，活動頻繁而空間改換眾多的一生，是否在他十三年的詩創作中已有徵兆可尋，蛛絲馬跡可探？

　　本文試圖以空間詩學的角度，檢視瘂弦創作的空間安排，有聚焦於物的鏡頭應用，空間設計謹小慎微；有鋪展其境的舞臺設計，這時空間是場景、也是演出者；有凸顯人物的戲劇企圖，空間內涵因為時間的糾葛產生衍變；最後是十字架說的文化效應，空間層次含蘊著文化厚度，空間是詩。這四種空間設計交互應用，編織成瘂弦詩作的戲劇效果，迷人的詩的靈魂、詩的精靈。

第二節　聚焦於物的鏡頭應用

　　空間書寫的探討，是最近十年學界新興的論述方向。繼詩人唐捐（劉正忠，1968- ）以五、六○年代的洛夫、商禽、瘂弦為客體，探討軍旅詩人的「異端性格」，歸納出「受難意識」、「疏離心態」、「前衛運動」、「離常立異」四項「共相」，並分析其美學價值與社會意義之後，[8] 又有青年學者以這三位詩人為對象，設定相同的軍旅身分、相同的五、六○年代，比較三人空間書寫的「殊相」，指出洛夫的空間以金門前線的碉堡——「石室」為代表，其中充滿死亡的氛圍，其空間以遞降方式呈現，越往下越壓縮、越狹窄（石室→棺槨→墳→骨灰），幾至無可救贖；相對於洛夫的死亡氛圍，瘂弦的空間設定為

8　劉正忠：《軍旅詩人的異端性格——以五、六十年代的洛夫、商禽、瘂弦為主》，臺灣大學中國文學系博士論文，2000。

充滿暗礁與險阻的海上「航行」，處於如此多風險的社會，詩人必須
在自我與異己（他者）之間建構與調整場域；至於商禽，則論述他的
「自我監牢」與敵視建築，往往桎梏住肉身與靈魂，商禽空間書寫所
反映的是白色恐怖時代無所不在的箝制與監控。[9] 這篇論文以「軍
旅」與「五、六〇年代」為條件，得出這樣的結論，十分可喜。如果
不以職業身分作為限定，純粹就詩論詩，瘂弦的空間書寫如何成就屬
於自己的詩學體系，則是本文所嘗試建立的。這一節將從最微小的
「物」開始觀察。

　　「物」的存在，就是詩之空間的有感存在，因此，所謂空曠，彷
彿無物，其實是以地為物的開闊空間，真正空無一物或無疆無界時，
才是真正的無物存在，此時空間感也不存在。但詩不能不憑物以歌
詠，不能不藉物以寄託，詩必形成以物為主軸的空間六合。所謂
「物」，包括天地、山川、風雨、雷電、草木、蟲魚、鳥獸等大自然
之物，也包含身體、器物、工具、家屋、建築等人工成品，以及因此
而出現的詩人所創設的意象與意象世界。

　　白靈曾引述海德格（Martin Heidegger, 1889-1976）：凡「存有」
必有「懸欠」的說法，「提盡存在的懸欠等於消失它的存在」，[10] 認為
時代的不確定性使瘂弦這一代人，進入長時間與他者、他物劇烈的互
動中，瘂弦的詩因而很少寫當下作為主體的「我」，很少直接去描述
物品、歌詠風景、或闡述主觀的心情，他的詩要透過不斷滲透多重差
異的他者才能獲得整全感。[11] 簡單的說，瘂弦的詩不在寫現實的

9　劉志宏：《一九五〇、六〇臺灣軍旅詩歌的空間書寫──以洛夫、瘂弦、商禽為考察
　　對象》，佛光大學文學系博士論文，2009。

10　〔德〕海德格（Martin Heidegger）著，陳嘉映、王慶節譯：《存在與時間》（*Being
　　and Time*），臺北市：唐山出版社，1989，頁295。

11　白靈：〈宇宙大腦的一點燐火：瘂弦詩中的神性與魔性〉，《瘂弦詩中的神性與魔
　　性》，頁8-9。

「我」，或「我」的現實，從他的詩我們無法釐清他個人的生命史，他的詩不在承載私己的情意，瘂弦在詩中以不同的「物」演出大眾生命的苦澀、時代的困阨。

瘂弦的詩有如一場戲劇，人與物靜靜演出，瘂弦在背後默默導演。瘂弦贊同美國詩人巴巴拉・赫斯（Barbara Howes）的詩觀：詩是組織、結構的藝術；詩人，就是製作人。瘂弦認為：「西方詩學從亞里斯多德起，便是從『構造』的觀點，來理解詩的本質和詩人的職守的。」[12] 根據劇作家寫「舞臺指示」的常識性規則：不管寫得長或短，它們必須永遠是無人稱的，即不能用作者本人、第一人稱的口氣來寫。劇作家如果在他的舞臺指示裡開玩笑，或者舞文弄墨，他就等於硬讓自己插身在觀眾和藝術作品之間，破壞了幻覺。[13] 瘂弦的詩讓「物」在說話、「戲」在演出，作者不現身詩中喋喋不休。

聚焦於物，有時瘂弦採取單一鏡頭、單一焦點，收到集中視野、集中心力於一事一物的效果，如〈紅玉米〉：「它就在屋簷下／掛著／好像整個北方／整個北方的憂鬱／都掛在那兒」，[14] 紅玉米，在瘂弦的詩中，已經成為中國北方廣大農民生活裡活生生的憂鬱圖騰，這樣的鏡頭在臺灣原住民石板屋屋簷下呈現的是小米穗，在臺灣南部的農村裡可能懸掛的是蒜頭之類的農產品，相類近的場景，相類近的憂鬱，從「宣統那年的風吹著」一直吹到寫詩的這一年「一九五八年的風吹著」，持續不斷的民族憂鬱，清末、民初，持續吹到現在的二十一世紀，都以瘂弦的這一串紅玉米作為焦點、作為象徵。何以這樣的

12　瘂弦：〈詩是一種製作，一個未知〉，《記哈客詩想》，臺北市：洪範書店，2010，頁15-16。

13　〔英〕威廉・阿契爾（William Archer, 1856-1924）著，吳鈞燮、聶文杞譯：《劇作法》（*Play-making: a Manual of Craftsmanship*），北京市：中國戲劇出版社，1964，頁62。

14　瘂弦：〈紅玉米〉，《瘂弦詩集》，頁59-62。

一首〈紅玉米〉可以成為「整個北方的憂鬱」的象徵？因為接下來就像譬喻修辭的「博喻」一般，瘂弦以四個敘事鏡頭帶出四段憂鬱：「表姊的驢兒就拴在桑樹下面」而表姊卻已不在，「祖父的亡靈到京城去還沒有回來」，「叫哥哥的葫蘆兒藏在棉袍裏」但哥哥呢？「遙見外婆家的蕎麥田便哭了」——或顯或隱都以不同的空間（桑樹下、京城、棉袍裏、蕎麥田）在訴說親人的喪亡，瘂弦以四個輔助鏡頭去凸顯這串紅玉米的憂鬱，這串紅玉米因而成為親人喪亡、時人流離的暗喻。

　　採取單一鏡頭而聚焦於物，有時瘂弦以同一事件的連續鏡頭發展為小型的敘事詩，〈鹽〉這首詩是其中的代表作：

　　　　二孃孃壓根兒也沒見過退斯妥也夫斯基。春天她只叫著一句話：鹽呀，鹽呀，給我一把鹽呀！天使們就在榆樹上歌唱。那年豌豆差不多完全沒有開花。

　　　　鹽務大臣的駱隊在七百里以外的海湄走著。二孃孃的盲瞳裏一束藻草也沒有過。她只叫著一句話：鹽呀，鹽呀，給我一把鹽呀！天使們嬉笑著把雪搖給她。

　　　　一九一一年黨人們到了武昌。而二孃孃卻從吊在榆樹上的裹腳帶上，走進了野狗的呼吸之中，禿鷹的翅膀裡；且很多聲音傷逝在風中：鹽呀，鹽呀，給我一把鹽呀！那年豌豆差不多完全開了白花。退斯妥也夫斯基壓根兒也沒見過二孃孃。[15]

---

15 瘂弦：〈鹽〉，《瘂弦詩集》，頁63-64。

　　〈鹽〉不是詠物詩,不寫鹽的結晶體,不寫鹽的演變史,不讚嘆鹽在人類生命中的重要性,不感慨人類缺鹽時身體的病痛,但這些隱喻卻也存放在這首詩中。這首詩以紀錄片式的連續鏡頭,播放二嬤嬤需求鹽巴的呼叫:「鹽呀,鹽呀,給我一把鹽呀!」歌謠式的呼叫成為這首詩的鏡頭焦點,豌豆、榆樹、白花、白雪——相對卻也相似於白鹽,則成為詩中詩人刻意轉換的背景,至於退斯妥也夫斯基(Fyodor Dostoevsky, 1821-1881)隨機淡入(Fade-in)、淡出(Fade-out)、溶接(the mix),[16] 是另一種似相干(退斯妥也夫斯基的第一本小說謂之《窮人》)、又不相干(俄國小說家與中國窮人)的資訊,對「主鏡頭」產生「副效應」。

　　〈紅玉米〉與〈鹽〉這兩首詩都單純聚焦於物,這樣的鏡頭應用在《瘂弦詩集》卷之一「野荸薺」、卷之二「戰時」中,可以搜尋到如下的詩篇:〈秋歌——給暖暖〉(人物暖暖是主鏡頭,荻花瑟瑟、雁字翔空、踏花馬蹄、破碎琴韻則是背後轉換的圖像)、〈斑鳩〉、〈野荸薺〉、〈憂鬱〉(「憂鬱」是主鏡頭,雖然不容易拍攝,但就讀者而言,聚焦於此不會是問題)、〈殯儀館〉(早殤者)、〈三色柱下〉(理髮是唯一的鏡頭)、〈乞丐〉(乞丐與酸棗樹同為焦點)。

　　除此之外,聚焦於物的鏡頭應用,有時是一個接一個的連環鏡頭,鏡頭與鏡頭之間彷彿有機的結合,如〈歌〉(金馬→灰馬→白馬→黑馬)、〈一九八〇年〉(未來式的各種「幸福」預言)、〈土地祠〉(圍繞著土地祠的小動物)、〈山神〉(四季不同的山景、不同的苦境);有時是同時出現幾個鏡頭產生蒙太奇(montage)效果,鏡頭與鏡頭表面上不一定相應,如〈戰神〉,第一段的鏡頭映像是「黑十字

---

16 〔俄〕普多夫金(Vsevolod Illarionovich Pudovkin, 1893-1953)著,劉森堯譯:《電影技巧與電影表演》(*Film Technique, and Film Acting*),臺北市:書林出版公司,1996,頁49-52。

架的夜晚」、「病鐘樓」(鐘面時針、分針停止)、「僵冷的臂膀」、「最後的 V」,讀者藉此可以想像黑色死亡的悲慘、靜止的時間、死亡、戰神的獰笑。第三段鏡頭意象更多且更分歧:「被大馬士革刀刺穿的破酒囊」、「沉默的號角、火把」、「有人躺在擊裂的雕盾上」、「婦人們呻吟」、「殘旗包裹著嬰兒」,這些「物」所呈現的空間意象是戰爭殘酷、劫後餘生、死亡陰影。〈戰神〉全詩以這種蒙太奇鏡頭綴連而成,聚焦於戰爭與死亡。蒙太奇鏡頭最早由格里菲斯(David Llewelyn Wark Griffith, 1875-1948)的影片《黨同伐異》開始應用,到了愛森斯坦(Sergey Eisenstein, 1898-1948)這位蒙太奇大師,他所闡述的蒙太奇定義是:把一個影像疊加在另一個影像「之上」時產生的感知(perceptual)效果;即第二個影像與第一個影像形成了一種特定的語義(semantic)關係,其結果──含義──便與原來兩者均不相同。[17] 換句話說,「蒙太奇不是一種描寫關係──嚴格地講它不描寫現實。它在語言的層面上創造現實。」愛森斯坦甚至於認為:「『真實性』是對現實的一種社會性編碼系統,是特定社會秩序的產物,而作為一種藝術實踐,它是這一社會常規的反映。」[18] 基於此,瘂弦中期之後的詩作,仍繼續使用蒙太奇手法,如〈印度〉、〈深淵〉等詩,「斷裂」與「絕處逢生」之一體兩面的效果,就在這些詩作中繼續發酵。

即使到了後解構、後現代主義時代,仍然值得拿蒙太奇手法與解構觀念一起思考。雅克・德希達(Jacques Derrida, 1930-2004)的推論,倘若一個系統中的任一元素,只在它與該系統中的任一個或一組元素比對,才有意義,那麼這個意義不是該元素所固有的,而是通過

---

17 〔美〕尼克・布朗著,徐建生譯:《電影理論史評》,北京市:中國電影出版社,1994,頁24-25。

18 同前注,《電影理論史評》,頁27。

它與非在場元素的對比暗示出來的。亦即是，意義並不充分地呈現在
已知的、在場的符號身上，而是辯證地來自它在整個非在場元素系統
中所處的位置。[19] 藉此以觀蒙太奇鏡頭，任何兩個以上之「物」（鏡
頭意象）所可能產生的意義，是 $A＋B≠A＋B$，是 $A＋B＋C≒∞$，因
為非在場元素所可能生發的能量，遠非作者或任一讀者所能估量。

　　「平行蒙太奇手法的使用，除了拓展了電影的表現空間（延伸出
富於心理意義的電影空間組合）之外，也使得電影在對現實的物理時
間進行記錄的同時，延伸出了極富張力的心理時間。」[20] 瘂弦詩之所
以迷人，就在於他所選擇、所專注之「物」，相互撞擊所引爆的空
間，持續壯闊於讀者的心理。法國電影導演羅伯・布烈松（Robert
Bresson, 1901-1999）是二十世紀最偉大的電影大師之一，他的《電影
書寫札記》（*Notes sur le cinématographe*）與瘂弦〈詩人手札〉相近，
是他對「電影書寫」進行的充滿想像力的反思，這種反思由「技」進
乎「道」，不囿限於電影藝術，直指人生創造，他說：「創造不是扭曲
或臆造人和物，而是於存在的人和物之間，如他們存在那樣，繫上新
關係。」[21] 他說：「不要追求詩。它自己會從接縫（省略處）滲
入。」[22] 正可印證本節所論，瘂弦聚焦於物的本來面貌，詩則在物與
物的繫連處滋生。

19 同前注，《電影理論史評》，頁125。

20 張東鋼：〈第三章　電影藝術學〉，王志敏主編：《電影學：基本理論與宏觀敘述》，
　　北京市：中國電影出版社，2002，頁145-146。

21 〔法〕羅伯・布烈松（Robert Bresson）著，譚家雄、徐昌明譯：《電影書寫札記》
　　（*Notes sur le cinématographe*），臺北市：美學書房，2000，頁19。

22 〔法〕羅伯・布烈松：《電影書寫札記》，頁28。

第三節　鋪展其境的舞臺設計

如果將《瘂弦詩集》卷之一、卷之二，視之為青春期前期瘂弦對「物」的關懷與思索，對「死」的戒慎與憂懼，[23] 一趨、一避，顯示其詩與人生之最早步履，則張默所言：「瘂弦的詩有其戲劇性，也有其思想性，有其鄉土性，也有其世界性，有其生之為生的詮釋，也有其死之為死的哲學，甜是他的語言，苦是他的精神，他是既矛盾又和諧的統一體，他透過完美而獨特的意象，把詩轉化為一支溫柔而具震撼力的戀歌。」[24] 最能掌握「瘂弦」作為「弦」之甜、卻又轉為「瘂」之澀的本質性激盪與震撼。若是，卷之三、卷之四則是瘂弦過渡於中國母土與臺灣新鄉的流離感，中國母土不能回歸，臺灣新鄉尚未認同，對於「地」，如何趨避，這是青春期後期的瘂弦最大的困阨。

《瘂弦詩集》卷之三為「無譜之歌」，卷之四是「斷柱集」，這兩卷卷名共同指向「虛無」與「斷裂」的內在主題與時代意識。

卷之三有作品七首，可以區分為兩種類型，一種是沒有立足之「地」的海洋空間，飄蕩不定，如〈遠洋感覺〉、〈死亡航行〉、〈船中之鼠〉、〈水手・羅曼斯〉，這些作品的空間書寫，設定為海洋，既不著陸於大陸，也不落腳於島嶼，無「地」可行的空間，象徵著身分的飄零、愁苦的無告。〈遠洋感覺〉裡的海是譁變的，人是暈眩的，外在的船之運行是擺盪的，瘂弦以「鐘擺。鞦韆／木馬。搖籃」等擺盪

23　黎活仁（1950-）：〈可怕的母親：瘂弦《山神》、《深淵》諸作的分析〉，《林語堂、瘂弦和簡媜筆下的男性與女性》，臺北市：大安出版社，1998，頁21-50。溫羽貝：〈重複與差異：瘂弦詩歌研究〉，《瘂弦詩中的神性與魔性》，頁233-274。此二文則以聳人聽聞的「戀屍癖」心理學觀點，解讀瘂弦詩中的死亡意象。面對死亡，戀與懼，相去萬餘里，值得從長計議。

24　張默等編：〈瘂弦詩選編者讚辭〉，《中國當代十大詩人選集》，臺北市：源成文化圖書供應社，1977，頁261。

物排成擺盪的圖象呈現，內在的思慮運作是混亂的，瘂弦以「腦漿的流動、顛倒／攪動一些雙腳接觸泥土時代的殘憶／殘憶，殘憶的流動和顛倒」[25] 表達，從天地的大空間到女性嘴唇泛白的小空間，從外形的船的顛簸到內在的腦漿的流動、殘憶的顛倒，都因為失去了土地。其後的航行當然是〈死亡航行〉，桅桿晃動、風信雞鏽蝕、海圖老舊、人的靈魂萎縮，而船是在夜晚的礁區艱難行進，[26] 船中還有眾鼠咬嚙、不知礁區存在的昏庸船長，[27] 象徵著臺灣國內情勢危殆、國外處境艱困的現實。瘂弦這種失去土地的海洋空間設計，最足以表達一九四九年來臺者的漂泊心境，即使真正站在土地上，仍然不敢相信泥土的真實可靠，因而尋求〈水手・羅曼斯〉般虛無、狂歡，縱情聲色，終而連結著卷之三的另一種類型作品，包括〈水手・羅曼斯〉、〈無譜之歌〉、〈酒巴的午後〉、〈苦苓林的一夜〉，這四首的空間設定在舞廳、酒巴、妓女戶等聲色場所，虛無主義者、存在主義者、懷疑主義者、達達主義者所常書寫的所在：

> 像鵪鶉那樣地談戀愛吧，
> 隨便找一朵什麼花插在襟上吧，
> 跳那些沒有什麼道理只是很快樂的四組舞吧，
> 擁抱吧，以地心引力同等的重量！
> 旋轉吧，讓裙子把所有的美學蕩起來！
> 啊啊，過了五月恐怕要憂鬱一陣子了。[28]

---

25 瘂弦：〈遠洋感覺〉，《瘂弦詩集》，頁71-72。
26 瘂弦：〈死亡航行〉，《瘂弦詩集》，頁73-74。
27 瘂弦：〈船中之鼠〉，《瘂弦詩集》，頁75-77。
28 瘂弦：〈無譜之歌〉首段，《瘂弦詩集》，頁78-80。

甚至於延續到卷之七的〈如歌的行板〉、〈從感覺出發〉、〈深淵〉
等詩的巨大虛無感，情慾的縱放、肉體的墮落、生命的茫然、無可依
憑、不可恃賴，瀰滿其中：

> 在三月我聽到櫻桃的吆喝。
> 很多舌頭，搖出了春天的墮落。而青蠅在啃她的臉，
> 旗袍又從某種小腿間擺蕩；且渴望人去讀她，
> 去進入她體內工作。而除了死與這個，
> 沒有什麼是一定的。生存是風，生存是打穀場的聲音，
> 生存是，向她們──愛被人膈肢的──
> 倒出整個夏季的欲望。[29]

　　瘂弦自己剖白：「對於僅僅一首詩，我常常作著它原本無法承載
的容量；要說出生存期間的一切，世界終極學，愛與死，追求與幻
滅，生命的全部悸動、焦慮、空洞和悲哀！總之，要鯨吞一切感覺的
錯綜性和複雜性。如此貪多，如此無法集中一個焦點。這企圖便成為
〈深淵〉。」[30] 中國詩評家沈奇（1951-）更指出這是主體飄泊、家園
幻滅的巨大隱喻：「〈深淵〉──一個東方式的〈荒原〉喻象。〈深
淵〉是一種時空裂隙（心理的與物質的時空），一種寂滅與萌生的零
度場，一個『不歸路的時代』（irreversible time）之深陷的眸子。」[31]
葉維廉（1937-）所看到的是，詩人在馳騁縱橫於中西文化間之際發
出半嘲半愁的語調，這種語調近乎幽默，但在戲謔和馳騁彷彿超然瀟

---

29 瘂弦：〈深淵〉第五段，《瘂弦詩集》，頁239-247。

30 瘂弦：〈現代詩短扎〉，《中國新詩研究》，臺北市：洪範書店，1987，頁49。

31 沈奇：〈對存在的開放和對語言的再造──瘂弦詩歌藝術論〉，蕭蕭主編：《詩儒的創
　　造──瘂弦詩作評論集》，臺北市：文史哲出版社，1994，頁393。

灑的背後，是極其深沉的悲傷與焦慮，「是在這樣一個似自由而非自由的空間裡，在一種似已豁出去一切無所謂而實在極沉痛的語調中，是介乎童話式的跳接與荒誕世界不按理的游離之間的想像裡，瘂弦推出了他存在主義式的〈深淵〉。」[32]

若是，卷之三「無譜之歌」以「海洋礁區」、「聲色場所」指涉「母土的斷裂」、「生命的虛無」兩大主題，卷名「無譜」的語義，同時暗示著無路可達，不能按圖索驥的悲愁。卷之四卷名為「斷柱集」，不似前三卷卷名取自詩題，因此，斷柱的意象必然與此卷書寫「異地」空間有所呼應。柱，通常用來支撐殿堂、屋舍、橋樑，殿堂、屋舍、橋樑是空間，柱是物，非屬空間；柱斷之後，有其橫斷面，此時斷柱是物、也是空間，只是此一空間無法與原來的建築相提並論，雖然原有的殿堂、屋舍、橋樑應已坍毀無存。沈奇認為「斷柱」之命名，便是一個凝重的喻象，「喻指古典的消亡、傳統的失落和人類文化進入現代後的崩坍與破碎。」[33] 但是如果以「空間」觀念來審視「斷柱」與集中所寫的「異地」文化，未嘗不是卷之三「母土斷裂」、「生命虛無」的另一種呼應，亦即是回不去的中國，到不了的他方。

回不去的中國，瘂弦以這些詩句顯現：公用電話接不到女媧那裡去。塵埃中黃帝喊無軌電車使我們的鳳輦銹了。且回憶和蚩尤的那場鏖戰。且回憶嫘祖美麗的繅絲歌。仲尼也沒有考慮到李耳的版稅。伏羲的八卦也沒趕上諾貝爾獎金。[34] 到不了的他方，則從巴比倫的古文

32 葉維廉：〈在記憶離散的文化空間裡歌唱——論瘂弦記憶塑像的藝術〉，《詩儒的創造——瘂弦詩作評論集》，頁372。

33 沈奇：〈對存在的開放和對語言的再造——瘂弦詩歌藝術論〉，《詩儒的創造——瘂弦詩作評論集》，頁391。

34 瘂弦：〈在中國街上〉，《瘂弦詩集》，頁95-98。

明、阿拉伯、耶路撒冷、希臘、羅馬的古文化,到巴黎、倫敦的新世
界,最後回到東方文明的另一個象徵──印度令人崇敬的聖雄甘地。
這些異地,就題目而言是空間,如芝加哥、那不勒斯;就內容而論是
瘂弦對當地文化的個人體認,如巴黎的唇間絲絨鞋,芝加哥的「唯蝴
蝶不是鋼鐵」;其實都是瘂弦所設計的舞臺,演出他對異文化的嚮
往,對寂寞的體認,對未來的不置可否。

　　瘂弦出身政治作戰學院戲劇系,又曾於一九六五年　國父(孫
文,1866-1925)百年誕辰時,應劇作家李曼瑰(1907-1975)之邀,
擔綱演出舞臺劇中國父的角色,對於戲劇、舞臺,相當熟稔。瘂弦早
於一九五六年即寫作〈劇場,再會〉,揚言「我曾逗你們笑,笑得像
一尊佛。我曾逗你們哭,哭得像一尾鮫人。」[35] 因而選編《瘂弦詩
選》的中國詩評家周良沛(1933-)據此指出:瘂弦「以應用形體動
作於舞臺,以進入戲劇的規定情景的藝術而用於詩,是設法創新、出
新。創新,是藝術之所以是藝術的需要,是詩人為了表達新的感受與
認識的需要,是所以為詩人者不與別人雷同,也不重複自己的需
要。」[36] 瘂弦將舞臺搬進他的詩中,當然是現代漢語詩壇的創舉。

　　詩集卷之三、卷之四的瘂弦,不再聚焦於「物」的書寫,而是以
舞臺設計鋪展其境,海洋的空間、虛無的空間、異地的空間、幻想的
空間,是他在這兩卷詩中所擬設的空間,是一種失去母土、鄉土,飄
盪無所依的空間虛無感。

第四節　凸顯人物的戲劇企圖

　　瘂弦認為「決定一首詩誕生的因素,在於內容的情感經驗的變

---

35 瘂弦:〈劇場,再會〉,《瘂弦詩集》,頁270-275。
36 周良沛:〈集後〉,周良沛選編:《瘂弦詩選》,成都市:四川文藝出版社,1987,頁119。

化，而不在於形式的語言文字的流動；永遠是內在的藝術要求決定著
遣詞用字，而非遣詞用字決定著內在的藝術要求。」[37] 循此回頭細看
《瘂弦詩集》卷之一、卷之二的作品，大約集中在一九五七、一九五
八兩年所作，當時瘂弦二十七、八歲的年紀，應用「聚焦於物」的鏡
頭，靜靜展陳苦難、憂傷、死亡的時代經驗，語言暢順而調子低沉，
情意顫慄而無可如何。特別是死亡的意象間雜於春光爛漫、間雜於翠
綠年華中，夭殤之痛，最是令人難忍。卷之三、卷之四則是在時代苦
難中，以虛擬的海洋與異地為空間，充分表達內心的空茫與虛無。
「物」與「地」，是最早觸動瘂弦內心憂戚的觸媒，或者說瘂弦早年
以「物」與「地」裸裎內心的憂懼，我們無法得知何以瘂弦內心堆積
如此多種愁緒，但或許瘂弦藉這些詩作療癒自己或寬慰讀者內心深處
的傷痛。

　　現代心理治療工作者，常會鼓勵求助者把內心的恐懼說出來，以
便看清自己最害怕、最擔心的是甚麼？不僅用語言說出，用冥想的方
式重現，或用畫筆繪出，期能真實面對，消弭恐懼。特別是心理劇的
治療，導演往往會幫助主角將他所害怕的對象、焦慮的情況，用行動
劇的方式演示出來，讓眼睛看到、耳朵聽到、身體感覺到，把內在恐
懼或衝突具象化，俾能協助主角超越焦慮，找到心安的方法。[38] 瘂弦
在《瘂弦詩集》卷之五「側面」、卷之六「徒然草」中，側寫人物，
凸顯人物，企圖藉別人的故事，以戲劇的方式具現生命的卑微、悲苦
與無告，正是這種以戲劇療癒傷痛的心理治療工程。

　　早期中國戲劇學者引用《說文解字》對於「戲劇」二字的解釋：
「戲，兵也，從戈，虛聲。」「劇，古作勮，務也，從力，豦聲。」

---

37 瘂弦：〈詩人與語言〉，《中央月刊》3卷7期，1971年5月，頁175-176。

38 王行、鄭玉英著：《心靈舞臺──心理劇的本土經驗》，臺北市：張老師出版社，
　　1993，頁1-3。

是兵、是務,從戈、從力,可見戲劇就是一種「鬥爭」、「衝突」的表現。戲劇學者並且引用戲臺上的對聯「虛弄干戈原是戲,又加妝點便成文」(鑲嵌「戲文」二字於句末,且用離合法,合虛戈為戲、又點為文),認為這兩句對聯大體上掌握了戲劇的本質。[39] 瘂弦的詩就具有這種「虛弄干戈」的戲劇本質,而且又有「妝點成文」的文學特性,成為現代詩壇「以劇入詩」重要的瑰寶。尤其是西洋戲劇專家也認為:戲劇是處理社會關係的產物,一次戲劇性衝突就是一次社會性衝突。「戲劇」是「人」和人之間的、或者「人」和他的環境──包括社會力量或自然力量──之間的戲劇性鬥爭。不可能有一齣只有各種自然力量互相對抗的戲。所以,「戲劇的基本特徵是自覺意志在其中發生作用的社會性衝突:如人和人,個人和集體,一個集團和別的集團,個人或集團和社會或自然力量之間的對抗。」[40] 簡單的說,「人」的自覺意志所形成的「鬥爭」、「衝突」才是戲劇的本質。因此,《瘂弦詩集》卷之五、卷之六凸顯人物的作為,正是為了造成詩的戲劇企圖,發揮療癒作用。

　　卷之五的「側面」是後設的卷名,為卑微人物造像,非正史、正傳之意。此卷詩作之事件虛構仿如極短篇,情節設計有若獨幕劇,鏡頭運用多採蒙太奇,內容不外乎:對戰爭、民粹的嘲諷,如〈上校〉、〈赫魯雪夫〉;對渺小、低成就的悲憫,如〈坤伶〉、〈棄婦〉;對虛無世界的無可奈何,如〈馬戲的小丑〉、〈瘋婦〉。兼具這三項特色於一身的是〈上校〉:

39 徐鉅昌:《戲劇哲學──舞臺劇、電影劇、廣播劇和電視劇的原理──》,臺北市:東方出版社,1970,頁10。

40 〔美〕約翰‧霍華德‧勞遜(John Howard Lawson)著,趙齊譯:《戲劇與電影的劇作理論與技巧》(Theory and Technique of Playwriting and Screenwriting),北京市:中國電影出版社,1962,頁207。

那純粹是另一種玫瑰
自火焰中誕生
在蕎麥田裏他們遇見最大的會戰
而他的一條腿訣別於一九四三年

他曾經聽到過歷史和笑

甚麼是不朽呢
咳嗽藥刮臉刀上月房租如此等等
而在妻的縫紉機的零星戰鬥下
他覺得唯一能俘虜他的
便是太陽 [41]

首段的玫瑰與火焰，可以是三個鏡頭的溶接（the mix）：少校眷村客廳花瓶中的玫瑰（溶接）夕陽餘暉（溶接）炸彈爆炸，其後用伸縮法或遮蔽法（shots in iris or in mask），逐漸擴張為蕎麥廢田，逐漸聚焦於一條斷腿。第三段仍然可以用溶接法，結合現實的、妻的縫紉機（聲），與回憶的、戰時的機關槍（聲），二者聲音近似，效果逼真而可笑，足以達到諷刺的目的。這種效果還可以呈現現實裡逐漸西沉的夕陽，與歷史中逐漸傴倒的太陽旗的疊影，畫面效果依然錯謬可笑，這種屬於超現實主義與存在主義影響下的「黑色幽默」（Black Humor），旨在揭露世事的怪誕，人生的苦痛，因而人物是病態的、神經質的，劇情集荒謬、荒唐之大成，手法混雜眼前、過去、未來、懸想於一爐，以不連續的跳接畫面進行，因而正經嚴肅的英雄總與插

41　瘂弦：〈上校〉，《瘂弦詩集》，頁145-146。

科打諢的小丑並置,戲謔成一團。《瘂弦詩集》卷之五「側面」的戲
劇效果,全然就是這種以喜劇形式表達悲劇內容的「黑色幽默」劇
(〈赫魯雪夫〉是最傑出的代表作)。「黑色幽默」是美國跨文學、電
影、戲劇,盛行於二十世紀六〇年代的藝術流派,瘂弦這一卷的作品
大多完成於一九五八至一九六〇年,足堪證明瘂弦詩學的「現代性」
(Modernity)。

　　相對於「側面」人物或情節的虛構,卷之六「徒然草」的人物畫
象則是真實而至親的配偶、師友或尊崇的前輩,情真意切,有瘂弦的
「現實」、「真我」在其中,不過,後設的卷名「徒然草」三字,卻又
將這一切的「確然」導向未必真確的「徒然」,以〈紀念 T.H〉的首
段來看:

　　　　他們來時那件事差不多已經完全構成
　　　　是以他們就為他擦洗身子
　　　　為他換上新的衣裳
　　　　為他解除種種的化學上之努力
　　　　　月光照耀
　　　　　　河水奔流──
　　　　　　窗檻上幾隻藥缽還有一些家具
　　　　　一輛汽車馳過　　一個賣鈴蘭的叫喊
　　　　　　　並無天使 [42]

這首詩為覃子豪(覃基,1912-1963)的逝世而寫,覃子豪是瘂弦這
一輩詩人的詩人老師,這一段寫覃先生在臺大醫院過世時,淨身、換

---

42 瘂弦:〈紀念 T.H〉,《瘂弦詩集》,頁174-176。

裝，瘂弦靜觀事件進行，「月光、河水、藥缽、家具、汽車、鈴蘭」，各物之間，一無關聯，若真似假，閒閒散置，只為了推湧出「並無天使」的悲哀。藥缽、家具，病房實有之物；月光、汽車，則為或然之存在；河水、鈴蘭，屬於象徵性的書寫，「河水奔流」暗喻著時間、生命的消逝，「鈴蘭」具足了「純潔」、「幸福到來」的花語象徵。「一輛汽車馳過　一個賣鈴蘭的叫喊」，以三組聲音（汽車馳過、賣鈴蘭的叫聲、賣鈴蘭的叫喊）暗示車禍的發生，使純潔、幸福的鈴蘭與（覃先生、賣鈴蘭的）死亡，造成對比反差，因而得出「並無天使」。「並無天使」此一感染力之震撼，其實更依賴「月光、河水、藥缽、家具、汽車、鈴蘭」各物閒置所形成的舞臺效應。

　　另一首為覃子豪寫的詩〈焚寄 T.H〉，是紀念覃先生逝世一週年的作品，眼前不再有病房的實境、實物，但瘂弦仍然以眾多散置的意象去凸顯主角，如第一段，在眾多死者之中，詩人如何異於他人：「你灰石質的臉孔參加了哪一方面的自然？／星與夜／鳥或者人／在葉子／在雨／在遠遠的捕鯨船上／在一○四病房深陷的被褥間／遲遲收回的晨曦？」[43] 詩人往生之後，回歸自然，其實並無異於其他眾生，瘂弦在此散置眾物，藉以擴大實質的空間、想像的空間，以顯其義。甚至於最後一段，瘂弦點出詩人不幸而詩作不朽，仍然「拉開」物與物間的距離，「疏淡」物與物間的關係：「至於詩這傻事就是那樣子且你已看見了它的實體；／在我們貧瘠的餐桌上／熱切地吮吸一根剔淨了的骨頭／——那最精巧的字句？／當你的嘴為未知張著／你的詩／在每一種的美讚下／拋開你獨自生活著／而你的手／為以後的他們的歲月深深顫慄了」[44] 讀者可以藉此拉遠物與物之後的隙縫，盪開自己的空間。

---

43 瘂弦：〈焚寄 T.H〉，《瘂弦詩集》，頁177-180。

44 同前注。

《瘂弦詩集》卷之五、六顯影人物的空間設計,瘂弦是以散置眾「物」的方式拉大空間,鋪排劇情,因而凸顯了「人」。其後,卷之七的〈如歌的行板〉、〈下午〉、〈非策畫性的夜曲〉、〈一般之歌〉、〈深淵〉等作品,承續這種技巧,均以大量不相干的「物」散置於詩的空間,形塑人間舞臺,卻也微渺了「人」,放大了不安與無奈。

第五節　十字架說的文化效應

瘂弦所屬的創世紀詩社,已被超現實主義論述者所鎖定連結,關於超現實主義與瘂弦,論述者極夥,結論大多是瘂弦是制約的、改良的、中國的超現實主義者,[45] 早在一九七五年羅青即以穩健的言語作此結論:「瘂弦對西方現代文學潮流的態度,是採取由了解,而選擇的取收,終至擺脫皮相的模倣而回歸東方;他對五四以來的新詩傳統,亦是採取先辨別,再承認,繼而發揚光大的做法;至於對詩本身的態度,他是先傾向『感性』和『文字』的單向發展,後傾向『理性』與『內容』的藝術控制,看法由狹窄而進入博大,精神由排斥進而包容。」[46] 羅青認為這三項認知是研究瘂弦詩的鑰匙。但真正能透視超現實主義在瘂弦詩中所起動的作用,應該是一九八〇年瘂弦自己在《當代中國新文學大系・詩選導言》中借用一九七九年諾貝爾文學獎得主、希臘詩人艾利提斯(Odysseus Elytis, 1912-1996)的論點,[47] 最具說服力。艾利提斯肯定超現實主義重視高於日常生活層次的現

---

45 余欣娟:《一九六〇年代臺灣超現實詩——以洛夫、瘂弦、商禽為主》,東海大學中國文學系碩士論文,2003。

46 羅青:〈理論與態度〉,《書評書目》26期,1975年6月,此處節自《瘂弦自選集》,臺北市:黎明文化公司,1977,頁227-248。

47 艾利提斯:〈自述〉,《聯合報副刊》,1980年2月6-7日。

實，倡導源於心理分析、類似夢境的自由聯繫意象的創作方法，自有
其積極性的一面。但必須加上「愛琴海意識」、「希臘特質」才能展露
屬於詩人自己的獨立的文學世界。[48] 這種「愛琴海意識」、「希臘特
質」的觀點，所以受到瘂弦的讚賞，正因為早年瘂弦的詩作中體現出
「中國北方意識」、「儒家文化本質」，因而增添其文化厚度，這是瘂
弦詩作可長可久、可高可大的重要因素。

　　瘂弦在為席慕蓉（1943-）的散文為序時，以〈時間草原〉為
題，說席慕蓉血液中流動的是蒙古人的因子，邊塞民族流離的悲苦，
說席慕蓉的作品具有相當大的精神空間，自然流露出北地的豪放。[49]
為陳義芝散文撰序則以〈大地的性格〉為題，提及陳義芝對土地的執
著，不僅是地理的鄉土，也是歷史的鄉土——一個大鄉土，他的中國
結、臺灣情一體兩面，是揉合在一起的。[50] 舉這兩篇序文為例，可以
見證瘂弦在「草原、大地」的空間上，關注的是「時間、性格」，是
歷史意識，是文化積澱，亦即瘂弦在他的詩中所充分表現的歷史文化
的厚度。

　　臺灣現代詩在紀弦（路逾，1913-）提出「橫的移植」而非「縱
的繼承」之後，瘂弦拈提「十字架」說，更有說服力：「在歷史精神
上做縱的繼承，在技巧上（有時也可以在精神上）做橫的移植，兩者
形成一個十字架，然後重新出發。」[51] 此一「十字架」精神，在瘂弦
自己的詩中顯現兩個層次的見證：

---

48 瘂弦：〈現代詩的省思——《當代中國新文學大系》詩選導言〉，臺北市：天視出版
　　公司，1980。此處引自瘂弦：《聚繖花序I》，臺北市：洪範書店，2004，頁25。
49 瘂弦：〈時間草原——讀席慕蓉的《有一首歌》〉，《聚繖花序II》，臺北市：洪範書店，
　　2004，頁6-7。
50 瘂弦：〈大地的性格——陳義芝散文作品印象〉，《聚繖花序II》，頁10。
51 瘂弦：《中國新詩研究》，臺北市：洪範書店，1981，頁53。

一　象徵性的「十字架」

　　《瘂弦詩集》從〈剖──序詩〉開始，耶穌基督就已成為這本詩集重要且唯一的救贖，〈剖──序詩〉表現了瘂弦的決志：要如耶穌一般背負人類歷史文化的第二支十字架。[52] 他的詩作中，主、耶穌、基督、上帝，是他唯一的吶喊、祈禱、寄託的對象，此外無他，例舉如次：

　　　　主啊／讓我們在日晷儀上／看見你的袍影（卷之一〈春日〉）

　　　　用血在廢宮牆上寫下燃燒的言語喲，／你童年的那些全都還給上帝了喲（卷之三〈無譜之歌〉）

　　　　今天晚上我們可要戀愛了／就是耶穌那老頭子也沒話可說了（卷之三〈水手‧羅曼斯〉）

　　　　當露珠在窗口嘶喊／耶穌便看不見我們（卷之三〈苦苓林的一夜〉）

　　　　每匹草葉中住著基督，在南方（卷之四〈耶路撒冷〉）

　　　　一莖草能負載多少真理？上帝／當眼睛習慣於午夜的罌粟／以及鞋底的　絲質的天空（卷之四〈巴黎〉）

---

52 瘂弦：〈剖──序詩〉，《瘂弦詩集》，序詩頁1-2。

而當跣足的耶穌穿過濃霧／去典當他唯一的血袍／我再也抓不緊別的東西／除了你茶色的雙乳（卷之四〈倫敦〉）

出租汽車捕獲上帝的星光／張開雙臂呼吸數學的芬芳（卷之四〈芝加哥〉）

她恨聽自己的血／滴在那人的名字上的聲音／更恨祈禱／因耶穌也是男子（卷之五〈棄婦〉）

天藍著古代的藍／基督溫柔古昔的溫柔（卷之六〈給橋〉）

隨便選一種危險給上帝吧／要是碰巧你醒在錯誤的夜間（卷之七〈下午〉）

基督的馬躺在地下室裡／你是在你自己的城裡（卷之七〈非策畫性的夜曲〉）

鐘鳴七句時曾一度想到耶穌（卷之七〈夜曲〉）

所有的靈魂蛇立起來，撲向一個垂在十字架上的／憔悴的頭顱。（卷之七〈深淵〉）

啊啊，新的威權呀，永遠可以看得清面譜的上帝呀，／和大自然攜著手，舞蹈而且放歌吧！（卷之八〈工廠之歌〉）

我們底牧師就在桅杆下面／踱著，看月亮／雖然／我們刺青龍的胸膛上／耶穌呻吟在那裏（卷之八〈海婦〉）

即使在瘂弦少見的散文詩〈廟〉中:「整個冬天耶穌回伯利恆睡覺。夢著龍,夢著佛,夢著大秦景教碑,夢著琵琶和荊棘,夢著沒有夢的夢,夢著他從不到我們的廟裡來。」[53] 瘂弦所要表達的,不是耶穌不屬於中國曠野,而是遺憾「耶穌從不到我們的廟裡來」,這樣崇慕基督教文明的詩作寫於一九五八年,但遲至一九九九年瘂弦才正式受洗為基督徒,瘂弦所享受的是基督教文明所散發的氛圍,最終成為他心靈的歸屬。

二 縱橫性的「十字架」

基督教文明是西方文化發達的主軸,瘂弦詩中實質性的「十字架」說的實踐,其實正是縱的時間軸上的西方文化積澱,與橫的空間軸上的中國北方風土人情,所鑄造出來的奇異景觀。越是早期的作品,越多中國北方風土人情,越是後期的詩作,越多西方文化的補給痕跡。《瘂弦詩集》卷之七「從感覺出發」,顯然屬於後期作品,是展現西方文化厚度的詩歌,但是如果沒有北方小調的走唱興味,艱澀的感覺將使這些作品令人卻步。

西方地理學家大衛西蒙(David Seamon)對於生活上、工作上,長期累積下來、有脈絡可循的習慣性動作、潛意識行為,因為類似於芭蕾舞的韻律、規則、特質,特別將這種序列動作稱之為「身體芭蕾」(body-ballet);這種身體芭蕾,如果維持了相當長的時間,可能成為「時空慣例」(time-space routine),特別是在某個特殊區域,如海邊、廟口、傳統市場、社區……長期出現時空慣例,形成為共同的韻律,這就是「地方芭蕾」(space -ballet)。「地方芭蕾」不只予人悠

---

53 瘂弦:〈廟〉,《瘂弦詩集》,頁292-293。

閒詩意的地方節奏感受，更在於呈現生活層面非常重要的需求——慣性與認同。[54] 瘂弦詩作中，卷之一、二常出現的嗩吶、花轎、滾銅環、打陀螺、酸棗樹、野荸薺、蕎麥田、紅玉米等等，即或是靜態的名詞，都讓人有地方芭蕾的舞動感、延續性、民謠風、風土味。相對於此的卷之四「斷柱集」，雖然瘂弦掌握住世界各城市的文化特色，但無法看見身體芭蕾的律動感，亦即無法產生地方芭蕾的親切感。

　　但巴黎、倫敦所代表的西方文化，卻從卷之一到卷之八，不時在瘂弦詩作中層層疊疊出現，楊牧即言：「瘂弦所吸收的是他北方家鄉的點滴，三〇年代中國文學的純樸，當代西洋小說的形象；這些光譜和他生活的特殊趣味結合在一起。他的詩是從血液裡流蕩出來的樂章。」[55] 西方文化特質、西洋小說形象，如：拉菲爾、訥伐爾、拜倫、鄧南遮、莎孚、馬拉爾美、高克多、裴多菲、奧芬·巴哈、凡爾哈崙、退斯妥也夫斯基、左拉、西蒙、荷馬、海倫、維娜絲、味吉爾、海明威、馬蒂斯⋯⋯一長串的文學家、藝術家、小說中人物；如鐘樓、大馬士革刀、銅馬刺、加力騷舞、茴香草、燈草絨的衣服、通心粉、木樨花、法蘭絨長褲、盤尼西林、海狸木、鐵蒺藜⋯⋯一長串的異國風物；以及希臘、羅馬等「斷柱集」所書寫的異國城市。如果根據這些意象去對應西方文化與瘂弦詩意之間的連結，從「接受美學」（Receptional Aesthetic）的角度尋索，瘂弦詩作的文化厚度，更能讓讀者神遊於其間，流連忘返。

　　瘂弦詩作實質性的「十字架」說的實踐，我們從縱的時間軸上的西方文化積澱，看到瘂弦的博識與智慧；從橫的空間軸上的中國北方風土人情，體會到瘂弦詩歌的甜美與苦澀。這樣的文化效應，來自瘂

---

54 鄧景衡：〈空間韻律的追尋：地方芭蕾的變奏與生活、公益的轉型〉，中國文化大學
　　地理系：《地理研究報告》第12期，1999年5月，頁65-105。
55 葉珊：〈《深淵》後記〉，《瘂弦詩集》，頁315-322。

弦的「十字架」說，也會從「十字架」的四個頂點向四面八方擴大，再起新的文化效應。

第六節　結語：瘂弦的空間開啟與文化承載

瘂弦以一冊詩集崛起於臺灣現代詩壇，以劇場詩的場景寫作凸顯特殊風格，就空間書寫而言，他以漸進的方式，在詩集卷之一、二，謹小慎微，聚焦於物，採用單一鏡頭、單一焦點，集中視野於一事一物，開啟他詩作的空間與視野。其後，在卷之三、四，則以失去土地、沒有立足之「地」的海洋空間，失去目標、不能定位的擬想空間，抒寫回不去中國，到不了他方的壓抑與苦悶。

到了卷之五、六，卑微人物進場，劇場詩的性質完全呈現，瘂弦以散置眾「物」的方式，一方面「拉開」物與物間的距離，一方面「疏淡」物與物間的關係，用以鋪排劇情，凸顯「人」的渺小，完整傳達戲劇就是一種「鬥爭」、「衝突」的藝術。到了卷之七，瘂弦詩中實質性的「十字架」說法具體實踐，有著縱之時間軸的西方文化積澱，橫的空間軸的中國北方風土人情，詩的空間藉此拉長、開展、且立體化，深入於歷史文化中，呈現出中西合映，屬於瘂弦個人的歷史文化的空間詩學。

參考文獻

一　瘂弦作品

瘂　弦　〈現代詩的省思——《當代中國新文學大系》詩選導言〉　臺北市　天視出版公司　1980

瘂　弦　〈現代詩短扎〉　《中國新詩研究》　臺北市　洪範書店　1987

瘂　弦　〈詩人與語言〉　臺北市　《中央月刊》3卷7期　1971年5月　頁175-176

瘂　弦　《中國新詩研究》　臺北市　洪範書店　1981

瘂　弦　《瘂弦自選集》　臺北市　黎明文化公司　1977

瘂　弦　《瘂弦詩集》　臺北市　洪範書店　1981

瘂　弦　《聚繖花序》I、II　臺北市　洪範書店　2004

瘂　弦　《記哈客詩想》　臺北市　洪範書店　2010

二　中文書目、篇目（依姓名筆畫序）

王行、鄭玉英　《心靈舞臺——心理劇的本土經驗》　臺北市　張老師出版社　1993

王志敏主編　《電影學：基本理論與宏觀敘述》　北京市　中國電影出版社　2002

白靈、徐望雲　《瘂弦、鄭愁予詩歌欣賞》　南寧市　廣西教育出版社　1998

余欣娟　《一九六〇年代臺灣超現實詩——以洛夫、瘂弦、商禽為主》　東海大學中國文學系碩士論文　2003

沈　奇　〈對存在的開放和對語言的再造——瘂弦詩歌藝術論〉　蕭

蕭　主編　《詩儒的創造——瘂弦詩作評論集》　臺北市　文
　　　史哲出版社　1994　頁393

周良沛選編　《瘂弦詩選》　成都市　四川文藝出版社　1987

徐鉅昌　《戲劇哲學——舞臺劇、電影劇、廣播劇和電視劇的原
　　　理——》　臺北市　東方出版社　1970

張默等編　《中國當代十大詩人選集》　臺北市　源成文化圖書供應
　　　社　1977

陳義芝主編　《臺灣文學經典研討會論文集》　臺北市　行政院文化
　　　建設委員會、聯經出版事業公司　1999

溫羽貝　〈重複與差異：瘂弦詩歌研究〉　《瘂弦詩中的神性與魔
　　　性》　臺北市　大安出版社　2007　頁233-274

葉　珊　〈《深淵》後記〉　《瘂弦詩集》　頁315-322

葉維廉　〈在記憶離散的文化空間裡歌唱——論瘂弦記憶塑像的藝
　　　術〉　《詩儒的創造——瘂弦詩作評論集》　臺北市　文史
　　　哲出版社　1994　頁372

劉正忠　《軍旅詩人的異端性格——以五、六十年代的洛夫、商禽、
　　　瘂弦為主》　臺灣大學中國文學系博士論文　2000

劉志宏　《一九五〇、六〇臺灣軍旅詩歌的空間書寫——以洛夫、瘂
　　　弦、商禽為考察對象》　佛光大學文學系博士論文　2009

鄧景衡　〈空間韻律的追尋：地方芭蕾的變奏與生活、公益的轉型〉
　　　中國文化大學地理系　《地理研究報告》第12期　1999年5
　　　月　頁65-105

黎活仁　《林語堂、瘂弦和簡媜筆下的男性與女性》　臺北市　大安
　　　出版社　1998

黎活仁總主編　《瘂弦詩中的神性與魔性》　臺北市　大安出版社
　　　2007

蕭蕭主編　《詩儒的創造——瘂弦詩作評論集》　臺北市　文史哲出
　　版社　1994

龍彼得　《瘂弦評傳》　臺北市　三民書局　2006

三　中譯書目（依姓氏字母序）

Archer, William（威廉・阿契爾）著　吳鈞燮、聶文杞譯　《劇作法》
　　（*Play-making: a Manual of Craftsmanship*）　北京市　中國
　　戲劇出版社　1964

Bresson, Robert（羅伯・布烈松）著　譚家雄、徐昌明譯　《電影書
　　寫札記》（*Notes sur le cinématographe*）　臺北市　美學書房
　　2000

Heidegger, Martin（海德格）著　陳嘉映、王慶節譯　《存在與時間》
　　（*Being and Time*）　臺北市　唐山出版社　1989

Lawson, John Howard（約翰・霍華德・勞遜）著　趙齊譯　《戲劇與
　　電影的劇作理論與技巧》（*Theory and Technique of Playwriting
　　and Screenwriting*）　北京市　中國電影出版社　1962

Pudovkin, Vsevolod Illarionovich（普多夫金）著　劉森堯譯　《電影
　　技巧與電影表演》（*Film Technique, and Film Acting*）　臺北
　　市　書林出版公司　1996

尼克・布朗著　徐建生譯　《電影理論史評》　北京市　中國電影出
　　版社　1994

第四章

現實思維後的空間詩學：

論《張默小詩帖》的虛實對應與融攝

摘要

　　張默在「詩行動」的詩運推廣，與「行動詩」的詩作創造上，往往雙軌並進，論評者也能持平而論，給予中肯的評價。本文則試圖透過空間詩學的思考，將一般人所偏倚的張默詩作中的熱切詩情，加以冷凝，改用靜止的空間角度凝視張默的哲理詩境，探討張默如何透過現實生活中平凡的事物，應用空間感，思維生命可能達及的理想高度。張默這種對應式的虛實空間設計，或大呼小應，或小呼大應，各盡其妙，往往在大化世界中聚焦於一葉小舟，讓人看見張默小詩的鑽石光芒。

關鍵詞：張默、小詩、空間感、形象思維、虛實對應

第一節　前言：在熱與動之中透視張默的靜

　　一九九四年我曾編纂張默（張德中，1931-）詩作評論集《詩痴的刻痕》，綜合論述張默詩風：「有如夏日一陣驟雨，突然而來，戛然而止，任其餘韻迴轉不停。復如冬夜一盆爐火，熊熊烈烈，令人也隨著他的語字蹁躚不已。詩如其人，具有強大感染力的張默和他的詩，在日漸冷漠的臺灣社會，實在有他溫熱人生的作用。讀他的詩，見他的人，讓人從內心溫暖起來。」[1]「夏日一陣驟雨」，那是活力無限的行動派、動作派「動」的實踐；「冬夜一盆爐火」，則是對人、對詩的堅持與熱情，燃燒自己，溫熱別人，也溫熱詩壇與時代。張默詩作中有許多酬贈之作、題畫之詩、仿擬之篇，這是大多數現代詩人所不屑為的，但卻更證明張默心中的火熱之情，極欲傳導出去的無限能量。

　　這種熱與動的能量，與張默同為「創世紀鐵三角」的瘂弦（王慶麟，1932-）與洛夫（莫洛夫，1928-），也有相同的觀察所得。瘂弦認為：「一些理性的藝術家，不但創造獨特的藝術，也犧牲奉獻、善盡社會責任；或是捨棄寶貴的創作時間來從事教育工作、培養新人；或是獻身文學藝術運動、播種墾殖。五四以來，第一位典型人物是胡適，近三十年來則有俞大綱。」「我也並不想拿歷史名人來為好友建立文學服務的理論；但是，每當我想到張默，就禁不住產生上述的聯想。」因此，瘂弦認為：「張默的重要，除了詩的創作外，還有他為詩壇所做的工作；創作與工作就像車的兩輪、鳥的雙翼，是張默文學世界的兩大範疇。」[2]洛夫也以詩作與詩運的雙向成就肯定張默，說

1　蕭蕭（蕭水順）：《詩痴的刻痕》，臺北市：文史哲出版社，1994，〈編者導言〉，頁1-2。

2　瘂弦：〈為永恆服役──張默的詩與人〉，張默：《愛詩》序文，臺北市：爾雅出版社，1988。此處引自《詩痴的刻痕》，頁60、61、62。

行動派的張默的詩是他全生命的輻射，表現於詩的語言上，則如層層
波濤，湧動不息；說張默作為一個詩運的推動者，傾其一生作忘我的
投入，有著他一動整個詩壇也跟著動的魔力。[3] 洛夫說那是魔力，其
實也是不爭的事實：張默一動，詩壇跟著動；張默不張，詩壇跟著沉
默。依據這兩位創世紀詩社創辦人的觀點，創世紀詩社之所以能帶動
臺灣二十世紀六〇年代以後的詩壇蓬勃朝氣，甚至於影響海峽對岸文
革結束、朦朧詩派興起後的新詩發展，張默才是那股風騷的源頭，不
安的種子。

　　對於這種雙軌式的人生走向，中國詩評家沈奇（1951-）有著精
闢的分析，他認為超凡而孤弱的、天才型的生命之旅，是可以通過自
己的創造物，塑造起自己生命價值的雕像；入世而真誠的、英雄式的
生命之旅，是通過歷史所賦予的機遇，加上自身特具的稟賦，經由對
創造型人物的支助與扶植、對創造性事業的參與和投入，最終在他人
的或群體的紀念碑上刻下自己的名字。前者仰賴天賦，是本能的自
覺；後者依賴熱情，是理性的抉擇。詩人張默，正是這樣一位同時樹
立起兩種紀念碑的歌者。[4]

　　換言之，在詩作與詩運的雙向成就上，論評者給予張默的掌聲從
未失衡，即如白靈（莊祖煌，1951-）有「詩行動」、「行動詩」的區
隔、辨識，以「張」、「默」二字加以解讀，說：「詩行動」多年來他
是「唯一」的，因此敢於大張旗鼓、不怕為全體詩人吶喊，是顯明可
見的「張」的行徑；但在詩創作，張默小心謹慎，含蓄而隱微地在文
字上經營「行動詩」，與諸詩友暗地裡較勁，是隱晦的「默」的一

3　洛夫：〈無調的歌者──張默其人其詩〉，《孤寂中的迴響》，臺北市：東大圖書公
　　司，1981。此處引自《詩癡的刻痕》，頁9。
4　沈奇：〈生命‧時間‧詩──論張默兼評新作「時間‧我繾綣你」〉，臺中市：《書
　　評》雙月刊，1993年8月，此處引自《詩癡的刻痕》，頁371-372。

面。[5] 但白靈這篇論文是在惋惜語氣中肯定張默的「行動詩」,「是將人生的不可逆（被放置某個非出於自願的位置）,藉自行調整速度和立體的視域（非地面位置）而獲得短暫的『小小可逆過程』。」[6] 是充滿張默個人的「生命動感」和「立體化視野」,是在不確定的生命旅程中,試圖安頓自身的策略。

當然,「詩行動」之「張」,對比「行動詩」之「默」,在「動、熱」與「靜、冷」的兩極風格中,白靈顯然還是以「動」看待張默的詩篇。但在張默第一本詩集《紫的邊陲》（1964）出版時,香港李英豪（1941-）的序言即依張默的詩題〈拜波之塔〉→〈哲人之海〉→〈神秘之在〉,〈紫的邊陲〉→〈沉層〉→〈期嚮〉,點出張默的世界發展的動向:「詩人由崇慕（高）,驚嘆彼德勃如海矗然的建築,而在海中浮泛（廣）,由浮泛而尋幽（深）,由尋幽而靜思,由靜思而構成,由構成而發現孤獨赤裸的自我。」[7] 是由高而廣,由廣而深,指向沈靜之路。因而,「沈靜」的詩人——張默——如何「張」其默,或許是另一種發現張默特質的途徑。本文試圖透過空間詩學的思考,將一般人所偏倚的張默詩作中的熱切詩情,加以冷凝,改用靜止的空間角度凝視張默的哲理詩境;將白靈視為形容詞的「張」、「默」二字,調整為「張」其「默」,「默」是名詞,是本質上的必然,「張」則為動詞,是時代裡的偶然。以動詞「張」而言,更可印證白靈所論:張默詩作的「生命動感」和「立體化視野」,是在呼應不確定時

---

5 白靈:〈手印與腳印——試論張默的詩行動與行動詩〉,朱壽桐、傅天虹主編:《張默詩歌的創新意識》（第二屆當代詩學論壇有關論文集）,北京市:中國文史出版社,2009,頁51。

6 同前注,頁64。

7 李英豪:〈從「拜波之塔」到「沉層」——論張默詩集《紫的邊陲》〉,張默:《紫的邊陲》,高雄市:創世紀詩社,1964。此處引自《詩癡的刻痕》,頁133。

代、不確定生命旅程的一種必要策略。原為「默」的生命，因而有他
不得不「張」的苦衷。

　　本文以張默最新詩選《張默小詩帖》（2010）作為觀察對象，張
默說這是他創作一甲子以來的首部小詩集，[8] 封面則標記為一九五四
至二〇一〇年，跨越年數長達五十六年，涵蓋他創作新詩的完整歲
月，據此而論張默，允稱周全。〈編後小記〉中張默強調：詩，一定
要在最出神的狀態下完成，小詩尤其是如此。[9] 此一出神詩觀正對應
著心靈的「靜默」。〈編後小記〉裡詩人還簡約列出二十五種經歷與某
些難以說明白的昔日情景以成其詩，諸如：「在桃子園木板屋營區籬
窗下……」、「在南臺灣海域搭乘 LVT 行走在洶湧的浪濤間。」、「在
澎湖列島十分崎嶇冷僻所綻放的疏朗。」、「在右昌田埂漫步，依稀想
捕捉月上柳梢的情景。」……「在十二生肖的馬背上，赫然與郎世寧
撞個正著。」[10] 列舉的二十五個「在……」的句子，正對應出張默寫
詩時自覺的、或實或虛的「靜默」空間感，實的如營區籬窗下、南臺
灣海域、右昌田埂，虛的如澎湖列島十分崎嶇冷僻所綻放的「疏
朗」、十二生肖的馬背上。所以，本文由此而立論，必有足以揮灑的
餘裕空間。

第二節　在靜之中透視張默的空間感

　　依《張默小詩帖》各詩之後的註記，〈荒徑吟〉（1954）應是此詩
選寫作最早的一首小詩，這一年張默二十四歲，剛開始寫詩：

8　張默：〈編後小記〉，《張默小詩帖》，臺北市：創世紀詩雜誌社，2010，頁185。
9　同前注，頁187。
10　同前注，頁185-187。

　　披頭散髮，像不羈的浪子

　　鬍髭已經爬滿兩腮了

　　它，還要向無垠的闊野，航行

　　去吧！別再異想天開了

　　我的腳是重磅的鋤

　　浪人呀！你還不快修一修臉面

　　整一整，衣冠（一九五四年九月十二日左營 [11]）

此詩一方面隱約呈現：張默在新詩創作之初期，已具有相當成熟的空間感，且已善用人體與天體的互喻效果，將荒徑之荒穢譬喻為浪子的鬍髭、散亂的頭髮，在爬滿兩腮之後，還要向無垠的闊野航行（從人體自然轉換為天體）；另一方面也暗示張默戮力新詩的初志，有著面對荒蕪草萊的開拓宏願，「我的腳是重磅的鋤」，宣示他為新詩開疆闢土的決心與毅力，在其後五、六十年的詩生命中踏實履踐，得到普遍的認可與讚譽，白靈就認為：「『荒徑』是『少人走之路』、是『預告之路』、是『未來之路』、是『存在各種可能之路』，也是『創世紀開疆闢土之路』，乃至張默中壯年後『行旅天涯之路』……『重磅的鋤』就是他生命的動詞，實踐力、劍及履及的保證！」[12]

　　集中最晚近的一首詩是同樣置放在「卷一：人文燭照」的最後一首〈我的書房〉（2010），寫作此詩，張默八十歲：

11　張默：〈荒徑吟〉，《張默小詩帖》，頁3。此詩第一次收入張默旅遊詩集：《獨釣空濛》，臺北市：九歌出版社，2007，頁26，詩末標記寫於「1954年9月12日左營桃子園」，註曰：「這首詩是早期寫的，未曾編入個集，它已隱隱預告筆者年輕的心，浪跡天涯的企圖。」所謂浪跡天涯，正是張默「空間感」的敏銳與追尋的證據。

12　白靈：〈山的疊彩，水的樂音──張默的旅遊詩〉，《獨釣空濛》，頁15。

之北，是

一眼看不透的無為老家的小池塘

之東，是

一抹啃不完的雪花皚皚的大草原

之南，是

一片幽僻嶙峋若路南石林的雕刻

啊！原來吾獨鍾米芾的拓本

早就橫躺在老莊的額角上，打鼾

（二〇一〇年三月二十八日內湖 [13]）

此詩各段「之北」、「之東」、「之南」，仿照樂府詩：「江南可採蓮，蓮葉何田田！魚戲蓮葉間。魚戲蓮葉東，魚戲蓮葉西，魚戲蓮葉南，魚戲蓮葉北。」[14] 顯示魚之戲游於蓮葉間的空間感，但並不實指具體的方向。張默書房「之北」、「之東」、「之南」，有著修辭學裡「互文」：「參互見義」、「相備相釋」的作用，[15] 因而，書房之北所述，也可能見之於書房其他三個方向，之東、之南所述，其含意相同，也就是說詩人無意實寫書房之北指向安徽無為的家鄉方向，書房之東也不一定是「雪花皚皚的大草原」，所謂「路南石林的雕刻」，只因為詩人旅遊

---

13 張默：〈我的書房〉，《張默小詩帖》，頁22。

14 古辭：〈江南〉，〔宋〕郭茂倩編撰：《樂府詩集》（二），臺北市：里仁書局，1999，頁384。

15 黃永武：《字句鍛鍊法》，臺北市：洪範書店，2003（增訂二版），頁185-189。原文：「為求節省文字，變化字面，有用參互見義的方法，相備相釋，這種修辭法，叫做『互文』。」

雲南昆明「路南石林」留下深刻印象。[16] 因此,〈我的書房〉其意不在刻意表現書房真實的地理方位,而在於拓展書房有限的實有空間,不將自己的思想、視野,侷促在四面牆壁之內,所以,「米芾的拓本」,暗喻著張默對米芾(初名米黻、字元章、號海岳外史、襄陽溫士、鹿門居士,人稱米癲或米痴,1050-1107)之曠達不俗、狂放不羈的嚮往;「老莊的額角」,更將老子「無為」、「自然」的哲理、莊子「逍遙遊」的無盡觀,都跟米芾的拓本一樣,「內化」為書房與張默的一部分。

值得注意的是,〈我的書房〉前三節「之北」、「之東」、「之南」,是以書房空間的開拓(往四方推展的視野),顯示張默從現今的家(內湖的書房)、記憶中的家鄉(無為老家的小池塘),擴及到異地(如草原、石林)的心靈空間的開拓。法國學者加斯東・巴舍拉(Gaston Bachelard, 1884-1962)的《空間詩學》即從家屋(張默的書房、家鄉意象)談起,他說:「從一棟向內凝聚的家屋走向一棟向外擴張的家屋之後,我們察覺到了韻律分析的方法,其振幅四處迴響而且越來越大。」[17] 張默的空間詩、甚至於所有的詩,可以從這個方向加以理解。

〈我的書房〉的第四節以「拓本」、「額角」之細微空間,含蘊米芾、老、莊等古聖賢,人格、人文之曠達無限的心靈境界,是以小寓大的空間設計。巴舍拉討論角落時,曾有這樣的認識:「角落是這樣的藏身處,它讓我們確認一種存有的初始特質:靜定感(immobilité)。」[18]

---

16 參見張默:〈石林,請聽我說〉,《獨釣空濛》,頁162-165。張默:〈路南石林〉,《張默小師帖》,頁164。

17 〔法〕加斯東・巴舍拉(Gaston Bachelard)著,龔卓軍、王靜慧譯:《空間詩學》(*La poétique de l'espace*),臺北市:張老師文化事業公司,2006(初版八刷),頁138。

18 同前注,《空間詩學》,頁224。

在如此靜定而可信賴的氛圍裡，張默才能發展出對米芾、老、莊的適意、自在的體會與服貼。

第三節　在空間感中透視張默的現實思維

《張默小詩帖》最早與最晚的兩首詩，分別顯示張默對空間的掌握，實境的「荒徑」與虛擬的「書房」都屬空間，卻又呈現「自然」和「人文」相對舉的殊異景觀。這是創作期極早與極晚的兩首作品，如果以題材相異的作品加以比較，如動物詩與植物詩作為驗證對象，則張默的空間設計，將會顯露如何特殊的特質與意義，值得繼續觀察與論述。

以動物詩〈鴕鳥〉（1974）來論，此詩只有四行，卻是張默極受重視的作品：

遠遠的
靜悄悄的
閒置在地平線最陰暗的一角
一把張開的黑雨傘 [19]

陳義芝（1953-）曾分析「遠遠」、「靜悄悄」、「閒置」、「最陰暗」、「一角」、「黑」，同屬於一組陰性字眼，使人的視覺壓入沒有生機的境地，「張開」一出，「正像小草自泥地中掙出，花苞在長夜後舒放，使天機獲得了諧和。」[20] 陳義芝在此以冷色系統襯托充滿活力的「張

---

19 張默：〈鴕鳥〉，《張默小詩帖》，頁106。
20 陳義芝：〈從時間巨齒的隙縫中跨出來──論張默詩集《無調之歌》〉，初刊《創世紀》第44期，1976年9月。此處引自《詩癡的刻痕》，頁161。

開」，原為「默」的生命因而有他「張」的生機。這種對比性的觀
察，陳義芝還曾將「鴕鳥／黑雨傘」視為「自然性／人文性」的對
舉，加上前面所揭示的「遠」、「靜」、「閒置」、「陰暗」，不期然就有
「人生旅途」的豐富聯想。[21] 中國詩評家李元洛（1937-）也有相同
的觀點：「從詠物詩的角度看，這首詩不僅為自然界的鴕鳥寫照傳
神，而且由物及人，也可以引發讀者詠物而不僅止於詠物的審美聯
想，因為優秀的詩作本來應該所寫為一，所指在萬。」[22] 簡單四行詩
卻可以有如此豐厚的想像與指涉，是以陳義芝稱張默小詩為「毫芒雕
刻」的淬鍊。[23]

　　如以空間設計來看〈鴕鳥〉，李元洛指出：「其構圖設計頗有王維
『大漠孤煙直』的意味，人稱王維這句詩的基本構圖是一根水平線加
一根垂直線，那麼，〈鴕鳥〉則是水平線加半弧形了。」[24] 這首詩更
精確的空間設計示意圖，應該是無限延伸的地平線上，在偏遠、無
聲、陰暗、不起眼的角落，出現一個小小的半弧形的點：

‿

地平線無限延伸是空間的擴大，空間越是擴大，而鴕鳥（黑雨傘）越
顯渺小，但巴舍拉認為這樣的小角落卻是「回憶的衣櫃」，[25] 何況這
黑雨傘呈現的還是半弧形，他認為「弧曲的優雅是種召喚駐留的邀

21　陳義芝：〈賞析張默的「蜂」及其他〉，初刊《國語日報・古今文選》第692期，
　　1988年11月。此處引自《詩癡的刻痕》，頁254-255。
22　李元洛：〈「為永恆服役」的選手──張默詩作欣賞〉，初刊《創世紀》第76期，
　　1989年8月。此處引自《詩癡的刻痕》，頁97。
23　陳義芝：〈毫芒雕刻的焠鍊──讀《張默小詩帖》〉，《張默小詩帖》，序頁13-16。
24　李元洛：〈「為永恆服役」的選手──張默詩作欣賞〉，《詩癡的刻痕》，頁97。
25　〔法〕加斯東・巴舍拉（Gaston Bachelard）：《空間詩學》，頁230。

約」，「可愛的弧線有著窩巢的力量」，「一個彎曲的『角落』，……我們得到最低限度的庇護」，[26] 張默的〈鴕鳥〉或者說張默的詩，所保留的就是廣大空間裡的這一絲溫熱。

　　至於植物詩，我們引〈削荸薺十行〉（1996）為證例：

　　　　一粒粒渾圓而充滿泥土味

　　　　　　起初，它有點羞澀
　　　　　　以褐色的外衣
　　　　　　把自己裹得緊緊的
　　　　　　當我恣意地
　　　　　　在它小小的胴體上
　　　　　　很細緻地剖開第一刀
　　　　　　我看見一對白色的眸子
　　　　　　從靜幽幽的傷口孵出

　　　　　　人類，是你在喊我嗎？[27]

廖咸浩（1955-）認為這首詩將人類比喻為對其他動植物使用暴力的物種，以童趣剖露大自然被人類劃下的傷痕。這樣的發現是詩人在削荸薺時，直視那「傷口」，突然意識到「他者觀點」而有的感受。[28] 陳幸蕙則以感性的調子指出：「『一對白色的眸子／從靜幽幽的傷口孵出』是多麼柔軟的心才寫得出的句子？『人類，是你在喊我嗎？』又

26　同前注，《空間詩學》，頁234。
27　張默：〈削荸薺十行〉，《張默小詩帖》，頁76。
28　廖咸浩：〈時間就寢，小詩復活──讀《張默小詩帖》〉，《張默小詩帖》，序頁6。

是何等無怨無悔之包容，與天真無垢之童心結合，才湧生的詩想？」[29]
瘂弦所主編的《天下詩選Ⅱ》選入此詩（列於「生命的觀照」項
下），詩末「品賞」欄指出，當削的動作一起，「傷口」、「驚呼」同時
出現，一件簡單的家事，卻寫出植物與人類之間，生命與生命的感
應，生命與生命的同體心。[30] 評論家的觀點都集中在「傷口」這個小
空間，這個小空間卻也是連接人與其他生命最重要的關鍵處。

　　這首詩為十行詩體，洛夫與向陽（林淇瀁，1955-）的十行詩都
採「5＋5」的形式，張默此作獨用「1＋8＋1」的分列法，第一行獨
立，是純粹客觀的審視與描述，中間的八行則用主觀的擬人化寫法，
前六行實寫，後兩行虛擬；最後獨立的一行，詩人突然轉化為荸薺，
以荸薺發聲，這就是廖咸浩所稱的「突然意識到他者觀點」。

　　如果不受作者原形式的拘束，將這十行詩分為兩階段，可以將前
七行視為實寫的「拷貝」（copy），拷貝「荸薺」之實物（第一行），
也拷貝「削荸薺」之實務（二至七行）；後三行則視為虛擬的「模擬」
（mimesis），模擬荸薺的痛，也模擬荸薺的驚，進而達成生命與生命
的同體大悲感。「拷貝」與「模擬」之差異，張小虹（1961-）提出這
樣的辨識：「拷貝」是以文字與圖像「再現」它者，以視覺距離拉開
自我與它者；「模擬」則是以身體「變成」它者，是一種零距離的
「碰觸」、一種「貼合」、一種相互的感應與變化生成。[31] 很多人寫詩
將自我與客體分離，以「知性」寫詩，那是一種「有我」的寫作技
巧，張默〈削荸薺十行〉最後三行則將自己的身體、生命，模擬荸薺
的疼痛，將我的生命化為「無我」，化入荸薺。

　　〈鴕鳥〉以地平線所呈展的廣大空間，襯托鴕鳥的渺小存在，存

---

29 陳幸蕙：《小詩森林》，臺北市：幼獅文化事業公司，2003，頁86-88。

30 瘂弦編：《天下詩選Ⅱ》，臺北市：天下文化，1999，頁97-100。

31 張小虹：《身體褶學》，臺北市：有鹿文化事業公司，2009，頁137。

留著廣大空間裡的一絲溫熱；〈削荸薺十行〉則以小小的傷口，轉化、模擬、感應眾生的苦難，形塑生命裡的廣慈大愛。應用空間感，張默這兩首詩透過現實生活中平凡樸實的鴕鳥、荸薺，思維著生命可能達及的理想高度。

第四節　在現實思維中透視張默的虛實對應

動物詩〈鴕鳥〉的成功，是將實有的鴕鳥置放在虛擬的「地平線」空間而達致。植物詩〈削荸薺十行〉的傑出，則是以日常削荸薺的家事，透過模仿、擬態、隱形、變身的虛化過程，聚焦於削皮後的「傷口」，而至於物我合一之境。這傳達的過程已隱含虛實對應的策略與成就。

全面掃描《張默小詩帖》，此詩集所收集的都屬於十行以內、百字以下的小詩，起自一九五四年，終於二〇一〇年，可以視為張默一生詩作的濃縮與精華，濃縮是因為小詩用字簡約經濟，精華則是因為這是張默前十五本詩集、詩選的再精選。張默對小詩的積極運作，在一九五四至二〇一〇年之間可以定其分水嶺為一九八三年，一九八三年之前，張默並未特別重視小詩寫作，隨興隨緣而已，但自一九八三年參與嘉義《商工日報》「小詩選讀」專欄，到《小詩選讀》刊印專書（1987），從手抄本《小詩觀止》到單行本《小詩・床頭書》（2007），近三十年來張默彷彿在推動「小詩」的隱形革命，要讓小詩成為詩壇重要的流脈，[32] 無意之作與有心之詩，各據三十年，使這本小詩帖的出版意義更形特出，因而本節藉由現實思維的視境，釐清

---

32 李瑞騰：〈張默編詩略述──以小詩為例〉，朱壽桐、傅天虹主編：《張默詩歌的創新意識》（第二屆當代詩學論壇有關論文集），北京市：中國文史出版社，2009，頁16-25。

《張默小詩帖》意象的虛實對應，其實隱隱約約也透露著張默一生詩作的優異特質。

　　藝術家會以各種變化的、互動式或即興式的線條、色彩、錄音、影像、機械、科技、塗鴉、拼貼、裝置等不同的媒材，重現、模仿、複製或再造自然，形成虛實、真假、先後、天人相互對應的空間。詩人則以語言直視現實，思維現實，創造不同的思維空間，在虛實對應中，引領讀者進入另一度屬於詩的私密空間。

　　張默小詩的虛實對應，有時楚河漢界，脈絡清楚，特別是兩兩相依的四行詩，如〈面顏〉（1976）：

　　　　跳動的時間
　　　　永遠擺不平的時間

　　　　沿著我的灰濛濛的髮梢而下
　　　　哎喲，你的皺紋好深啊 [33]

此詩前兩行描述時間，時間，一般認為是抽象的，但根據辭書上的解釋，時間是「由於空間中各元素的變化，而使人感受到的一種概念性的存有。它的存在需由空間和物體來界定：是一種可變化的存有之持續。」[34] 或曰：「物質運動中的一種存在方式，由過去、現在、將來構成的連綿不斷的系統。是物質的運動、變化的持續性、順序性表現。」[35] 因此，所謂時間也是一種存有，既然是存有，就可以當作是

33 張默：〈面顏〉，《張默小詩帖》，頁8。

34 梁實秋總審定：《名揚百科大辭典》，臺北市：名揚出版社，1984，頁2396。

35 中國社會科學院語言研究所詞典編輯室編：《現代漢語詞典》，北京市：商務印書館，2005（第五版）。此處引自龍彼德：〈永遠遨遊在蒼翠裡〉，《張默詩歌的創新意識》，頁30。

一種可以連續的物質移動的痕跡，換句話說，時間，可以視為一種可變動的空間。若是，張默這四行詩，首句「跳動的時間」，是可以感受到的空間轉換，跳動二字更使時間落實為真實的存有；次句「永遠擺不平的時間」，則跳入主觀的判定中，可以當作是「虛」；其後「沿著我的灰濛濛的髮梢而下」，介乎虛實之間，鬢髮逐漸灰白可以感覺時間的移動痕跡，但又無法在任一當下親眼目睹；末句「你的皺紋好深啊」，是當下可以判讀的「實」。此詩以「面顏」之實，對應時間之「虛」，以可見的「你的皺紋好深啊」之真，對應自己看不見的「我的灰濛濛的髮梢」的時間之變，詩句在虛實之間交錯而行，以成佳構。

　　如果以●作為「實」的符碼，○為虛，⊙則是介乎虛實之間的符碼，張默另一首四行詩〈信〉（1976），其虛實對應情況一如〈面顏〉，以圖示意如下：

　　　儘管是細細斜斜的幾行 ⋯⋯⋯⋯⋯⋯⋯●
　　　他也細細斜斜地安坐在我的眼睫裡 ⋯⋯⋯○

　　　怎麼攆也攆不走 ⋯⋯⋯⋯⋯⋯⋯⋯⋯○
　　　你的細細斜斜的歌唱[36] ⋯⋯⋯⋯⋯⋯⊙

信，細細斜斜的字跡是一種特質，坐在眼睫裡是讀信的暗喻，卻是虛的設計；「攆」是一個落實的動作，此處卻是不真實的畫面，最後的「細細斜斜」是信之真，但「歌唱」卻又是一個暗喻。如果沒有「坐在眼睫裡」的虛擬空間，沒有「歌唱」的暗喻，〈信〉就不是精彩的

36 張默：〈信〉，《張默小詩帖》，頁9。

作品；同樣，沒有「細細斜斜的幾行」的真實性、具體感，〈信〉將失去最基本的依附。

這種虛實對應，類近於修辭學家以「對比」辭格造就的「對比意象」，「所謂對比意象就是以對比辭格為言語呈現形式，以建構意象為美學旨歸，把語義上、感情上、及聯想意義上，對立、矛盾的詞、詞組或句子組合在一起，從而使兩種意象產生相互強調、相互對比、相互衝突的作用，以強化詩人的某種寓意、情感、觀念。」[37] 這種對比意象包含極廣，諸如語義對比、空間對比、時間對比、時空共現的對比、色彩對比、向度對比、動靜對比等等，[38] 但「對比」有強度上的衡量，價值上的評定，不同於「對應」可以相互繫連，相互補足、呼應。張默詩作中的實境與虛擬實境的空間設計，其用意不在對比，而在對應。因此以李翠瑛所提出的「虛擬意象」去理解「虛實對應」，或許更能掌握張默空間運用的靈活度。

李翠瑛引述韋勒克（Wellek, René）、華倫（Warren, Austin）二人所著《文學論》中的意象觀：「意象是兼屬於心理學與文學的研究題目。在心理學方面，『意象』一詞是指過去的感覺或已被知解的經驗在心靈上再生或記憶。」[39] 李翠瑛因而認為：「在詩的世界中，虛境的創造比實體的描摹更加貼近想像所創造的世界。」因為「實體的描繪可以是白描的技巧，或是『摹況』修辭法中所說的各種感官的呈現；而虛境的描繪則是透過心靈想像的結果，也許是現實世界中無法實現的意象。」她稱這類只存在於想像世界的意象為「虛擬意象」。[40]

---

37 雷淑娟：《文學語言美學修辭》，上海市：學林出版社，2004，頁159。

38 同前注，頁159-172。

39 〔美〕韋勒克（René Wellek）、華倫（Austin Warren）著，王夢鷗、許國衡譯：《文學論——文學研究方法論》（*Theory of Literature*），臺北市：志文出版社，1996（再版），頁303。

40 李翠瑛：〈飛翔的語言——論臺灣新詩語言之虛擬意象〉，《創世紀詩雜誌》164期，2010年9月秋季號，頁30。

不過，這種虛擬意象也不完全只存在於想像世界，試看張默的
〈窗〉（1976）：

> 四周都是風景
> 有一個小男孩漫不經心的騎在它的脖子上
> 東張西望
>
> 哪裡有風景 [41]

這首詩中的窗與小男孩，是實有的存在，小男孩可能騎坐在窗沿
上東張西望；首句「四周都是風景」是大人之所見，末句「那裡有風
景」則是小孩之所疑，這兩句「對」話，在現實世界中未必發生，屬
於詩人之所設想，以實際可見可觸的窗與小男孩，對應腦海裡「風
景」定義的思考，因此形成虛實對應的空間設計。進一步而論，整首
詩四行也可能全為實境，小男孩在室內吵著太無聊，大人說窗口望出
去都是好看的風景啊！小男孩到窗口東看看西瞧瞧，卻未發現任何可
以引起他興致的東西，脫口而出：哪有風景？這樣的實境，可能觸引
詩人想起卞之琳（1910-2000）的〈斷章〉（1935），「誰是風景？」
「哪是風景？」的思辨因之而起。亦即四句詩句均為實境，並無虛擬
意象，詩人因〈斷章〉而思索的風景何在，才是另一個虛擬的空間。
就詩的「發生論」而言，詩人因窗口之實、風景之思，寫作此詩；就
詩的「接受論」而言，讀者讀此詩為現實之真，心中另有大人與小孩
對「風景」的來回辯證為虛，此一實一虛，相互對應，才能完成詩的
美學的追尋。

---

41 張默：〈窗〉，《張默小詩帖》，頁26。

卞之琳的〈斷章〉也為虛實空間之對舉，提供有力的證例。

你站在橋上看風景，⋯⋯⋯⋯⋯⋯⋯⋯●
看風景人在樓上看你。⋯⋯⋯⋯⋯⋯⋯○

明月裝飾了你的窗子，⋯⋯⋯⋯⋯⋯●
你裝飾了別人的夢。[42]⋯⋯⋯⋯⋯⋯○

實際可見可聞的空間是「你在橋上」（日或夜）、「窗口有明月」
（夜），因而對舉出的想像空間是「高樓有人」、「別人夢中有你」，示
意一如上圖。但也可析分為：前段兩行是●，後段兩行是○，依然以
虛實對應的空間在鋪排意象。

從修辭美學的觀點來看，可以稱之為「雙重文本」：「雙重文本，
既可以說是一切文本所共有的特性，也可以視為文化的一種修辭術。
文化在建構自身或實施總體戰略的過程中，可能分別敞開和掩蔽某些
方面，使其呈現撲朔迷離的局面，這種情形正集中體現為文學文本的
雙重文本性。」[43] 這裡所說的「敞開和掩蔽」之需要，其實正是詩人
何以要用虛實空間加以變化的主因，實境具有「敞開」的作用，虛境
卻有「掩蔽」的功能，一實一虛，一啟一閉，詩在其中明滅閃爍。

以上所舉均為四行詩，虛實之對舉彷彿有著允稱的比例，實則
「對應」非對比或對稱，不必相對等，如〈無調之歌〉（1971）以六
句、八行詩去點出實有的空間，卻在最後一行跳脫到文化歷史裡的

---

42 卞之琳：〈斷章〉，張默、蕭蕭編：《新詩三百首》上冊，臺北市：九歌出版社，
　　2003（三版六印），頁200。
43 王一川：《修辭論美學》，長春市：東北師範大學出版社，1998，頁131。原書「文
　　本」均作「本文」，同為 text 的翻譯。

「陽關」、歌聲中的「陽關」：

　　　月在樹梢漏下點點煙火

　　　點點煙火漏下細草的兩岸

　　　細草的兩岸漏下浮雕的雲層

　　　浮雕的雲層漏下未被甦醒的大地

　　　未被甦醒的大地漏下一幅未完成的潑墨

　　　一幅未完成的潑墨漏下

　　　　　　　　急速地漏下

　　　空虛而沒有腳的地平線

　　　我是千萬遍千萬遍唱不盡的陽關 [44]

這首詩使用「類疊」（漏下、點點、千萬遍千萬遍）、「頂真」（月在樹梢漏下點點煙火／點點煙火漏下細草的兩岸／細草的兩岸漏下……）、「錯綜」（漏下／急速地漏下）等修辭，鋪排出詩的節奏之美，論述者已多。但從虛實的空間對舉來看，實景是潑墨似的、鋪天蓋地式的漏下，落在「空虛而沒有腳的地平線」，幾乎要佔滿整個視野，但「我」卻是看不見的「陽關三疊」歌聲，以隱匿形體的歌聲迴盪其中，以不規則的長曲線迴繞其中（千萬遍千萬遍）。示意如下：

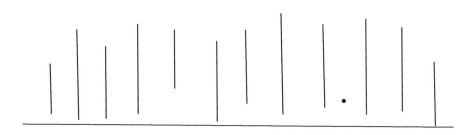

44 張默：〈無調之歌〉，《張默小詩帖》，頁6。

這是比例十分懸殊的虛實對應，猶如畫龍者完成百分之九十九的龍體
之實，卻需要最後的百分之一的點，才能造就成龍之「神」。

　　萬與一的誇飾落差，一直是張默虛實對應所呈現的驚人力勁，
〈碑碣〉（1998）形式只有五行，以四行之實（碑碣的存有），對應獨
立一行之虛（詩人的擬想），其落差設計一如〈無調之歌〉：

　　　斜斜插入
　　　廢墟的心臟
　　　上半身，一株蕭蕭的枯柳
　　　下半身，一隻土撥鼠

　　　伸長頸子，向大地喊餓 [45]

這兩首詩還有相類近的空間對比：〈無調之歌〉以「未被甦醒的大
地」、「空虛而沒有腳的地平線」對應「我」（唱不盡的陽關），〈碑
碣〉則以「大地」之大對應傾圮荒頹的半截碑碣。

　　張默的空間往往在虛實之間呈現出巨大與微渺的懸殊比例，從
〈鴕鳥〉到〈碑碣〉，總是以大地之廣、地平線之遠，襯托鴕鳥之
小、「我」之無奈、碑碣之衰敗。

　　宏觀碑碣所在的空間，是荒遠的大地；微觀碑碣所處的空間，歪
斜的身軀，歪斜在廢墟的中心，唯有枯枝敗柳、瘦餓的土撥鼠相依
傍。其中，「上半身，一株蕭蕭的枯柳」，「下半身，一隻土撥鼠」，可
以解讀為露出地面的碑碣，唯有枯柳相陪，深埋地下的碑碣只能與土
撥鼠為伍；也可用「略喻」解讀，碑碣上半身有如枯柳，下半身更似

45　張默：〈碑碣〉，《張默小詩帖》，頁32。

餓壞了的土撥鼠。不論使用何種解讀途徑，廢墟、碑碣、枯柳、餓鼠的空間關係，揭示出不分族類、種群的衰頹共同體，值得注意的是：碑碣是人類歷史文化的遺跡，立碑或為紀事，題文或為歌德，其內容不外乎崇聖、嘉賢、褒孝、旌忠、頌德、銘功，甚至於還要講究石材、碑座、方位的搭配，何等顯榮、隆重，如今竟衰敗如此！張默有意以碑碣所處的衰敗空間，象徵人文內涵的漏失，此時空間的設計不為現實的存有而存有，為詩人心中的感觸拉大傷感的撞擊面。

第五節　在虛實對應中透視張默的融攝之功

依此，張默空間設計既以虛實對應，不全然是實存之物，則其虛實之間、大小之辨，當然不可以常理、常態去衡量，詩的奇趣即由此而生，試看〈橫〉（1975）這首詩：

> 世界，天空，曠野
> 統統都是這麼小
> 我能到何處去取經呢
>
> 野渡無人舟自橫？ [46]

〈橫〉這首詩，張默將一般人當作是極大空間的（實）世界、天空、曠野，視之為虛、為小，那麼，哪裡才是值得取經、借鏡的所在？因而，「野渡無人」之渡，「舟自橫」之舟，是實是虛、是大是小，當然也不需要加以辨識、釐清、算計，一般人視之為野、為小，卻也可能

---

46 張默：〈橫〉，《張默小詩帖》，頁7。

是意識裡勝之於「世界、天空、曠野」的無限開闊。換言之，虛與實相互對應時，不妨具有對比的力量，但這股對比之力卻自然產生融攝之功，那才是詩的終極之境。

廖咸浩在論述中西神秘經驗的不同所在時，曾應用「出塵」二字點明東方哲思之悟通，依此虛實對應說，「塵」所據有的是實空間，「出」所嚮往的則是虛空間，二者相互對應，進而相互融攝，才有神秘經驗可分享。廖咸浩說：「西方試圖在生活之外逼近神恩；中國（日本）則濯足生活以浣洗生活。西方在百無依憑的剎那抓住最後的浮木；中國（日本）則捨浮木而躍入大化。」[47] 這大化之中，其實就是虛實融攝而成，或者，更落實的說法，不妨視之為張默〈橫〉詩中的「野渡無人舟自橫」，〈碑碣〉裡的「大地」，〈無調之歌〉、〈鴕鳥〉中「空虛而沒有腳的地平線」，及其後無限寬廣的想像世界。

〈寒枝〉（1989）這首詩也可見其涵攝的能量：

眺望灰褐褐的遠方
自己的心事彷彿比秤鉈還沉重
無意間伸出尖尖細細乾乾的手指
突然把西北角的天空

戳了一個大洞 [48]

物體（寒枝）、人體（手指）、天體（天空），在一首五行的小詩中，串連自然，契合無間，是實實在在的冬日樹枝，卻也無妨是心事重重的自我；且古人認為天向西北斜，地往東南傾，因此，把西北角的天

47 廖咸浩：〈時間就寢，小詩復活──讀《張默小詩帖》〉，《張默小詩帖》，序頁4。
48 張默：〈寒枝〉，《張默小詩帖》，頁28。

空戳一個洞，由虛而實，涵攝其中，將沉重的心事——無人能補的天，泯然合而為一。

〈私章〉（1993）這首詩，句句落實，「一方是，無塵居／一方是，往來無白丁／另一方則是，空空如也」，[49] 這是三方刻著不同字跡的私章，但「無、無、空」的字意（特別是「空空如也」的一方，可能是尚未鐫刻的石材），卻也使印面的小小空間，有了虛擬的人文意義與歷史。

〈私章〉是極小的現實空間觸發的思維，〈長安三帖〉（1990）則是大空間的文化思維，從具體的、歷史的、文化的兵馬俑、無字碑、大雁塔，文化參訪時已見到虛實之間的相互融攝，當張默寫成為空間詩，更見出現實與思維的糾葛、歷史與當下的糾葛、古蹟實物與文化內涵的糾葛，如〈兵馬俑〉的首行是一行行的「陶俑」，末行卻是一畦畦的「有無中」；如〈大雁塔〉的首行是「波浪型灰濛濛的長安城垛驀然在我的腳下青苔般地蜿蜒」，末行卻是「歐陽詢顏真卿墨跡未乾的碑帖把我烙得形銷骨立」；〈無字碑〉的最後結語「縱使歷朝歷代諸帝王將相把大地塗得不留一絲空隙／怎奈這一面平平整整光光淨淨的空白瞿然攫走一切」，[50] 全是現實思維後的虛實涵融，發揮了小詩特具的鑽石光芒。

〈長安三帖〉以「實」起興（古蹟是實），〈未來四姿〉（1995）則是以「虛」起興（未來是虛），但所涵融的卻更寬更多：何其龐大的時間（未來）、空間（世界）、人類、歷史，都在不可想像、無可預期的「桑葉、破缸、古剎、棺槨」的小空間裡：

49　張默：〈私章〉，《張默小詩帖》，頁42。
50　張默：〈長安三帖〉，《張默小詩帖》，頁132-133。

我看見，世界
輕輕，搖曳在一片桑葉裡

我看見，人類
靜靜，吶喊在一片破缸裡

我看見，歷史
慽慽，閃爍在一片古剎裡

我看見，文化
霍霍，安坐在一片棺槨裡 [51]

世界、人類、歷史、未來，是虛而龐大的存在，桑葉、破缸、古剎、棺槨，則是具體而微的存有，四者之間的關係不是單線的系聯，而是「互文」式的交雜與融攝。〈未來四姿〉彷彿是從〈長安三帖〉的實體參訪中得出的結論，可以作為張默空間詩最後的總體領悟，預言著人類文明最後的歸宿。

第六節　結語：在融與攝之後透視張默的詩

　　張默曾言，他的詩是現實與夢想的糾結，抽象與具象的拔河，是難以界說的某些朦朧狀態，不時穿過個人澄明的心境。[52] 據此，本文歷經層層透視，聚焦於詩中空間設計的美感效果，初從熱與動之中透

---

51 張默：〈未來四姿〉，《張默小詩帖》，頁19。

52 張默：〈時間水沫小札·附記〉，《張默詩選》，北京市：作家出版社，2007，頁214。

視張默的靜，又從靜之中透視張默的空間感，重心放在空間感中張默所呈露的現實思維，以及現實思維中張默的虛實空間如何相互對應，最後歸結於虛實空間的相互融攝，以成就張默小詩的事業。

　　空間書寫最易顯露詩人的襟懷，特別是虛實對應的考究上。專就現實而寫，未能入虛境以擴大效應，難以提昇詩的境界；專寫抽象夢境，那是私人的私密空間，無法博取同情之心，同理之感，失卻詩的傳達本意。張默對應式的虛實空間設計、虛實意象，或大呼小應，或小呼大應，各盡其妙，往往在大化世界中獨見一葉小舟，以聚焦的方式，迅疾渡江，達於彼岸，在涵融與統攝中，微微發出亮光。

參考文獻

一 張默詩集、詩選（依出版序）

張　默　《紫的邊陲》　高雄市　創世紀詩社　1964

張　默　《上昇的風景》　臺北市　巨人出版社　1970

張　默　《無調之歌》　高雄市　創世紀詩社　1975

張　默　《張默自選集》　臺北市　黎明文化公司　1978

張　默　《陋室賦》　臺北市　創世紀詩社　1980

張　默　《愛詩》　臺北市　爾雅出版社　1988

張　默　《光陰・梯子》　臺北市　尚書出版社　1990

張　默　《落葉滿階》　臺北市　九歌出版社　1994

張　默　《張默精品》　北京市　人民文學出版社　1996

張　默　《遠近高低》　臺北市　創世紀詩社　1998

張　默　《張默・世紀詩選》　臺北市　爾雅出版社　2000

張　默　《無為詩帖》　臺北市　創世紀詩社　2005

張　默　《獨釣空濛》　臺北市　九歌出版社　2007

張　默　《張默詩集》　高雄市　春暉出版社　2007

張　默　《張默詩選》　北京市　作家出版社　2007

張　默　《張默小詩帖》　臺北市　創世紀詩社　2010

二 中文書目、篇目（依作者姓名筆畫序）

中國社會科學院語言研究所詞典編輯室編　《現代漢語詞典》　北京
　　　市　商務印書館　2005　第五版

王一川　《修辭論美學》　長春市　東北師範大學出版社　1998

朱壽桐、傅天虹主編　《張默詩歌的創新意識》（第二屆當代詩學論
　　　壇有關論文集）　北京市　中國文史出版社　2009

李翠瑛　〈飛翔的語言——論臺灣新詩語言之虛擬意象〉　《創世紀詩雜誌》164期　2010年9月　秋季號

張小虹　《身體褶學》　臺北市　有鹿文化事業公司　2009

張默、蕭蕭編　《新詩三百首》　臺北市　九歌出版社　2003　三版六印

梁實秋總審定　《名揚百科大辭典》　臺北市　名揚出版社　1984

〔宋〕郭茂倩編撰　《樂府詩集》（二）　臺北市　里仁書局　1999

陳幸蕙　《小詩森林》　臺北市　幼獅文化事業公司　2003

黃永武　《字句鍛鍊法》　臺北市　洪範書店　2003　增訂二版

雷淑娟　《文學語言美學修辭》　上海市　學林出版社　2004

瘂弦編　《天下詩選II》　臺北市　天下文化　1999

蕭　蕭　《詩痴的刻痕》　臺北市　文史哲出版社　1994

三　中譯書目（依作者姓名字母序）

Bachelard, Gaston（加斯東・巴舍拉）著　龔卓軍、王靜慧譯　《空間詩學》（*La poétique de l'espace*）　臺北市　張老師文化事業公司　2006　初版八刷

Wellek, René（韋勒克）、Warren, Austin（華倫）著　王夢鷗、許國衡譯　《文學論——文學研究方法論》（*Theory of Literature*）　臺北市　志文出版社　1996　再版

第五章
地方視境前的空間詩學：
林亨泰詩作與東螺溪的文化繫連與形象思維

摘要

　　鄉土乃是精神上的根本情感，有關土地的體驗與被體驗的統合，本文即以這樣的立論基礎作為引端，探討詩哲林亨泰與舊濁水溪的土地繫連，林亨泰新近的一首詩〈故里〉，以幾百次、幾千隻、幾千雙、幾萬卷的數字，記實故里的色彩與聲音，喚醒我們審視林亨泰與北斗的臍帶繫連，舊與新的濁水溪流域締造的彰化新詩文化。如東螺溪的地文景觀，林亨泰以極微小而脆弱的生物：魚、草、蟬、蚊子、雞，加以勾勒；以極簡省的語言，一行、三行、五行，加以點染。且林亨泰不是像現實主義所擅長的專注於悲劇現象敘述，而是如現代主義者之所專注，能以悲劇意識去創造意象，能將「哲學思考」納入其中，則膚淺浮泛的現實，將會有藏諸名山的重量，喧騰一時的社會現象，也才有藏諸久遠的價值。北斗東螺溪，北斗林亨泰，我們從此看見人與土地相互輝映的光芒，從此發現新詩地理學有著許多值得期待的訝異與驚喜。

關鍵詞：林亨泰、新詩地理學、東螺溪、北斗、悲劇現象與悲劇意識

第一節　前言：林亨泰與北斗的臍帶

　　簡要論述詩人林亨泰（1924-）的詩學成就，大約可以分成兩條
途徑與論旨，其一是一九九二年呂興昌（1945-）所綜合提舉的林亨
泰「始於批判」、「走過現代」、「定位本土」的詩路歷程，正是臺灣現
代詩史的典型縮影。[1] 蓋因現代主義與現實主義的拉扯戰一直在林亨
泰身上開展，兩方人馬各是其是，各非其非，都有斬獲，林亨泰一生
所提供的資訊與資材，恰恰可以均勻滿足對立面的雙方論述。其二則
是二○○一年十一月真理大學頒贈第五屆臺灣文學家牛津獎給林亨
泰，譽之為「福爾摩沙詩哲」，《臺灣詩學季刊》第三十七期並配合推
出「臺灣詩人專論」，刊登「福爾摩沙的詩哲──林亨泰文學會議」
相關論文，其時我正在真理大學兼授「現代詩」課程，主持《臺灣詩
學季刊》主編工作，深知其事；其後林亨泰長女林巾力（1966-）以
林亨泰口吻之第一人稱所寫傳記，即以《福爾摩沙詩哲林亨泰》[2] 顏
其題，顯見「詩哲」二字所蘊具的內涵與深度，亦能為頗有主見的林
亨泰所接納，可惜此一主題論述，著墨者還不多，猶待有識之士繼續
織之使深、拓之使廣。

　　筆者因為任職於南彰化明道大學中文系，日日進出於林亨泰三十
歲以前所浸漬、成長的北斗、埤頭、田尾、溪州，常常想到北斗是林

1　呂興昌：〈走向自主性的世代──林亨泰詩路歷程簡述〉，呂興昌編：《林亨泰研究
　　資料彙編》，彰化縣：彰化縣立文化中心，1994，頁366。此文寫於一九九二年十月
　　二十日，原載《自立晚報・本土副刊》（1992年11月8至10日），可能是為了配合第
　　二屆「榮後臺灣詩獎」而寫，第二屆「榮後臺灣詩獎」於一九九二年十月三十一日
　　發佈，得獎者為林亨泰，評審委員為李魁賢、呂興昌、黃勁連、李敏勇、鄭炯明，
　　獎辭：「在半世紀的詩文學志業裡，林亨泰先生以紮實的創作和評論建立了詩人和
　　批評家的地位。他真摯地站在現實基礎上，並堅持知性視野，呈現了獨特的形象，
　　堪稱臺灣戰後詩現實主義者的典範。」
2　林巾力：《福爾摩沙詩哲林亨泰》，臺北：印刻文學生活雜誌出版有限公司，2007。

亨泰出生、求學、嬉戲、沈思的所在，這裡的宮廟、街巷、渡口、田野，是孕育臺灣新詩與詩學不可忽略的場域；埤頭雖小，卻也是他父親執業漢醫、任職衛生所主任，林亨泰就讀小埔心公學校（今合興小學）半年的鄉村；田尾更是其先祖留下大量土地、財富，舅公、外婆家族聚居的村落，林亨泰看村戲、鬥鬧熱的田莊所在；溪州的溪底則是他最喜歡流連的野地，又曾經孕育兩位關心臺灣農人、農村、農事、農運的農民詩人吳晟與詹澈。[3] 這四個鄉鎮所共同接壤的地方就是東螺溪流域，那麼，古稱舊濁水溪的東螺溪，以及東螺溪南側的今日濁水溪所形成的兩河流域，如何孕育彰化的新詩文化，溪北、溪南又為什麼會有顯著的差異？這樣的時空探視，都是新詩課堂上有趣的課題。

更何況，《福爾摩沙詩哲林亨泰》第二章之〈學校教育〉，林巾力（林亨泰）以六頁的篇幅在強調「鄉土教育」的重要，既引述馬克斯・萊尼格爾的話：「鄉土知識是所有學校的教學原理，是生命的根源與基礎。」[4] 又引述史普蘭格（E.Spranger）就主觀層面觀察所得的言論：「鄉土乃是精神上的根本情感」「有關土地的體驗與被體驗的統合」；以及德國學者威爾曼（O.Willmann）從客觀立場所說：「是超越了興趣與同情的對象，是與之共同成長，並且非成長不可的內容。鄉土感是倫理統合的契機」、「鄉土是眾人所渴望的一種財產，是所有陶冶倫理的統合中心點。」[5] 在個人傳記中如此罕見地推崇鄉土感是倫理統合的契機，顯見鄉土現實是林亨泰心中不可或缺的真實。

3　康原：《八卦山下的詩人・林亨泰》，臺北市：玉山社出版事業股份有限公司，2006，〈第一章：童年夢迴——東螺溪畔的往事〉。林巾力：《福爾摩沙詩哲林亨泰》，臺北市：印刻文學生活雜誌出版有限公司，2007，〈第一章：我以及我的祖先們〉、〈第二章：學校教育〉。

4　林巾力：《福爾摩沙詩哲林亨泰》，臺北市：印刻文學生活雜誌出版有限公司，2007，頁46。

5　同前注，林巾力：《福爾摩沙詩哲林亨泰》，頁49。

　　林亨泰的第一本詩集《靈魂の產聲》（日文，1949）可以推許為受世界新潮文學影響下的臺灣新聲音，但艱難學習中文、跨越語言之後的林亨泰，卻在一九四八年之後，積極創作後來收入於第二本詩集《長的咽喉》[6] 中的某些「鄉土組曲」作品，這些作品目前都收入於《林亨泰全集二‧文學創作卷2》歸屬為「五○年代詩」，[7] 在林亨泰眾多實驗性強的現代性作品中，顯得十分搶眼。

　　最近閱讀林亨泰最新版詩集《林亨泰詩集》，此書最後一首詩題為〈故里〉，彷彿映現在林亨泰心中複習千百次的故鄉北斗的影像，以我們所熟知的林亨泰語式再次重播，呼應著五○年代的「鄉土組曲」。為什麼《林亨泰詩集》最後的一首詩安排的是〈故里〉？為什麼八十五歲的林亨泰新近的一首詩是〈故里〉？值得我們深思。

　　　　以村戲的淳樸
　　　　　　回想　一再
　　　　以原鄉的感知
　　　　　　回想　一再
　　　　以絕景的映照
　　　　　　回想　一再

　　　　幼少期　幾百次
　　　　　　聲音靠近古拙的樹枝

6　林亨泰：《長的咽喉》，臺中市：新光書店，1955。此詩集之作又收入《林亨泰詩
　　集》，臺北市：時報文化出版事業有限公司，1984；《見者之言》，彰化縣：彰化縣立
　　文化中心，1993，歸類為「五○年代作品」。
7　林亨泰原著‧呂興昌編訂：《林亨泰全集》共十冊，彰化縣：彰化縣立文化中心，
　　1998。

幼少期　幾百次
　　身手敏捷偷偷的爬樹
幼少期　幾百次
　　心思翱翔鳥瞰的雲雀

故里的色彩　幾千隻
　　蜻蜓　蝴蝶　金魚
濃濃的鄉音　幾千雙
　　夏蟬　蟋蟀　鴿子
生態的記憶　幾萬卷
　　青蛙　水牛　蝙蝠 [8]

此詩首段一再回想自己的原鄉，以村戲作為主要的戲碼。其後兩段以幾百次、幾千隻、幾千雙、幾萬卷的數字，記實故里的色彩與聲音。這首詩再度喚醒我們審視林亨泰與北斗的臍帶如何繫連，舊與新的濁水溪流域締造什麼樣不同的彰化新詩文化，本文將試圖為新詩地理學提供可信賴的證例。

第二節　濁水溪與彰化人的土地記憶

八卦山無疑是彰化最顯著、耀眼且重要的地標，是彰化人挺直脊樑的精神徵象，舉目可望。八卦山以各種山產、作物，富裕民生，以各種峰嶺、坑谷，啟迪民智，不時在彰化人的眼前、心中浮現。

不同於八卦山的高聳矗立、引人仰望，卻纏綿在彰化人的腳底，

8　林亨泰：〈故里〉，《林亨泰詩集》，高雄市：春暉出版社，2007，頁106。

延引在彰化人的身旁，與八卦山的堅穩山勢形成河山永固的共構關係，那是逶迤在彰化平原左右兩側的溪流，南側的濁水溪與北側的烏溪（大肚溪）。濁水溪的長度為一八六·四公里，流域面積廣達四三二四平方公里，烏溪全長一一六·八公里，流域面積為二〇二六平方公里，濁水溪因而成為臺灣第一大河流，烏溪則處在高屏溪、淡水河、曾文溪、大甲溪之後，為臺灣第六大河川。[9]

不過，這兩條水流在彰化人的認知裡，卻有著極大的懸殊地位。彰化人重視濁水溪，濁水溪影響彰化地區的水文、地文、人文，其程度大於烏溪甚多，因為「烏溪受到盆地出口與地勢高低的影響，在流入臺中盆地後，向西北流去，所以烏溪沖積扇向西北發育」，[10] 對彰化地區人民生計的重要性因而降低。烏溪流經彰化縣境北側的彰化市，及芬園、和美、伸港三鄉鎮，彰化市曾經是日制時代新詩人賴和（1894-1943）、楊守愚（1905-1959）的家鄉，跨越語言的一代林亨泰、錦連（1928- ）長年住居的所在，現在仍住著從芳苑移居市區的臺語詩人康原（康丁源，1947- ），但他們的詩作中很少涉及烏溪，其中最年少的康原甚至還寫過報導專書《烏溪的交響樂章》，[11] 但卻不曾為烏溪寫過抒情篇章，不曾寄其情於大肚溪的水草、游魚，託其意於大肚溪的溪石、濕地。因為八卦山才是他們生活的重心，才是他們情意所鍾之處。烏溪，很少在彰化人的心目中、詩文中留下水漬般的痕跡。

濁水溪則不同，濁水溪擦過彰化縣境南緣的四個鄉鎮：二水、溪州、竹塘、大城，但直接受惠於濁水溪的，卻不只是這四個鄉鎮。

9　相關數字，根據《臺灣河川風情》，臺北市：行政院文化建設委員會策劃、漢光文化事業有限公司發行，1998。

10　林孟龍、王鑫：《臺灣的河流》，臺北市：遠足文化事業股份有限公司，2005（一版六刷），頁113。

11　康原：《烏溪的交響樂章》，臺北市：中國時報文教基金會，2002。

　　濁水溪的主流集水區是合歡山主峰與東峰之間的「佐久間鞍部」，上游溪流穿梭在海拔三三〇〇公尺間的雲海中，往下繼續匯流廬山的塔羅灣溪，萬大的萬大溪、丹大溪、郡大溪，萬大水庫（碧湖）與日月潭都是濁水溪穿行的蓄水庫。中游之後，又匯集源於玉山北峰（海拔三九二〇公尺）北側的陳有蘭溪、源於玉山主峰（海拔三九五二公尺）北側的沙里仙溪，至雲林縣林內鄉附近，發源於阿里山西麓的清水溪來匯，由此開展出下游開闊的沖積扇，成為臺灣溪流所形成的沖積扇平原中面積最大者，由於濁水溪出山後的主流偏向西北而流，受惠最多的當屬彰化縣的農地、農村、農民。[12]

　　「自然的」濁水溪，自有歷史記載以來的三百年間，所謂「主流」曾有幾次變動，目前下游從南到北的五條大溪：南側虎尾溪（含虎尾溪、舊虎尾溪、新虎尾溪）、中央主流西螺溪（今濁水溪）、北側東螺溪（舊濁水溪），都有可能擔當「主流」的重責大任。彰化縣境的「東螺溪」又稱「舊濁水溪」，顯然就曾擔任過這樣的角色。東螺溪源頭在今溪州鄉，往西北流向北斗，再經由埤頭、二林、溪湖、埔鹽，至福興，趨近福鹿溪（員林大排水溝）而後入海，經歷七個鄉鎮，再加上今日濁水溪所流經的二水、溪州、竹塘、大城，自然的濁水溪直接潤澤十個鄉鎮的土地、蔬菜、瓜果與稻米，因而也潤澤了這十個鄉鎮世世代代的原住民、先移民、新移民。

　　「人工的」濁水溪，是指施世榜（1671-1743）於清康熙四十八年（1709）開始興建，而於康熙五十八年（1719）完成的「施厝圳」，從二水鼻仔頭鑿通渠道，引濁水溪之水灌溉彰化縣境十三堡半中的八堡而被稱為「八堡圳」，是清代全臺最大規模的水利工程。當

12　相關敘述，根據《臺灣河川風情・中部篇》〈濁水溪之卷〉，臺北市：行政院文化建設委員會策劃、漢光文化事業有限公司發行，1998，頁127-167。

時的八堡（保）與現在的鄉鎮作個對照，可以看出灌溉面積涵蓋了目前彰化縣境二十六個鄉鎮市中的十八個，將近七成：

八堡原名及其所屬今日鄉鎮名：

一、東螺東堡：今二水鄉全部、田中、永靖、田尾局部。

二、東螺西堡：今北斗、溪州、埤頭、及田尾局部。──（這是林亨泰三十歲以前的生活圈）。

三、武東堡：今田中、社頭、員林局部。

四、武西堡：今員林、溪湖及田尾局部。

五、燕霧上堡：今花壇全部、秀水局部。

六、燕霧下堡：今大村全部、員林大部。

七、線東堡：今彰化市全部、和美局部。

八、馬芝上堡：鹿港、福興、秀水、埔鹽局部。

八堡圳主圳長度八十九里，分渠總長約為兩百三十里，三百年來如蛛網似的密佈在彰化平原上，絕不栓塞，也不漫溢，提供彰化縣民日常生活之所需，彰化是臺灣面積最小的縣分卻供給臺灣稻米需求量的五分之一，最原始的功勞不能不歸給挾帶大量泥沙而俱下、水色混濁卻肥腴的濁水溪。

彰化人的土地記憶，與濁水溪聲聲呼應，息息相繫。以彰化詩人林亨泰而言，雖然在三十歲以後（1953），林亨泰從任教三年的縣立北斗中學轉任省立彰化工業學校（今彰化師大附設高工），因而從出生地北斗移居彰化市定居至今，[13] 但在他詩中出現的彰化都城或八卦山意象並不多，即使康原為林亨泰所寫的傳記命名為《八卦山下的詩人・林亨泰》也未能扭轉此一印記，因為林亨泰詩中呈現最多的是故

---

13 康原：《八卦山下的詩人・林亨泰》，臺北市：玉山社出版事業股份有限公司，2006，頁214。

鄉北斗的記憶──尤其是舊濁水溪畔的鄉村記憶又勝過北斗街市的市鎮印象。

第三節　東螺溪的馴化與東螺街的轉化

濁水溪的主流集水區、上游區域，幾乎都在海拔三千公尺的高度，因而水流湍急，大量岩塊、泥沙隨之而俱下，濁浪滾滾，長久以來未曾澄清；中國的「黃河」水色黃濁，臺灣的濁水溪水色灰黑而濁重，都因為水中有著極高的泥沙比重。黃河之水因為沙多而顏黃，濁水溪之水因為泥重而色沉，比起黃河，濁水溪更能為兩岸土地帶來膏腴之美。濁水溪之水抵達彰化縣境二水鄉才算出山，進入平地，水域忽然寬廣，水流速度漸漸放緩，隨著自然的河川分支如虎尾溪、東螺溪，隨著人工的渠道如北岸的八堡圳、莿仔埤圳，南岸的嘉南大圳濁幹線、斗六大圳，濁水溪逐漸為臺灣的土地所馴服，正面而積極地肥沃著沙地農田，除非颱風登陸，濁水溪極少為兩岸居民帶來漫溢之苦。

不過，真正颱風肆虐，「則平常還算溫柔敦厚的溪水，馬上換成令一種面貌，二、三公里寬的河床上，崩天裂地而來的盡是壯闊的波瀾，滾滾不停的濁浪以洪荒時代那種洪水猛獸的蠻力，沖垮堤防、流失農地、甚至淹沒村莊！三百年來，每鬧一次風災、水災，對於依靠濁水溪生活的溪州人而言，就是一次慘不堪言的生聚教訓；沖垮的堤防不用說，流失的農田最少要連續整地三年才能復耕。」[14] 溪州人這樣的敘述，卻又見證濁水溪溪流、溪床、沙洲多方變異的歷史現象。

---

14 宋田水：〈溪洲之歌〉，《作家當總統》，臺北市：草根出版公司，2000，頁106。

　　根據清道光三十年（1830）出版的道光版《彰化縣誌》[15]〈卷之一〉記載：「濁水溪發源於內山，莫知所自出。相傳水源本清流，至一潭方變為濁。至福骨卓扣，合南港丹彎郡之水，過集集，逕外觸口，分為虎尾、西螺、東螺、三條圳，西折崁頭厝三條圳，一又與西螺合，至番仔挖入於海。」[16]「番仔挖」即今芳苑，《彰化縣誌》所說的「濁水溪」從芳苑入海，依今日地理現況來看，從芳苑入海的其實是今日的東螺溪，所以，「東螺溪」又稱為「舊濁水溪」，其時正是濁水溪的主流。[17]

　　「東螺溪」既然是「舊的」濁水溪，那麼現在東螺溪以南的土地，包括現今濁水溪流域，南至虎尾溪、西螺地區，都是舊濁水溪的河床，現今溪州、埤頭、竹塘、大城，應該都是舊河床泥沙淤積後建造起來的鄉鎮。「溪州」鄉的原名應該是「溪洲」——「溪水中的沙洲」，最能呼應這種說法。埤頭，則是因為引舊濁水溪的水建立埤塘，大量儲備水資源以灌溉農田，農民環居在埤塘的源頭，所以稱為埤頭。「竹塘」，則是鄉內土地處處都是大大小小的水塘，水塘旁長有蘆竹，所以命名為竹塘。這三個鄉鎮都顯示「水澤窪地」的地理特色，呼應河床新生地的原始面貌。[18]因此，東螺溪以南的土地，清朝初期已經成為漢人開墾種植的地方，舊濁水溪——東螺溪（或稱北斗

---

15 道光版《彰化縣誌》，由原署彰化縣知縣周璽領銜總纂，道光三十年（1830）出版。1962年，臺北市：臺灣銀行經濟研究室重刊，列為臺灣文獻叢刊第156種。1969年7月，彰化縣文獻委員會重刊發行，列為彰化文獻叢刊。

16 同前注，道光版《彰化縣誌》，彰化縣文獻委員會重刊發行，1969，頁102。

17 張哲郎、廖風德、劉金木等編纂：《北斗鎮志·地理篇·第四章水文》，彰化縣：北斗鎮公所，1997，頁77-89。相關的討論，又見盧太福：〈濁水溪河道變遷的研究〉、魏金絨：〈循源探流談舊濁水溪正名〉、洪長源：〈濁水溪的最後旅程〉，謝四海：《二林區地方文史專輯·第一輯》，彰化縣：二林社區大學，2006年12月，頁87-110。

18 大城鄉，則是因為康熙末年至雍正年間，福建泉州人「魏大城」者率先來此開墾，所以以其名為地名。

溪）顯然已被彰化的土地所完全馴服，不再是溪水滾滾、溪石累累的野溪。值得注意的是，東螺溪北岸的「北斗」，在溪州等溪南土地陸續被馴化的過程裡，北斗則因地勢稍高，逐漸發展出文明小鎮的雛形。

臺灣都市文明的進展一直依循港口的開發，由南而北陸續繁榮，「一府二鹿三艋舺」的美名因此而來。但在「一府二鹿三艋舺」之後，另有「四寶斗」之說，寶斗，就是今日的北斗。[19] 就因為清朝時期循著東螺溪東南行，帆船可從鹿港海口逆溯至北斗，「因此，北斗成為內陸山區和海港之間的交通樞紐，肩負起彰化平原南部各街庄聚落、南投山區及濁水溪南北兩岸的貨旅運輸任務，成為彰化平原最重要的內陸水運中心，也是四周農業地帶的貨物集散地和中繼站。」[20] 目前北斗「七星河濱公園」留有「渡船頭」刻石，見證歷史的遺跡。北斗文史研究者謝瑞隆（1977-）更指出北斗建街之初，地方仕紳為謀求長遠經營，街肆以重建的奠安宮媽祖廟為中心，道路交錯屢成井字型，係屬一個完全經由人為力量所打造出來的街塊，其面貌是：「街肆以重建的奠安宮媽祖廟為中心，街區四方並設隘門，稱為東門、西門、南門、北門，廟前大街（宮前街）直通東螺溪渡船頭，北橫街（斗苑路）為主要東西向要道，街內道路交錯縱橫，屢屢形成井字型，堪稱是臺灣第一個具有都市計畫闢建而成的街肆。」[21] 這是今日北斗鎮附近鄉鎮居民口中所稱的「北斗街仔」，與「彰化街仔」、「員林街仔」（簡稱「籃仔街」）並列為三。

回歸「北斗街仔」的歷史原貌，應該是早期平埔族人巴布薩族

---

19 北斗，地名稱為北斗，但彰化地區仍稱此地為「寶斗」。根據《北斗鎮志》記載：（北斗）「這塊地方原屬東螺社社域，東螺社社名（Dabale Baoata），『寶斗』這兩個字的閩南語發音和東螺社（Baoata）的平埔族語音相近，『寶斗』之名可能由此而來。」張哲郎：《北斗鎮志・開發篇・第二章漢人的移入與拓墾》，頁140。

20 張哲郎：《北斗鎮志・開發篇・第二章漢人的移入與拓墾》，頁152。

21 謝瑞隆編著：《北斗鄉土誌》，彰化縣：彰化縣北斗鎮公所，2009，頁 IV-1。

（Babuza，又稱貓霧捒族、貓霧族）「東螺社」（Dabale Baoata）、「眉裡社」（Balbeijs）聚居所在，約當今日溪州鄉、北斗鎮、埤頭鄉以「東螺溪」為中心的交界地帶，今明道大學所屬土地為埤頭鄉元埔村，元埔村舊名「番仔埔」可證。東螺溪緣東螺社之名而來，從這個平埔族部落所發展出來的漢人街肆，繼續沿稱為「東螺街」，也就是今日的「北斗街仔」。「無論是最初的平埔族東螺社部落，抑或後來漢人聚落東螺街的發展，都與此地區具有足夠的生存資源有關。」[22]

　　林巾力所寫的《福爾摩沙詩哲林亨泰》，根據《北斗鎮志・開發篇》記載，認為林家第一代「來臺祖」林猜，大約就是漢人與平埔族共同居住在一處時入墾北斗地區，林猜歿於一七八七年，林猜逝世後三、四十年間，東螺社平埔族人分別於一八〇四年及一八二五至二八年，遷移至噶瑪蘭（宜蘭市）及埔里盆地，其時正是林家來臺第二代先祖林樂向生存的年代。[23] 林亨泰自稱是林家來臺第七代子孫，這七代人剛好見證漢人頂替平埔族人活躍於北斗地區、平埔族人消逝於臺灣西部平原的最初兩百五十年歷史，林亨泰有著：一個族群的繁榮與成功的背後，其實是另一個族群流浪他鄉的代價的感嘆。[24] 這個地區就是東螺社 → 東螺溪 → 東螺街 → 北斗街，平埔族文化、漳泉文化、客家文化、大和文化、儒家文化，在這個地區交替、互涉、衝激、共鳴，而又繼續衍生、演繹、演繹、衍生。

第四節　東螺溪的地文書寫

　　東螺溪流經北斗街南側，其最大支流清水溪則流過北斗街的北

---

22 同前注，謝瑞隆編著：《北斗鄉土誌》，頁1-5、1-6。

23 林巾力：《福爾摩沙詩哲林亨泰》，臺北市：印刻文學生活雜誌出版有限公司，2007，頁14-17。

24 同前注，林巾力：《福爾摩沙詩哲林亨泰》，頁17。

端，這兩條水流從北斗東南分流，至西北側匯合往埤頭、溪湖方向前進。東螺溪，或稱北斗溪、寶斗大溪、舊濁水溪等，探索這些名稱，大概可以窺見此條溪流與北斗街的密切關係，地方文史工作者認為「兩者之間存在著化不開來的生命共同體關係」；「亦即此條溪流之名稱乃依附北斗人文聚落而來，同時，北斗人文聚落亦汲取其養分而發展茁壯。因此，北斗街之人文充滿著濃厚的河港生活氣息，無論從歷史文化與生活記憶，幾乎完全擺脫不了東螺溪的牽繫，可以說是數百載以來，東螺溪文化的最佳展示舞臺。」[25]

　　東螺溪最早出現在林亨泰的詩中，是康、林兩本林亨泰傳記書中都曾提到的一首〈小溪〉，康原強調「童年是作家創作的泉源」，他在傳記書中指明：「在林亨泰的童年時代，西螺溪的堤岸已經高築，東螺溪河道也早已萎縮，但小溪依然密佈（按：改為『流經』較為貼切）全鎮；清澈的溪水不停的流動，淺水可見底，而岸邊正是林亨泰散步的地方。」[26] 林巾力（林亨泰）的書上則清楚地辨正方位，指出〈小溪〉寫的就是靠近小鎮的東螺溪：「回憶我母親還在世的童年時代，故鄉的日子一切都過得很平順、甜蜜。童年時代的北斗街郊外有一處地窪地帶叫做『溪底』，那裡有兩條河流，距離較遠的溪流較深，較近的那條水流較淺，而那條淺溪也是我最喜歡流連的地方。我曾經在五〇年代寫過一首叫做〈小溪〉的詩，描述的正是那一段美麗的時光。」[27] 文中所說較近、較淺，鄰近小鎮的那條水流，就是東螺溪；較遠、較深的則是濁水溪；所謂「溪底」云云，則是現在的溪州

---

25 謝瑞隆、洪慶宗、林建成著：《戀戀北斗街風情》，彰化縣：彰化縣文化局，2005，頁73-74。

26 康原：《八卦山下的詩人‧林亨泰》，頁18-21，記述林亨泰與小溪的關係，此處引文則見於頁19。

27 林巾力：《福爾摩沙詩哲林亨泰》，頁34-35。

鄉田地，介乎兩條水流之間。已經馴服的東螺溪是北斗、溪州、埤頭的灌溉用水，水勢輕緩，因為貼近小鎮，黃昏後河堤兩岸是居民漫步的好去處，目前種植花草、鋪設步道，是遠近馳名的北斗「七星河濱公園」。林亨泰將這段流連溪岸的美好時光，跟母親在世（林亨泰十四歲喪母，1937）的甜蜜記憶相結合，彷彿將東螺溪視為自己心中的母親河。

寂靜的日子
水清澄
河底砂上
水靜止

　　魚
　　　　和
　　魚

寂靜的日子
風透明
河畔堤上
風凝固

　　草
　　　　和
　　草[28]

---

28 林亨泰：〈小溪〉，林亨泰原著，呂興昌編訂：《林亨泰全集二‧文學創作卷2》，彰化縣：彰化縣立文化中心，1998，頁58-59。

水清魚現，風輕草漾，這是恬靜的農田間、水岸旁風光。雖然這是林亨泰童年快樂的記憶，但也顯示林亨泰家境優渥，不必為農田之事煩憂，與東螺溪南側溪州地區的吳晟（1944-）、詹澈（1954-）詩風迴異的最基本原因。此詩「風透明」、「風凝固」的想像，頗有「新感覺派」的趨向，亦為吳晟、詹澈等單純寫實主義者所未能預料或感知。「魚和魚」、「草和草」的起伏排列方式，則已有呼應「圖象詩」的遊戲意義和作用在，這也絕非吳晟這樣的鄉土詩人所能接受。

　　〈小溪〉顯現了東螺溪的水文景象，其後〈蟬鳴〉、〈黃昏〉、〈晚秋〉則依季節表現了東螺溪的地文景觀。

　　〈蟬鳴〉之詩原有六行：「是什麼東西／被夾上了？／枝頭上有哭聲‖是什麼東西／被粘上了？／樹葉裡有哭聲」。[29] 六月蟬鳴，這是中部地區特有的夏之午交響樂，響徹東螺溪畔，也響徹北斗市街，林亨泰以擬人法說是「枝頭上有哭聲」，並非生活現實不滿足的寫照，而是人生哲理上的思考，其中「夾」字尤為傳神，道盡人生被追擊的悲劇意識。此詩最後的定本，刪去後三行，更有餘韻未盡、惹人沈思之美。這是以意象派的手法，行寫實之實，這種靜觀人生的哲學家姿態，也不是東螺溪南側，為農田與天地爭，為農事與政府爭，常以長篇敘事法痛陳農民之苦的吳晟、詹澈所能效行。

　　東螺溪畔是農田，是村舍，間或有香蕉園，常常漫步堤岸旁的林亨泰曾以「一行詩」的形式，大膽而真實地寫下〈黃昏〉[30] 景象，既有蚊子盤繞的視覺效果、振翅的聽覺效果、叮咬的觸覺效果，又有香蕉園的嗅覺印象，十分精彩：

　　　蚊子們　　在香蕉林中　　騷擾著

29　林亨泰：〈蟬鳴〉，《林亨泰全集二‧文學創作卷2》，頁81-82。
30　林亨泰：〈黃昏〉，《林亨泰全集二‧文學創作卷2》，頁66。

這樣的夏日黃昏，雖非東螺溪畔所獨有，但這樣的詩形式、詩表現，卻是北斗詩人的文化厚度所獨具。

到了秋天，詩人不再書寫東螺溪畔的地景，卻聚焦於農家豢養的雞隻，以思索者的角色去置換家禽，仍然以「意象派」對顏色的敏感、對焦點的渲染，點出晚秋之意：

> 雞，
> 縮著一腳在思索著。
>
> 而又紅透了雞冠。
>
> 所以，
> 秋已深了⋯⋯ [31]

這首詩的主意象「雞縮起一隻腳思索著」，曾經出現在春暉版《林亨泰詩集》裡列為開卷第一首詩的〈哲學家〉中（置於第一輯：「銀鈴會時期」作品（1947-1949）第一首），[32] 詩題直接點明「哲學家」，可能蘊藏什麼深意？政治敏感的人會從「陽光失調的日子」、「一九四七年十月二十日」，想起日人退守臺灣、二二八事件發生的歷史背景；但是如果純粹從「雞縮起一隻腳思索著」的動物學角度思考，雞、白鷺鷥、鴕鳥等眾多禽類（噙淚）生物之所以「縮起一隻腳」站立，是為了可以快速放下這一隻縮起的腳（減少舉起再放下的時程），盡快邁出第一步，為生命的脆弱、不安，隨時做著逃命、避險

---

31 林亨泰：〈晚秋〉，《林亨泰全集二‧文學創作卷2》，頁20。
32 林亨泰：〈哲學家〉，《林亨泰詩集》，高雄市：春暉出版社，2007，頁11。

的準備。林亨泰的第一首詩，是否有著這種「哲學家」的思索能耐與先見之明？是否藉著雞的思索，暗示：詩，可能是生命思索的歷程與結果？

東螺溪的地文景觀，林亨泰以極微小而脆弱的生物：魚、草、蟬、蚊子、雞，加以勾勒；以極簡省的語言，一行、三行、五行，加以點染。林亨泰東螺溪畔漫步沈思的身影，此時或已為「詩哲」的形象繪成了初稿。

第五節　北斗街的人文書寫

北斗二字，官家、學者會選擇堂皇的、典雅的說詞，附增其人文價值，如：「名曰北斗街，取其形勢之相似也。其南里許，有文昌祠，正符『北斗魁前六星』之象；又其南二十餘里，有斗六為朝山，又應『南斗六、北斗七』之數矣，斯誠文明之兆也。」[33] 又如：「街成之日，更名『北斗』，則取『酌量元氣，權衡爵祿』之義焉。」[34] 眾多百姓則仍然選擇先民最初的記憶，依平埔族東螺社（Baoata）的原始發音稱之為「寶斗」。[35] 詩人林亨泰出生之時，北斗街的規模已具，詩人的人文書寫會有什麼樣的取向？

康原在傳記書上記載，一九二四年十二月十一日林亨泰出生於「北斗郡北斗街六百三十六番地」外祖母家，祖父林朝宗的家則在

---

33 楊啟元：〈東螺西保北斗街碑記〉，張素玢編注，陳弼毅翻譯：《北斗鄉土調查》，彰化縣：彰化縣文化局，2003，頁2。此碑立於清嘉慶十三年（1808）奠安宮左廂壁面，北斗舉人楊啟元所撰，現存於奠安宮後殿。

34 吳性成：〈建北斗街碑記〉，張素玢編注，陳弼毅翻譯：《北斗鄉土調查》，頁3。此碑立於清道光二年（1822）奠安宮左廂壁面，彰化知縣吳性成所撰，現存於奠安宮後殿。

35 張哲郎：《北斗鎮志・開發篇・第二章漢人的移入與拓墾》，頁140。

「西北斗三百七十九番地」。[36] 經探詢北斗文史研究者謝瑞隆，他指出「北斗街六百三十六番地」約當今北斗鎮重慶里一帶，西北斗街三百七十九番地則為今日北斗鎮七星里周圍，與林亨泰相識的劉金木老師曾表示林亨泰北斗舊居位於奠安宮東側的斗苑路上，如是，外祖父與祖父所住居之處都在奠安宮媽祖廟附近，林亨泰的少年生命體驗顯然離不開奠安宮生活圈，奠安宮前一公里處即是東螺溪古渡口所在，北斗街的繁華就以這一公里為主軸而旋開，而林亨泰最初的北斗街人文記憶也從此地的〈村戲〉鑼鼓聲開始，表現凡常庶民的凡常生活：

> 村戲鑼鼓已鳴響……
> 親戚從各地方回來，
> 而笑聲溫柔地爆發……
>
> 村戲鑼鼓再鳴響……
> 又有一批親戚回來，
> 而笑聲更溫柔地爆發……
>
> 村戲鑼鼓又鳴響……
> 最遠的親戚也都到齊，
> 而笑聲終於點燃花炮了……[37]

這首詩主述的是鄉村廟戲時親戚歡聚之樂，以層遞的方式堆疊鑼鼓聲、歡笑聲，最精彩的是，「笑聲」溫柔地爆發、更溫柔地爆發之

---

36 康原：《八卦山下的詩人‧林亨泰》，頁13。
37 林亨泰：〈村戲〉，《林亨泰全集二‧文學創作卷2》，頁32-33。

後，錯接為「花炮」的點燃。這首詩承繼其先祖以舊詩批判民間信仰的智慧，[38] 但不涉入信仰真偽的判定，只呈現市井生活的倫理歡樂，為北斗與田尾的「鬧熱」留下聲音。

　　平居的日子，林亨泰則以一首「靜態的」圖象詩留存〈農舍〉[39] 的人文記號：

門　　　　被打開著的　門　　　〈農舍〉
被打開著的　正廳
的　　神明

這首詩將文字「裝置」為三合院「正身」大廳的兩扇敞開大門，宣示農人普遍真誠無私的開放心靈，農家傳統敬天拜神的謙卑心懷。臺灣農家的大門幾乎大白天都敞開著，特別是供奉神明、祖先的大廳，林亨泰選擇這種敞開大門的圖像作為農舍的具體面貌，不僅立體化臺灣的農舍，呈現農民生活的空間感，更象徵著大地向人類無所隱匿地敞開自己，臺灣農民也無所隱匿地向天地敞開自己的那種生命觀。林亨泰這首〈農舍〉不像一般鄉土詩選擇農事、農物以寫農舍，也不像一般寫實主義者以敘事性作為唯一的選擇；不過，如果只看到這首詩的圖畫性、立體性、現代性，可能也只是看見詩的外表的浮面技巧，而

---

38 林亨泰：〈我的尋根之旅的一個嘗試──「我們以及我們的祖先們」補遺〉，《臺灣文學評論》第3卷第1期，2003年1月，頁171-176。此文與〈我們以及我們的祖先們〉納入為林巾力：《福爾摩沙詩哲林亨泰》之第二章〈我以及我的祖先們〉，此文言及「我的外祖父便已經寫出這樣一首內蘊著除魅思想、破除神權的詩作，不得不讓人感覺，這組詩其實也在某種程度上反映了當時的時代精神與臺灣的思想動向。」，頁26。

39 林亨泰：〈農舍〉，《林亨泰全集二‧文學創作卷2》，頁48。

未能體認到詩人的內在哲學理念。其實,林亨泰以正廳、神明寫〈農舍〉,「詩哲」的形象正靜靜浮現。

　　大題小作,林亨泰寫〈農舍〉選正廳,寫〈鄉村〉則選擇「老牛」:「吸一口/粗的憂鬱/老牛/鼓著腮幫子/一直不停……」。[40]同一期《野火詩刊》的兩篇詩作可以看出這種大題小作的微觀與凸顯作用。選擇老牛,因為牛是農村最主要的勞動力,北斗又是從清治時期到日制時代重要的「牛墟」所在,[41]何況水牛一直是臺灣人的象徵,臺灣人口中的「臺灣牛」,指涉的既是臺灣水牛的耐力,也是臺灣農人、工人的耐力;表徵的既是臺灣牛、臺灣人苦命的負荷,也是他們共同的認命精神。因此,這首〈鄉村〉裡的水牛,終究要疊合鄉村裡的老者:「吸一口/粗的憂鬱/村里/有水牛/跟老者同在/終日　鼓著腮幫子/嚼個不停」。[42]

　　前一首〈鄉村〉可以視為以牛為主體的單純詠物詩,以「粗的憂鬱」去寫牛所反芻的稻草、牧草,以抽象代換具象,將牛擬人化,暗喻著牛吞下去還要吐出來、一再咀嚼的是咀嚼不完的憂鬱,牛的一生,重複著不同的悲愁命運。後一首〈鄉村〉,其主語可以是水牛——村里/有水牛(跟老者同在)嚼個不停;也可以是老者——村里/有水牛跟老者同在,嚼個不停。面對生命中不斷的挫折與打擊,在這首詩中、在鄉村裡,人與牛並無兩樣。這兩首〈鄉村〉詩可以看出林亨泰的「現實主義」之所以異於一般現實主義者,不完全只是現代主義技巧的應用,而是「哲思」的參與,這是一般現實主義與現代

---

40 林亨泰:〈鄉村〉,《林亨泰全集二・文學創作卷2》,頁49。此詩與〈農舍〉同時發表於《野火詩刊》第3期,1962年8月。

41 謝瑞隆編著:《北斗鄉土誌》之第五篇〈北斗產業剳記〉之第二章〈牽牛趕集去——令人懷念的北斗牛墟〉,頁5-13至5-20。

42 林亨泰:〈鄉村〉,《林亨泰全集二・文學創作卷2》,頁50。此詩與前頁之詩,有些微差異。

主義詩人所共同缺乏的。如果將「現實主義」與「現代主義」的分際，以下列簡圖加以釐清：

　　　悲劇現象 → 悲劇意象：現實主義
　　　悲劇意識 → 悲劇意象：現代主義 [43]

可以清楚看見：專注於悲劇現象之敘述，是現實主義所擅長；能以悲劇意識去創造意象，則為現代主義之所專注。此時，如果能將「哲學思考」加入考量，眼前的悲劇現象如何成為心中的悲劇意識，則可以用下列簡圖加以釋明：

　　　悲劇現象＋哲學思考 → 悲劇意識

　　〈鄉村〉這首詩內文的更易，是因為加上詩人的哲思而有所不同，反之，下面這首詩如果安上不同的標題，是否也產生詩內涵上的差異？

　　　與工作等長的
　　　太陽的時間
　　　收拾在牛車上

　　　杓柄與杓柄
　　　在水肥桶裡
　　　交叉著手

---

43 蕭蕭：《現代新詩美學》，臺北市：爾雅出版社，2007，頁171。

咯噔　嘩啦嘩啦
嘩啦　咯噔咯噔
穿過　黃昏
回來

了 [44]

當其標題為〈郊外〉時，僅僅呼應著東螺溪田野的客觀事實、北斗農民趕著牛車回家休息的黃昏景象。標題更改為〈日入而息〉時，「與工作等長的太陽的時間收拾在牛車上」，頗有將落日納入車中，天與人一起休息的況味；「杓柄與杓柄在水肥桶裡交叉著手」，也有物與人一起休息的美意，「交叉著手」是歇息、也是諧和的寫照；「穿過　黃昏　回來」，既呼應題目〈日入而息〉，其實又有「日出而作」的循環暗示；最後，獨立一行的「了」字，林亨泰表示大地與自然都休息了，辛勤勞動的一天就要寂靜地落幕了，顯然是以拉長的字音顯示其義，較諸「咯噔　嘩啦」的擬聲效果更勝一籌。亦即是，將事實現象納進哲學思考時，膚淺浮泛的現實，將會有藏諸名山的重量，喧騰一時的社會現象，也才有藏諸久遠的價值。

　　若是，林亨泰關於北斗街的人文書寫，其中哲學思考的份量，確實未可疏忽。

───────────

44 林亨泰：〈日入而息〉，《林亨泰全集二‧文學創作卷2》，頁52。此詩原題〈郊外〉，
　　原載《創世紀》第5期，1956年2月，收入於《長的咽喉》、《見者之言》等詩集時，
　　題目及內容均有所更動。

第六節　斗苑路的現代書寫

　　林亨泰一生中最重要的作品〈風景 No.1〉、〈風景 No.2〉，[45] 其實也與東螺溪息息相關。

　　今天的陸路交通，以北斗為中心點時，向西延伸到海邊的公路稱為「斗苑路」（北斗到芳苑），向東到南投山上則是「斗中路」（北斗到田中）、「中南路」（田中到南投），從山到海這三條路連成一氣（南投、田中、北斗、芳苑）就是編號「150」公路。「150」公路從今日名間到田中被稱為「赤水崎」這一段，坡度極陡，極有可能是高拱乾《臺灣府志》（康熙三十五年，1696）、周鍾瑄《諸羅縣志》（康熙五十六年，1717）所提到，其後卻從各府志圖誌消失的「大武郡溪」之遺跡，隱約是東螺溪上游之支流；今日社頭為昔日平埔族大武郡社所在，社頭、田中附近之山稱為大武郡山，或可做為佐證。至於北斗以西的斗苑路，則或遠或近沿著東螺溪水勢而建造，與東螺溪相互呼應到海邊。

　　林亨泰〈風景〉組詩所呈現的風景，就是沿著「斗苑路」從北斗、埤頭到二林、芳苑海邊的景致，〈風景 No.1〉是北斗、埤頭的農田景象，〈風景 No.2〉是沿斗苑路西行之後，二林、芳苑海邊防風林的景觀。這一組詩具體呈現圖象效果，如每首詩的第一段，圖象出農作物與防風林綿延無盡的感覺，其中的留空處，彷彿農作物與農作物、木麻黃與木麻黃間，光影的閃爍。這兩組詩還採取重複的語式，以聲韻的複沓效果造成空間的無限疊景，以「還有」的未盡語意，延伸視覺與心覺的無限餘韻。不同的是，〈風景 No.1〉的「旁邊」的「農作物」仍然在視野之內，〈風景 No.2〉的「外邊」的「海以及波的羅列」

45　林亨泰：〈風景 No.1〉、〈風景 No.2〉，《林亨泰全集二‧文學創作卷2》，頁126-127。

則已在視野之外，加上了想像的空間。〈風景 No.1〉的「耳朵」，有擬人化的「拉拔」作用（視覺與觸覺的延伸作用），〈風景 No.2〉的「羅列」二字有著「雙聲」的聲韻之美，又能跟「防風林」的「林」再生「雙聲」的諧和音效，「還有」的「還」則一再呼應著「海」，彷彿遙遠的浪濤聲隱隱不斷，是視覺與聽覺的延伸作用。詩的聲與色之美，兼顧周全；詩的視象與心象之美，兼顧周全；北斗、二林在地的陸地與海洋之美，兼顧周全；農業與漁業的靜與動之美，兼顧周全。

<table>
<tr><td colspan="3">〈風景 No.1〉</td><td colspan="3">〈風景 No.2〉</td></tr>
</table>

```
然而海  以及波的羅列
然而海  以及波的羅列

外邊  還有
防風林  的
外邊  還有
防風林  的
外邊  還有
防風林  的

〈風景 No.2〉

陽光陽光曬長了脖子
陽光陽光曬長了耳朵

旁邊  還有
農作物  的
旁邊  還有
農作物  的
旁邊  還有
農作物  的

〈風景 No.1〉
```

　　特別是〈風景 No.2〉，熊秉明（1922-2002）〈一首現代詩的分析──林亨泰：「風景（其二）」〉的長篇析論，[46] 精密妥適，詩與論如千里馬與伯樂，相得益彰，為現代詩創作與評論樹立高峰。但在此文發表後的三十八年，曾貴海（1946-）從反殖民與後殖民詩學的角度，質疑此詩是「強調視覺、色彩和構圖的形式，透過簡潔的文字而創作出來的『超現實主義』作品。」說「這兩首風景絕對是虛構在血

---

46 江萌（熊秉明）：〈一首現代詩的分析──林亨泰：「風景（其二）」〉，此文原發表於《歐洲雜誌》第9期，1968年12月。後來又發表〈一首現代詩的譜曲──譜「風景（其二）」一詩的示意〉，同收入熊秉明著：《詩三篇》，臺北市：允晨文化公司，1986，頁31-74、75-94。又，呂興昌編：《林亨泰研究資料彙編》上下冊，彰化縣：彰化縣立文化中心，1994，亦收入此二文。

淚歷史大地上的人造美景，被創造出來的不符合真實與現實共像的文字裝飾。」[47] 這種「人造美景」的說法，顯與臺灣農村現實有所悖離，更不用說對林亨泰青少年所經歷的東螺溪沿岸景致、斗苑路景觀缺乏認知。臺灣農田規劃、農地使用、農村建設，或許未至精當，但在今日或更早的二十世紀五〇年代，農田作物毗連的真實景象，沿海種植防風林以防風害的實用場景，非僅彰化二林、芳苑地區如此，視覺之內絕對可以看到農作物與農作物相連之廣度（空間感），農作物成長之速度與高度（時間感），濱海地區為防風沙而種植的木麻黃，雖因林相不美而銳減，還是有堅持抓穩土地、護衛農民者依然屹立在路旁、田間。〈風景〉組詩是林亨泰最能與土地結合的寫實作品，最能顯現東螺溪地理特色的前衛藝術：一首最單純的即景之作、一幅數大就是美的巨幅圖畫、一件極簡淨的地景藝術，竟然還遭到這樣的誤解，顯示臺灣新詩地理學極有發展的必要與空間。

　　至於這首詩所透露的哲學思考，因為文字極度簡約，刪削所有限定語，只留存七個名詞（農作物、陽光、耳朵、脖子，防風林、海、波），兩個動詞（曬、羅列），因此技術上可以有極大的空間足供想像、足供揮灑。如熊秉明夫人以弗洛依德（Sigmund Freud, 1856-1939）性心理學的觀點，指稱防風林（樹）為男性象徵，海與波（水）則為女性象徵，[48] 蕩開文學之外的新義，竟然為一首書寫彰化土地的單純寫實詩作找到兩性觀點的新證例。又如呂興昌點明「農作物的風景是一種熱切的期盼，而防風林則是一種不安的隱憂。」所以，曬長了耳朵

47　曾貴海：〈臺灣戰後反殖民與後殖民詩學〉，《文學臺灣》57期，2006年1月，頁194、195。此文後來出版為專書：《戰後臺灣反殖民與後殖民詩學》，臺北市：前衛出版社，2006。

48　參閱熊秉明：〈一首現代詩的分析——林亨泰：「風景（其二）」〉之附記，呂興昌編：《林亨泰研究資料彙編（上）》，頁79-81。

曬長了脖子，正是農人凝神等待與盼望的具體形象，而防風林「防風」的抗拒意味，與海、波的威脅架勢，形成緊張的對峙關係。[49] 彷彿也為臺灣的民族性兼具向內的柔性協同意念與向外的剛性捍衛意圖，找到自然界的默契與徵象。

〈風景 No.1〉、〈風景 No.2〉，一路延續而來的斗苑路景觀，既有鄉野平疇的現在式靜觀條件，又有風起浪湧的未來式挑戰準備，「詩哲」的詩學教養就在東螺溪、北斗街、斗苑路的延伸中，逐漸養成。

第七節　結語：新詩地理學的期待

一條默默無聞的東螺溪，在歷史上曾經是翻滾無數濁浪的濁水溪河床上的主角；如今馴服於自己經年累月所形成的沖積扇平原上，繼續以另一種不同的方式灌溉這塊土地。東螺溪，以舊濁水溪之名影響著彰化的土地。

這樣的一條溪，曾經孕育臺灣新詩重要的現代派理論高手林亨泰，從他紮根現實的詩作上，我們找回他生命的源頭；從他充滿機智的表現手法上，我們找到他智慧的源頭。所謂「詩哲」、「詩哲」的生命，顯然不是一條平凡的小溪所能暗示，所能滋潤。東螺溪與林亨泰，在不同的溪床上，相互呼應著響亮的生命。

以地追人，以人追詩，以詩追地，如此循環不息的追索中，一個默默無聞的中部小鎮，在文學史上，藉著一個詩人的養成，有可能翻湧出滔天的巨浪。北斗東螺溪，北斗林亨泰，我們從此看見人與土地相互輝映的光芒，從此發現新詩地理學有著許多值得期待的訝異與驚喜。

---

49 呂興昌：〈走向自主性的世代〉，呂興昌編：《林亨泰研究資料彙編（下）》，頁372。

參考文獻

一　中文書目（依作者姓名筆畫序）

行政院文建會策劃　《臺灣河川風情》　臺北市　漢光文化事業有限
　　　公司　1998

呂興昌編　《林亨泰研究資料彙編》　彰化縣　彰化縣立文化中心
　　　1994

宋田水　《作家當總統》　臺北市　草根出版公司　2000

周　璽　《彰化縣誌》　彰化縣　彰化縣文獻委員會　1969

林巾力　《福爾摩沙詩哲林亨泰》　臺北市　印刻文學生活雜誌出版
　　　有限公司　2007

林亨泰　《見者之言》　彰化縣　彰化縣立文化中心　1993

林亨泰　《林亨泰詩集》　臺北市　時報文化出版事業有限公司
　　　1984

林亨泰　《林亨泰詩集》　高雄市　春暉出版社　2007

林亨泰　《長的咽喉》　臺中市　新光書店　1955

林亨泰原著　呂興昌編訂　《林亨泰全集》十冊　彰化縣　彰化縣立
　　　文化中心　1998

林孟龍、王鑫　《臺灣的河流》　臺北市　遠足文化事業股份有限公
　　　司　2005

康　原　《八卦山下的詩人・林亨泰》　臺北市　玉山社出版事業股
　　　份有限公司　2006

康　原　《烏溪的交響樂章》　臺北市　中國時報文教基金會　2002

張哲郎、廖風德、劉金木等編纂　《北斗鎮志》　彰化縣　北斗鎮公
　　　所　1997

張素玢編注　陳弼毅翻譯　《北斗鄉土調查》　彰化縣　彰化縣文化
　　　局　2003

曾貴海　《戰後臺灣反殖民與後殖民詩學》　臺北市　前衛出版社
　　　2006

熊秉明　《詩三篇》　臺北市　允晨文化公司　1986

蕭　蕭　《現代新詩美學》　臺北市　爾雅出版社　2007

謝四海　《二林區地方文史專輯·第一輯》　彰化縣　二林社區大學
　　　2006

謝瑞隆、洪慶宗、林建成　《戀戀北斗街風情》　彰化縣　彰化縣文
　　　化局　2005

謝瑞隆編著　《北斗鄉土誌》　彰化縣　彰化縣北斗鎮公所　2009

第六章

飛騰跑跳間的空間詩學：

論王鼎鈞《有詩》的意象流動

摘要

　　散文大家王鼎鈞相當重視「詩」，以詩為文學的血統、遺傳基因，以詩為文學的指歸，自承詩是他寫作的活水源頭，但新詩集的著作僅出版《有詩》一冊，本文嘗試以「空間詩學」的高度，試圖探討王鼎鈞在詩思飛騰跑跳時，空間如何有效流動。首先提舉王鼎鈞詩作以「重複」作為空間流動的具體呈現，大部分採用自覺的「柏拉圖式」重複，間雜著不自覺的「尼采式」重複；其次探討隱喻與換喻的應用，對應出王鼎鈞的新詩寫作，介乎寫實主義與現代主義之間，蓋因寫實是散文家的當行本色，而隱喻、象徵則是一般大眾對「詩」的基本期望。最後討論意識與意象孰先孰後的分際，以王鼎鈞詩集中留存的詩料，尚未完全成稿的觀感，見證空間流動才是詩的終極指歸。

關鍵詞：王鼎鈞、空間詩學、重複、隱喻與換喻、意識與意象

第一節　詩是文學的遺傳基因

　　王鼎鈞（1925- ）是臺灣文壇最具正面影響力的散文大家，創作
類別極多，如勵志小品的「人生三書」（《開放的人生》、《人生試金
石》、《我們現代人》），閃爍著智者的光芒；如渡人金針的寫作指引
（《講理》、《文學種籽》、《作文七巧》），深具仁者的心地；這兩類書
籍，包括現在六十歲以下的中年人、青年人都蒙受其益，成為他們做
人、作文最重要的指針。至於抒情性的散文《情人眼》、《碎琉璃》、
《左心房漩渦》、《海水天涯中國人》等，「寫的都是中國人的血淚，
中國人背上的一根刺！」都是「把鮮血變成墨水」的作品；[1] 相對
的，思理性的方塊文章、人生隨筆，如《人生觀察》、《黑暗聖經》、
《心靈分享》等，隱地（1937- ）更以「鳶飛魚躍」、「雲影天光」的
奧妙境界加以頌讚。[2] 最近，以十七年時間（1992-2009）完成的
「王鼎鈞回憶錄四部曲」（《昨天的雲》、《怒目少年》、《關山奪路》、
《文學江湖》），顯示他所屬那一代中國人、臺灣人的「因果糾結，生
死流轉」，[3] 又將王鼎鈞一生的的散文成就，推向另一高峰。

　　論述王鼎鈞散文的碩博士論文，截至二〇〇九年，已有蔡倩茹
《王鼎鈞散文研究》（臺灣師範大學，2001）等七冊，[4] 出版之研究

1　隱地：《作家與書的故事》，臺北市：爾雅出版社，1985，頁60。

2　同前注，頁60。

3　王鼎鈞：〈寫在《關山奪路》出版以後〉，《關山奪路》，臺北市：爾雅出版社，2005，
　　頁429。

4　七冊碩士論文，依序是：蔡倩茹：《王鼎鈞散文研究》（臺灣師範大學，2001），陳
　　秀滿：《散文捕蝶人——王鼎鈞散文研究》（彰化師範大學，2002），丁幸達：《王鼎
　　鈞及其散文研究》（臺北市立師範學院，2003），羅漪文：《〈左心房漩渦〉之語言風
　　格》（清華大學，2004），陳秋月：《王鼎鈞散文中的人性考察之探究》（新竹教育大
　　學，2009），邱郁芬：《王鼎鈞散文的自傳性書寫研究》（新竹教育大學，2009），黃
　　淑靜：《王鼎鈞散文藝術研究》（國立臺北教育大學，2009）。

專書也有亮軒（馬國光，1942-）《風雨陰晴王鼎鈞：一位散文家的評
傳》等四冊。[5] 散篇專論，更不計其數。足見王鼎鈞散文寫作「盡
心、盡力、盡性、盡意」，「走盡天涯，洗盡鉛華，揀盡寒枝，歌盡桃
花」，[6] 盡矣至矣，難以復加。但對於王鼎鈞新詩創作，則尚未有正
式論文予以驗證，終究是王鼎鈞文學研究地圖中未曾上彩的一小塊
缺憾。

　　王鼎鈞在眾多作品中，新詩類唯有《有詩》一冊。[7] 根據書前向
明（董平，1928-）序文，此詩集不是王鼎鈞有心成書之作，而是多
年來在臺灣為他收集、整理文稿的隱地（柯青華，1937-）所策劃。[8]
如此「無心機」書寫，「非計畫」出版，其中尚留存〈詩料〉兩篇，
反而更能顯現詩心之無所矯飾，詩藝之從容不迫。向明序文所指稱：
「天底下所有出現的詩，都有兩個基本元件組成，一是由感性而衍生
的詩意，一是由理性而構思出來的詩藝，詩意如果能透過詩藝表達出
來，詩藝如果掌握詩意確切的表達，二者魚幫水，水幫魚似的合作無
間，詩便會完滿的誕生了。」[9] 這兩個基本元件應該可以視為新詩創
作的基本門檻，王鼎鈞《有詩》之作，如果僅止於此，王鼎鈞文學研
究地圖中，新詩這一小塊反而成為他的拖累。

　　何況，王鼎鈞相當重視「詩」，他說：「文學的血統，是詩，文學
的遺傳基因，是詩，不管你是寫散文，寫小說，寫劇本，都以詩為指

5　研究王鼎鈞四冊專書是：蔡倩茹：《王鼎鈞論》（2002）、亮軒：《風雨陰晴王鼎鈞：
　　一位散文家的評傳》（2003）、方方：《妙手文心：王鼎鈞散文的藝術風格》（2009）、
　　黃淑靜：《走盡天涯‧歌盡桃花──王鼎鈞的散文藝術》（2009），均由爾雅出版社
　　印行。

6　王鼎鈞：〈有關《文學江湖》的問答〉，《文學江湖》，臺北市：爾雅出版社，2009，
　　頁4。

7　王鼎鈞：《有詩》，臺北市：爾雅出版社，1999。

8　向明：〈但肯尋詩便有詩──為鼎公詩集作序〉，《有詩》，序頁6。

9　《有詩》，序頁5。

歸，都得懂詩，愛詩，讀詩。……不讀詩，無以言，不讀詩無以寫散文。」[10] 散文大家王鼎鈞自己肯認：沒靈感時，一讀詩，源頭活水就來了；缺乏想像力時，一讀詩，思想就生出翅膀來了；喪失寫作自信時，一讀詩，勇氣就來了。詩，成為散文大家寫作的活水源頭，這種以詩為文學的遺傳基因，以詩為文學的先決條件，促使本文論述時不以散文家偶一為之的詩集看待《有詩》，而以「空間詩學」的高度，探討王鼎鈞在詩思飛騰跑跳時，空間如何有效流動。

第二節　重複是空間流動的記憶留存

空間，是生命存在、人類活動的主要場域，往往與時間對舉而並存。傳統文化中對於空間的定義，其實並未加上任何疆界，如《管子》「宙合」觀：「天地萬物之橐，宙合有橐天地」：「天地苴萬物，故曰萬物之橐。宙合之意，上通於天之上，下泉於地之下，外出於四海之外，合絡天地，以為一裹。散之至於無閒。不可名而山。是大之無外，小之無內，故曰有橐天地，其義不傳。」[11] 「宙合」的觀念與「宇宙」相同，共通的「宙」是時間，「宇」、「合」都指空間，「合」字古通「盒」，已經有空間即是容器的觀念。在管子（管仲，？西元前645年）的敘說裡，「上通於天」是以天為界，但「上通於天之上」那就沒有任何限制；「下泉於地之下，外出於四海之外」，當然也沒有任何有限之線，幾乎跟「渾沌」同義，但在我們的思考裡，「宇宙」或「宙合」形成一個碩大無比的混沌「容器」。《莊子·齊物論》有

---

10 王鼎鈞：〈勸人讀詩〉，《有詩》，頁122。

11 〔西周〕管仲著，李勉註譯：《管子今註今譯·宙合第十一》，臺北市：臺灣商務印書館，1990，頁194、199。

「六合之外，聖人存而不論；六合之內，聖人論而不議」¹² 之說，所謂「六合」即是上下四方所圍攏的「宇」的空間。《尸子》為宇宙所下的定義：「四方上下曰宇，往古來今曰宙」，¹³ 成為千古不變的準則，如《淮南子‧齊俗訓》：「往古來今謂之宙，四方上下謂之宇。道在其間，而莫知其所。故其見不遠者，不可與語大；其智不閎者，不可與論至。」¹⁴ 不僅解釋宇宙之大，不知其所，甚至於道在其間，也不知其所，不能瞭解宇宙之大者，不可跟他談論大道至理。莊子（莊周，約西元前369-286年）對於「宇宙」的看法，一樣涉及「道」，「宇宙」與「道」相彷彿：「出無本，入無竅。有實而無乎處，有長而無乎本剽，有所出而無竅者有實。有實而無乎處者，宇也；有長而無乎本剽者，宙也。」¹⁵ 前五句，莊子說明：道，無所不在，流行周遍，不知從何而出，他的斂藏處也毫無竅隙可尋。道是實存，卻不見它的處所，道有著悠長的源流，卻無人見過它的本末始終，「道」，有所出卻無法知其所從出，有所入卻無任何可隱藏的縫隙，這是實有的「道」。接著莊子以兩句話確定：實有存在，卻無法見其處所，是宇；有其長度，卻無法見其首尾始末，是宙。莊子借「道」之周遍，說明「宇宙」與「道」同其廣大無涯，道，不知從何而來，也無人知其由何而去，「宇宙」做為東方文明的最大空間認知，一樣是不見其處所，不知其終始，六合之內是空間，六合之外仍然是空間，其中並無明顯界線。

---

12 〔西周〕莊周著，〔清〕王先謙集解：《莊子集解》，臺北市：漢京文化公司，1988，頁20。

13 〔戰國〕尸子（名佼，楚人）著，水渭松注釋，陳滿銘校閱：《新譯尸子讀本》，臺北市：三民書局，1997，頁214。

14 〔西漢〕劉安：《淮南子》。今本何寧撰：《淮南子集釋》卷十一齊俗訓，北京市：中華書局，2006（第二次印刷），頁798。

15 《莊子集解》，頁203。

　　東漢許慎（約58-147）《說文解字》解釋「宇」字為「屋邊」，清朝段玉裁注（1735-1815）從屋四垂、屋簷，逐漸引伸為「凡邊謂之宇」，進而引用莊子「有實而無乎處者，宇也；有長而無乎本剽（本末）者，宙也。」的話，說：「有實而無乎處，謂四方上下實有所際，而無所際之處，不可得到。」[16] 這樣的空間觀念，是從有形、有限的「屋邊」，引申到「無邊」的無形、無限空間，當然也不可忽略「屋邊」之內，還是空間，這種空間仍然可小到極小、極細、極微。關於「宙」字，許慎解釋為「舟輿所極覆也」，段玉裁的注解，指舟車從此地到彼地，又回到此地，循環不斷，所以「宙」字像「軸」字，從「由」；因為由今溯古，復由古沿今，正如舟車自此至彼，又自彼至此，皆如循環然。[17] 段玉裁再度引用莊子之言，確認「莊子說正與上下四方曰宇、往古來今曰宙同，亦謂其大無極，其長如循環也。」[18] 「宙」與「宇」都從「宀」（音ㄇㄧㄢˊ，四面下覆有堂有室的深屋），顯然，抽象的時間之義，也由空間之義來理解。

　　綜合而言，中國傳統的宇宙觀、空間觀，是由屋邊到無邊（宇），是由此至彼又自彼至此不斷循環（宙），且與「道」的流行周遍相呼應，這種流動的空間觀，正是詩性思維的空間觀，有利於詩意象的流動與創造。

　　對於文學或美學中的「空間」認定，眾說紛紜，其中必然涉及建築學、生態學、社會學、人類學、人文地理學。但大體上可以歸納為兩類：一是「物理空間」，即現實的空間，有形肉身所佔有的空間；一是「心理空間」，即形而上的抽象空間，心理狀態或心靈所居留的

---

16 〔東漢〕許慎著、〔清〕段玉裁注：《說文解字注》，臺北市：萬卷樓圖書公司，2005（再版三刷），頁342。

17 同前注，《說文解字注》，頁346。

18 同前注，《說文解字注》，頁346。

空間。[19] 前者為「有」，具體而有所限，後者為「無」，抽象而無止盡，文學家的創作就在二者之間轉換、移位、推拉、互動，見出流動之美，推湧出另一個美學空間。

王鼎鈞十五、六歲時，喜歡《舊約》這一段經文：

> 不要等到日頭、光明、月亮、星宿、變為黑暗，雨後雲彩反回，／看守房屋的發顫，有力的屈身，推磨的稀少就止息，從窗戶往外看的都昏暗，／街門關閉，推磨的響聲微小，雀鳥一叫，人就起來，唱歌的女子也都衰微，／人怕高處，路上有驚慌，杏樹開花，蚱蜢成為重擔，人所願的也都廢掉，因為人歸他永遠的家，弔喪的在街上往來，／銀鍊折斷，金罐破裂，瓶子在泉旁損壞，水輪在井口破爛，塵土仍歸於地，靈仍歸於賜靈的神。(《舊約‧傳道書‧第十二章》，國語和合本譯文) [20]

這段經文「表象割裂，深層卻有一種完整的渾然。」王鼎鈞就喜歡這種「如同進入未知之境探險」的感覺。[21] 以王鼎鈞所言「表象割裂，深層卻有一種完整的渾然」而論，「表象割裂」，所以形成許多不相連屬的空間：如天象陰沈、彩虹出現、臨窗探視、街門關閉、惹人怕的高處、讓人慌的馬路，以至於「銀鍊折斷，金罐破裂，瓶子在泉旁損壞，水輪在井口破爛」等空間意象呈現。「深層卻有一種完整的渾然」，這渾然即是空間流動的效應，透露出荒廢、蒼涼、困阨以及死亡的感覺。合而言之，割裂與渾然之間，仰賴的就是「空間流動」，

19　〔韓〕金明求：《虛實空間的流動與移轉》，臺北市：大安出版社，2004，頁2。

20　此處引用之經文、標點，與《文學江湖》略異，係直接對照和合本《舊約‧傳道書‧第十二章》而得。

21　《文學江湖》，頁251。

「空間流動」的美感，才讓王鼎鈞感受到〈傳道書〉的詩意。

在《文學江湖》中，王鼎鈞另舉小時候學過的兒歌，認為其中已有詩的況味：

> 「月亮走我也走／我給月亮打燒酒／燒酒辣買黃蠟／黃蠟苦買豆腐／豆　腐薄買菱角／菱角尖尖上天／天又高好打刀／刀又快好切菜／菜又青好點燈／燈又亮好算帳／一算算到大天亮／桌上坐個大和尚。」[22]

這是兒歌以聲韻轉換空間的通例，孩童琅琅上口，在生活中留下歡樂，長大後更能留下回味，兒歌、民謠的非理性連結，隨興地讓空間流動，王鼎鈞認為可以再造世界秩序，擴大想像。[23] 因此以「空間流動」論述詩作，正切合王鼎鈞的詩學觀點。

以《有詩》的主題作品〈有詩〉[24] 來看，王鼎鈞已經應用或飛或騰、或跑或跳的各種姿勢，展開空間的轉換與流動。首三段，都以「類疊修辭格」完成，共同的用法是各段開頭的「如果沒有詩」的「類句」，連用三次，讀者會有熟悉而親切的感覺。各段之中，仍以類句型式推衍，如第一段，（如果沒有詩）「吻只是碰觸，畫只是顏料，酒只是有毒的水。」「只是」這個類詞使全段流暢。第二段「沒人喜歡……叫做『山』的……」，使用兩次。第三段變化轉多：（如果沒有詩）「人種下火藥，不會得到楓林；人種下鹽，不會得到沙漠；人放走一枚氣球，地平線上不會升起月亮。」比較起來，第一段「吻、畫、酒」所呈現的空間變化極大，吻是兩個人所擁抱的空間，

22　《文學江湖》，頁251-252。

23　《文學江湖》，頁252。

24　王鼎鈞：〈有詩〉，《有詩》，頁2-3。

畫是眼、手與畫布形成的距離，酒是手、口與煩憂所圍繞的心理世
界，跳躍式的空間意象，讓讀者因為空間轉換而生歡喜之心。第二段
的空間，停留在「山」的臉與頭，流動率最小，趨近僵化，所以最不
精彩。第三段則是「火藥、楓林、鹽、沙漠、氣球、地平線、月
亮」，飛騰於天地之間，開拓了讀者的想像力，因為有詩（有想像
力），所以火藥爆炸有著楓林之美，鹽田可以比擬沙漠，飛走的氣球
彷如上升的一輪明月。句型雖相近，卻因空間意象的流動，能讓詩意
之美完全呈現。

　　前三段都以「如果沒有詩」的類句開其端，這是文學的「重複」
（Repetition）現象。中國文學以「重複」的方式，完成許多不同的
修辭格，如類疊、回文、對偶、頂真、排比、層遞等等，都以「重
複」完成優美形式設計，包含單字、詞語、片語或句子，或局部或全
部，程度不盡相同，但重複的作為卻是一樣的。西方的文學理論家則
用「重複」去看待文學內涵，如德魯茲（Gilles Deleuze, 1925-1996）
在《意義邏輯》（*Logique du sens,* 1969）中，將重複劃分為「柏拉圖
式」重複、「尼采式」重複兩類。「柏拉圖式」重複，是考慮以預設的
相似原則或相同原則為基礎，見其差異，重複所產生的複製品雖然不
同於所模仿的原型，但其前提是盡可能與原型接近乃至同化；「尼采
式」重複，是把相似甚至相同的事物視為本質差異的產物，其前提是
把人類現實界定為類像的世界，或者把世界當作幻影來呈現。[25]

　　本雅明（Walter Benjamin, 1892-1940）在〈普魯斯特的意象〉（*The
Image of Proust*）文中，將記憶區分為「自覺記憶」（willed memory）
與「非自覺記憶」（involuntary form of memory），「自覺記憶」符合邏

25　殷企平：〈重複〉，趙一凡等主編：《西方文論關鍵詞》，北京市：外語教學與研究出
　　版社，2007，頁14-15。

輯，每一次記憶／重複都有堅實的基礎；「非自覺記憶」卻缺乏堅實
的基礎，類近夢幻。如果將德魯茲的「柏拉圖式」重複、「尼采式」
重複，與本雅明的記憶相比對，「自覺記憶」可以對應「柏拉圖式」
重複，「非自覺記憶」則對應著「尼采式」重複。[26]

王鼎鈞〈有詩〉裡的重複——即空間流動，大部分是自覺的「柏
拉圖式」重複，如前半段的：

這三句的前後連結「火藥→楓林」、「鹽→沙漠」、「氣球→月亮」，
都是由人工的產物，轉化為天地自然之美，類似於「譬喻」的應用，
可以找到外在形象或內在特質之所以相近的地方。但如就上下句的連
結而言，「楓林→沙漠→月亮」則是「尼采式」重複。

自覺的「柏拉圖式」重複，顯現於此詩後半段「只要……就有
詩」的「句型」時，可以看出井然的秩序，都以「就有詩」做結：

天空有一抹藍 → 就有詩
↓
雪有影、雨有痕、雷有聲、水有紋 → 就有詩
↓
一滴淚、一條小徑、一陣惘然 → 就有詩

---

26 同前注，《西方文論關鍵詞》，頁15。

但從最高的天到大自然的變化，從風雨雷電到人的喜怒哀樂，甚至於到最後的「鳥來寫、風來寫、蝸牛來寫、昆蟲來寫」，愈下愈有詩的況味，空間的流動線條，不讓讀者預知，卻又能引起讀者共鳴，這是比起專業詩人更接近大眾的散文家的記憶／重複，間雜著「柏拉圖式」與「尼采式」的重複。

　　西方文論家認為「重複」一詞可以取代傳統的柏拉圖的術語「回想」（anamnesis）或「回憶」（recollection），他們強調「記憶」（在某種意義上，文化是人類的記憶），不是一種經驗的簡單重複，而是對它的重新創造。所以，加拿大學者諾斯洛普・弗萊（Northrop Frye, 1912-1991）強調重複意識有助於研究人類的總體文化型態：「過去的文化並不僅僅是人類的記憶，而是我們自己已經埋葬了的生活。對它的研究導致一種認識，一種發現。通過它，我們不但看到以往的生活，而且還看到當今生活的總體文化型態。」[27]

　　因此，如果真將詩人所創造的「意象」視為詩人過去記憶的「重複」，王鼎鈞〈有詩〉中「意象」的空間流動，是「→楓林→沙漠→月亮」，是「天空→雪、雨、雷、水→淚→小徑」。〈轉韻──迎詩人瘂弦出院〉[28] 則為「麥穗壓傷駱駝」、「陶淵明五斗皇糧」、「脊梁」、「莊周蝴蝶」、「會思想的蘆葦」、「鯨魚的胃囊」、「蓖麻遮陽」，轉換頻仍。〈詩料之一〉[29] 更有料，大雨傾盆、閉路電視、地平線、瀛臺皇帝、吃草擠奶、因果律、時間是獸、春風梳柳、棋與鳥鳴、花與鳳還巢，都在一瞬間捕捉，轉瞬間更換。都間接見證「王鼎鈞回憶錄四部曲」之所以龐大而複雜，見證王鼎鈞所經歷的生活與時代──

---

27 原見〔加拿大〕諾斯洛普・弗萊（Northrop Frye），*Anatomy of criticism*, Penguin Books, 1990, p.346. 轉引自《西方文論關鍵詞》，頁19。

28　王鼎鈞：〈轉韻──迎詩人瘂弦出院〉，《有詩》，頁17-20。

29　王鼎鈞：〈詩料之一〉，《有詩》，頁61-67。

火焰山似的戰爭年代──令人驚心動魄，目不暇給。

　　文學是時代與生活的重複，「回憶錄四部曲」是王鼎鈞的時代與生活的重複，一冊小小的《有詩》也是。

第三節　隱喻與換喻的意象流動

　　王鼎鈞的空間流動十分快速，往往是實景、虛境、隱喻（Metaphor）、換喻（Metonymy）迅速交替而行，以〈年光不必倒流〉為例：

> 河水不必倒流
> 前面是大洋
> 葡萄汁不必倒流
> 前面是酒鄉
> 歷史不必倒流
> 後面是洪荒
> 來時的路漫漫
> 處處有你卸下的鎖枷重擔
> 難道要一一拾起來
> 流血流淚重演
> 你看槍膛多麼像子宮
> 子彈大喊一聲
> 從此沒有歸程 [30]

---

30 王鼎鈞：〈時光不必倒流〉，《有詩》，頁73-75。

「年光」是時間意象，全詩除「歷史不必倒流」外，都以具體的空間意象呈現，其流動狀態，由河水、大洋之實景，跳接葡萄汁、酒鄉（虛境，換喻），歷史、洪荒（時空互喻），鎖枷重擔（換喻），流血、流淚（實景），槍膛、子宮（隱喻），終結為：年光如子彈，一去不回。

　　「隱喻」（Metaphor）是一種類比的方式，具有類化作用，指物與物之間有著色相上類似、或本質上類同的各種類型的「譬喻」。「換喻」（Metonymy）則是物與物間有著相關性而無相似性的「借代」，如以「犁」借代「農業」，以「帆」借代「船」，以「杜康」借代「酒」。王鼎鈞交錯應用隱喻與換喻，促使空間流動加速，〈年光不必倒流〉如是，〈與妻同看〉[31] 亦然。〈與妻同看〉，詩題有「藏詞」作用，因而出現「每個人有自己的嫦娥吳剛／每個嫦娥有自己的玉兔」與月相關的換喻句，以月宮中的嫦娥、吳剛、玉兔，代替每個人的理想、夢、繫念的對象；接著以隱喻句跳開思緒，卻加深愁緒：「月球如我們的心事／沉沉下墜無聲／胃囊穿洞出血／沒有器材可以搜尋捕捉」。月球是本體，「如我們的心事」為其明喻，「沉沉下墜無聲」是說明性的喻旨；其次，「胃囊穿洞出血」可以視為「沉沉下墜無聲」的喻體，「沒有器材可以搜尋捕捉」為其喻旨，因而形成「月球如我們的心事／沉沉下墜無聲」、「沉沉下墜無聲／（如）胃囊穿洞出血」的連環性譬喻。所以全詩的空間流動，從月宮的嫦娥、吳剛、玉兔（天體），迅速轉為心事、胃穿孔（身體），這是隱喻與換喻交替出現促成的流動效果。

　　賈克慎（Roman　Jakobson）在討論「隱喻與換喻」理論時與「失語症研究」（study　of　aphasia）相繫連：「隱喻」對應著失語症的「鄰

31　王鼎鈞：〈與妻同看〉，《有詩》，頁53-55。

近性失序」（contiguity）——無法在一個順序中組合元素，卻能說出
一串同義字、反義字的替換（substitutions），如「小屋」→茅舍、皇
宮、窩巢、洞穴等。[32]「換喻」則對應著失語症的「相似性失序」
（similarity disorder）——無法將元素互換，卻能提供組合的元素，
用以形成可能的順序，如「小屋」→燒毀、窮酸等。甚至於認為「隱
喻與換喻」的應用，影響個人的文學風格，他認為文學史的發展，從
浪漫主義經由寫實主義，過渡到象徵主義，對應著：由隱喻到換喻，
再由換喻到隱喻。[33] 這樣的理論系統，或許也可以對應出王鼎鈞的新
詩寫作，介乎現實主義與現代主義之間。因為寫實是散文家的當行本
色，而隱喻、象徵則是一般大眾、散文家，對「詩」的基本期望。

　　〈誰想念誰〉[34] 正可以見出這種從寫實而趨向象徵的軌跡。此詩
從「筆、船」現實之物，逐漸走往物質代表的「水、火」兩元素，又
轉往具「象徵義」的「黃金、花朵」。「黃金想念熔爐，它急欲打造成
器。」「花當然想念果實，到果實才功德圓滿，不負這一番櫛風沐
雨。」熔爐與櫛風沐雨所象徵的，是通過淬鍊以成器，破除萬難，知
其不可而為之的儒家精神。但這樣的「象徵義」，卻也必須從現實的
「筆以紙為領地，要在紙上建造樓閣；船以海為戰場，要在海上乘風
破浪」如此易於索解的常識為根基，始能達成。

　　此詩第一部分（一至六行），重複這樣的句型「筆，究竟是想念

---

32 散文家粟耘（粟照雄，1945-2006）晚年因癌症住院，腦部受到影響，據其妻子謝顗
　　（謝英珠，1955-）所述，頭部恍惚 → 他說成「喉嚨雲湧」，晚上吃很好 → 他說成
　　「冬天吃很好」，喉嚨有痰 → 他說成「頭卡住了」，類似此處所言「鄰近性失序」。
　　見謝顗：〈輓歌〉，《雙鶼——粟耘與我》，臺北市：聯合文學出版社，2010，頁15-46。
33 〔英〕雷蒙・塞爾登（Raman Selden）等著，林志忠譯：《當代文學理論導讀》（*A
　　Reader's Guide to Contemporary Literary Theory*）第四版，臺北市：巨流圖書公司，
　　2005，頁101-104。
34 王鼎鈞：〈誰想念誰〉，《有詩》，頁77-79。

墨、還是想念紙呢？」此時，所有六行的名詞：「筆、墨、紙／船、海、港／水、雲、海／火、種子、灰燼／黃金、礦、熔爐／花朵、蕾、果實」，都仍處於「現實」之中。但到了第二部分（七至十二行），「領地、樓閣」，「戰場、乘風破浪」，「翅膀、甘露」，「種子、灰燼」等等，竟已負載了「象徵義」。這樣的意象轉換、空間流動，其實也是「換喻」轉往「隱喻」的一種歷程。但不論是「筆／船／水／火／黃金／花朵」的「換喻」，或「領地／戰場／翅膀」的「隱喻」，其流動之速，轉變之快，有如湧泉，滔滔不絕，形成王鼎鈞詩作的絕妙景觀。

　　〈誰想念誰〉以「散文詩」的型態呈現，空間流動不因不分行而轉慢，其後的〈體驗色空〉，[35] 從登鐵塔、乘飛機、搭太空梭，遠離現實的地心引力，忽而轉向隱喻式的「天使的翅膀」、「始祖的墜落」，轉向不可能的「關掉地心引力」，也以散文詩的型態，快速掃描空間。〈圖書館〉[36] 裡的書，佔著真正空間的「腳邊」、「高處」、「四目相視」的高度、「交臂把臂」的臂彎間，象徵式的「一閃微光」、「一座燭臺」、「一片星海」，或者隱喻式的「集中營」、「保險櫃」、「公墓」、「八陣圖」，仍然是介乎詩與散文的灰色地帶，但隱地決然將這些作品選入《有詩》中，正因為隱喻與換喻的「意象流動」，是真正屬於詩的流動。

第四節　意識是空間流動的靈魂

　　《有詩》這部詩集，只有二十五首詩，前十六首以分行的形式呈現，後九首則是介乎散文與詩的「散文詩」體製。後九首介乎散文與

35　王鼎鈞：〈體驗色空〉，《有詩》，頁81-83。

36　王鼎鈞：〈圖書館〉，《有詩》，頁85-87。

詩的作品，普遍存在一個共同的特質，那就是意識（觀感、哲理）先於意象，讀者極易把握，如果以一般分行式的新詩體來承載，短短的篇幅恐怕無法盡興說解義理；如果以王鼎鈞一向擅長的說理性散文來書寫，這些作品卻又湧現無數個空間流動的畫面，因而在詩的質地與韻味上，或有不足，卻又比一般散文多了一些趣味性、靈動力與意象美。即使是前十六首分行詩中，也有〈詩料之一〉、〈詩料之二〉兩首作品，明白顯示這是待處理的、可用的「意識」，不是以意象去經營完成的定稿。根據〈推測隱地為何寫詩〉[37] 這首作品置放在詩集的第二首，可以合理推測王鼎鈞寫作新詩不會早於隱地的第一首詩（1993）[38]，很可能受到隱地以小說家、小品散文家的身分轉行寫詩，表現優越，因而開啟他嘗試新文類創作的興致。但隱地寫詩，多少算是一種反抗，反抗文學的沒落；也是一種率性，企圖擺脫掉商業企圖心，[39] 但王鼎鈞顯然沒有這種覺醒與覺志，新詩體也顯然不是王鼎鈞所刻意經營的文類，因此，就新詩技巧討論《有詩》，不如研究什麼樣的「觀感」促使王鼎鈞的詩的空間順意流動，對於普遍缺乏哲思深度的現代詩作，或許有他山之石的警醒作用。

　　〈詩料之一〉、〈詩料之二〉，大都以三行書寫，彷彿備忘錄，尚待鋪陳（如〈疏忽〉、〈棋〉等）。其中具意象之美，可以獨立成詩者，則有以下兩首：

　　〈飛絮〉

　　春風梳柳

---

37 王鼎鈞：〈推測隱地為何寫詩〉，《有詩》，頁5-9。

38 隱地：〈寫詩的故事（後記）〉，《法式裸睡》，臺北市：爾雅出版社，1995，頁161。

39 隱地：〈隱地論隱地〉，《法式裸睡》，頁158-159。

抓掉一把把頭皮屑
春將老 [40]

〈鳳還巢〉

花只仰望太陽
直到日光使它凋謝
落瓣才屬於我 [41]

　　〈飛絮〉裡的動詞「梳」字，將春、春風、柳絮三者同時擬人
化，柳絮飛白暗喻著青春飛逝，以空間的飛騰暗喻時間的更換。〈鳳
還巢〉則站在「土地」的位置發聲，將「落紅不是無情物，化作春泥
更護花」的情意，轉換為第一人稱長期等待的無奈心境，同時也表達
了中國人的耐性與宿命觀「直到日光使它凋謝／落瓣才屬於我」。這
兩首完整而完美的詩，意象單純，空間流動只在春風與柳絮之間，
花、太陽與大地之間。其他作品，則是具有極佳滋養的上等詩料——
觀感、詩思、意識，猶待料理高手日後加以燉煮蒸炒燴汆燙。
　　如果將〈詩料之一〉[42] 各詩連成一氣而觀，則其空間流動速度極
快：大雨傾盆之下的大地 → 客廳的閉路電視 → 地平線 → 瀛臺皇帝之
穿衣鏡 → 草食動物與肉食動物之辯 → 佛家因果律 → 時間年獸 → 春
風拂柳 → 鳥鳴求偶 → 花落大地。〈詩料之二〉[43] 亦然：摩天大樓 →
荊棘 → 一砂一花 → 閃電 → 一葉。探究空間流動之所以如此快速，正
如胡適（1891-1962）〈一念〉之詩所說：「我這心頭一念：／纔從竹竿

40　王鼎鈞：〈詩料之一・飛絮〉，《有詩》，頁66。
41　王鼎鈞：〈詩料之一・鳳還巢〉，《有詩》，頁67。
42　王鼎鈞：〈詩料之一〉，《有詩》，頁61-67。
43　王鼎鈞：〈詩料之二〉，《有詩》，頁69-72。

巷，忽到竹竿尖；／忽在赫貞江上，忽在凱約湖邊；／我若真個害刻骨的相思，便一分鐘繞遍地球三千萬轉！」[44] 這心念、觀感、哲思、意識，在人的腦海中一閃，這一個空間即可飛騰跑跳至另一個不相屬的空間，倏忽之間，可以繞轉地球數千萬遍。王鼎鈞〈詩料〉二首、散文詩九首，甚至於〈有詩〉之作，其實都可以視為意識先行、意象後至之作，都不算是完善的詩稿，但那騰飛不歇的意識，尚未成形的意象，在不同的空間閃動，就在這已詩、未詩之際，早已惹動讀者詩心。

所謂意識先行、意象後至，以〈體驗色空〉為例，題目先已透露出「理性論述」意圖，內容從登巴黎鐵塔 → 坐飛機 → 太空梭等空間改換，跳接到「天使」不輕易來到人間，強調「擺脫地心引力不容易」：最早，上帝把亞當夏娃交給地心引力，人類從此越陷越深；最新，太空人落地後，依然是墜入紅塵的襁褓。其間的空間流動，顯然來自意識的轉換：鐵塔、飛機、太空梭，屬於「理性論述」的轉換；天使，則是「詩性思維」的觸發。但詩意卻戛然而止於「體驗色空，只須關掉地心引力」，[45] 未能以意象繼續鋪陳，讀者直接從這句話得到震撼，不是從意象獲取詩的感動或領悟。詩的意識先行，空間隨之流動，理性的讀者、智慧的長者可以就此而有所得，感性的讀者、年少的心靈卻悵然若有所失。詩的意識先具足，詩的意象卻未整軍揮進，王鼎鈞散文詩之憾，大抵類此。尤其最後兩則〈華苑看月〉、〈世緣茫茫天蒼蒼〉，從題目到內容，都宜以傑出小品文來看待。

再如〈圖書館〉一詩，從書、書架、圖書館的「前進式」空間層遞，可以深深感受到書與智慧的累進：「每一本書是一閃微光，每一個書架是一個燦爛的燭臺。一座圖書館是一片星海，智慧凝成珊瑚，

---

44 胡適：〈一念〉，張默、蕭蕭主編：《新詩三百首》，臺北市：九歌出版社，2007（增訂版），頁100。

45 王鼎鈞：〈體驗色空〉，《有詩》，頁81-83。

熱情動成波浪，還有一代一代甘願投入溺死的靈魂。」[46] 是成功的詩意象。但，緊接著的是「書的集中營。知識的保險櫃。天才的公墓。我的八陣圖。」[47] 意識從此空間流動至另一空間，但每一空間如集中營、保險櫃、公墓、八陣圖等，則滯留而不動，缺乏活水衝激，不成意象，猶如食材已備，調理未行，饗客只能焦心，無法滿意。

　　不過，王鼎鈞「智慧凝成珊瑚，熱情動成波浪」，類似「人生三書」（《開放的人生》、《人生試金石》、《我們現代人》）的智者光芒，閃爍在這些散文詩中，成為先於意象的「意識」，卻可能是詩族最佳啟示錄。如〈金手銬〉詩中，「金手銬」與「鐵手鐲」是否願意交換的哲理思索、人性考驗；〈水族啟示錄〉裡，「月晦時，不要忘記天，天上有星河。退潮時，不要忘記海，海灘有貝殼」的忠告，「水族對海水永遠有幻想」的啟發；〈水百科〉裡的循環觀（太陽、雲、水）、相對論（尿尿小童的銅像與電線走火）；再如〈紅了再紅〉的「以紅為貴」的人生體驗，〈華苑看月〉的「你將從月中看見一切美」的銳敏感應。這些「凝成珊瑚」的智慧，或許值得嫻熟於新詩技巧，熱情動成波浪者，多加審視、深思，臺灣新詩終能有波浪深處見珊瑚、珊瑚旁漂流著適合珊瑚生存的低溫波浪的美好場域。

第五節　流動是詩的終極指歸

　　王鼎鈞的詩作，雖然意識先行、意象後至，但空間流動的美感卻是引動詩心的重要關鍵。如果以莊子與淮南子對宇宙這個至大空間的論述來看，他們都借用「道」的周遍，來說明「宇宙」與「道」同樣廣大無涯，「道」的周遍，其實就顯現了「道」流動的美感。《老子》

---

46 王鼎鈞：〈圖書館〉，《有詩》，頁86。
47 同前注。

對「道之為物」,以「惟恍惟惚」加以說解:「惚兮恍兮,其中有象;恍兮惚兮,其中有物。窈兮冥兮,其中有精;冥兮窈兮,其中有信。」[48] 恍兮惚兮的似有若無,窈兮冥兮的深遠暗昧,都是山嵐煙霧的流動形象。道,難以說解,哲學家以流動不居為其形象;詩之美感也如「道」一般,寄託在空間流動的順暢性上。

王鼎鈞詩中所創造的「意象」,可以說是詩人一生記憶的「重複」,其中「意象」的空間流動極為迅捷,彷彿都在一瞬間即能捕捉住,轉瞬間卻又更換,間接見證王鼎鈞回憶錄四部曲的龐大與複雜,見證王鼎鈞所經歷的火焰山似的戰爭年代,驚心動魄,目不暇給。

如此迅捷的空間流動,在隱喻與換喻間變換,卻肇源於「意識」的快速閃動,王鼎鈞詩集中留存一些詩料,尚未完全成稿的觀感,可以給新詩創作者、欣賞者哲理上的啟發,同時也為空間流動才是詩的終極指歸,留下有力的證據。

---

48 〔西周〕李耳著、陳鼓應註譯:《老子今註今譯》,臺北市:臺灣商務印書館,2002(三次修訂版),頁131。此為《老子》第二十一章經文,據嚴靈峯「文例一律」說法,有所修訂。

參考文獻

一　中文書目（依作者姓氏筆畫序）

王鼎鈞　《文學江湖》　臺北市　爾雅出版社　2009

王鼎鈞　《有詩》　臺北市　爾雅出版社　1999

王鼎鈞　《關山奪路》　臺北市　爾雅出版社　2005

方　方　《妙手文心：王鼎鈞散文的藝術風格》　臺北市　爾雅出版
　　　　社　2009

亮　軒　《風雨陰晴王鼎鈞：一位散文家的評傳》　臺北市　爾雅出
　　　　版社　2003

張默、蕭蕭主編　《新詩三百首》　臺北市　九歌出版社　2007　增
　　　　訂版

趙一凡等主編　《西方文論關鍵詞》　北京市　外語教學與研究出版
　　　　社　2007

蔡倩茹　《王鼎鈞論》　臺北市　爾雅出版社　2002

謝　顗　《雙鶩──粟耘與我》　臺北市　聯合文學出版社　2010

隱　地　《作家與書的故事》　臺北市　爾雅出版社　1985

隱　地　《法式裸睡》　臺北市　爾雅出版社　1995

〔西周〕李耳著　陳鼓應註譯　《老子今註今譯》　臺北市　臺灣商
　　　　務印書館　2002　三次修訂版

〔西周〕莊周著　〔清〕王先謙集解　《莊子集解》　臺北市　漢京
　　　　文化公司　1988

〔西周〕管仲著　李勉註譯　《管子今註今譯》　臺北市　臺灣商務
　　　　印書館　1990

〔西周〕尸子著　水渭松注釋　陳滿銘校閱　《新譯尸子讀本》　臺
　　　　北市　三民書局　1997

〔西漢〕劉安著　何寧撰　《淮南子集釋》　北京市　中華書局
　　2006

〔東漢〕許慎著　〔清〕段玉裁注　《說文解字注》　臺北市　萬卷
　　樓圖書公司　2005

〔韓〕金明求　《虛實空間的流動與移轉》　臺北市　大安出版社
　　2004

二　中譯書目

〔英〕雷蒙・塞爾登（Raman Selden）等著　林志忠譯　《當代文學
　　理論導讀》（*A Reader's* Guide *to Contemporary Literary
　　Theory*）　第四版　臺北市　巨流圖書公司　2005

三　碩士論文（依時間先後序）

蔡倩茹　《王鼎鈞散文研究》　臺北市　臺灣師範大學　2001

陳秀滿　《散文捕蝶人──王鼎鈞散文研究》　彰化縣　彰化師範大
　　學　2002

丁幸達　《王鼎鈞及其散文研究》　臺北市　臺北市立師範學院
　　2003

羅漪文　《《左心房漩渦》之語言風格》　新竹市　清華大學　2004

陳秋月　《王鼎鈞散文中的人性考察之探究》　新竹市　新竹教育大
　　學　2009

邱郁芬　《王鼎鈞散文的自傳性書寫研究》　新竹市　新竹教育大學
　　2009

黃淑靜　《王鼎鈞散文藝術研究》　臺北市　國立臺北教育大學
　　2009

第七章

飄浪行旅時的空間詩學：

以金庸《連城訣》探討文學中的角落設計

摘要

「虛構」是小說的要件，武俠小說更是虛構中的虛構，想像外的想像，武俠小說的想像世界是人類想像裡的浩瀚之極致，一個無終無始的空間。本文試圖從華文世界閱讀率最高的金庸（查良鏞，1924-）武俠小說中，探討文學這種時間藝術裡的空間設計所呈現的面貌，探索想像肆力飛騰、跳躍的作品，如何落實於空間裡的實有存在，讓人信服、接納；戲劇場所的描寫，如何讓讀者存有真實感；小說傳奇與正史實事，如何找到交點、切點，使讀者能深信無疑。本文選擇以小喻大、以微知著的「角落」，作為空間理論裡「邊陲」與「中心」的辯證依據。

關鍵詞：金庸、角落設計、空間詩學、時間藝術、武俠小說

第一節　前言：時間藝術裡的空間設計

創作者透過具有審美價值的活動或產物，用以表現他內在的情感或思想，並且能讓欣賞者產生同感共鳴，這就是「藝術」的基本定義。一般習稱的八大藝術：音樂、雕刻、建築、舞蹈、文學、繪畫、戲劇、電影，依其創作的素材媒介，可以分為三大類：

一、時間藝術：音樂、文學等，在時間延續中強調以旋律、節奏、音色、辭藻、格律等要素所組合成的韻律性藝術。

二、空間藝術：繪畫、雕塑、建築等，以藝術產物的外在型態佔有某一空間（平面或立體）的造形性藝術。

三、綜合藝術：舞蹈、戲劇、電影等，開放視覺、聽覺與觸覺的多種感官，結合時間藝術與空間藝術的特質，加以靈活運用的綜合性藝術。

綜合藝術的出現與存在，已經顯示時間與空間不能截然劃分為二。首先，人類生活在「宇宙」間，所謂宇是上下四方的空間，宙是古往今來的時間，人類所賴以生存的時空顯然無法、也不需要完全割離。其次，做為一位傑出的藝術工作者，更不可能屈服於時間藝術只在時間藝術裡琢磨，空間藝術的工作者只在空間上拓展，藝術家無不努力嘗試著跨界越位，作家、音樂家在他們的作品裡創造意象、追求意境，是在時間藝術中企圖營造空間美學；畫家、雕塑家在他們的圖畫、藝術品中所希望捕捉的就是時間的流動，如何將美凝固於一瞬。時與空，相互糾葛，天與人，相互呼應，所以，人間世的情與思，相互交流，藝術裡的意與象，相互對映。[1]

---

1 胡亞敏：《敘事學》，武漢市：華中師範大學出版社，2004，頁159。並參考 Mikhail Bakhtin (1895-1975): "Forms of Time and of the Chronotope in the Novel: Notes toward a Historical Poetics", *The Dialogic Imagination: Four Essays*, ed. Michael Holquist, trans.

　　以時間而言，社會心理學家將時間當作「生命的節奏」來觀察，認為：決定全球各地生活步調的，有五項主要因素：

　　第一因素是「經濟安定」：經濟體質愈健康，該地居民的生活步調就愈快。

　　第二因素是「工業化程度」：工業化程度愈高，該國居民每天的空閒時間就愈少。

　　第三因素是「人口規模」：城市愈大，居民的生活步調就愈快。

　　第四因素是「氣候」：當地氣候愈是炎熱，居民的生活步調就愈快。

　　第五因素是「文化價值」：尊重個人主義的文化，比起強調集體主義的文化，前者生活步調較快。[2]

　　如果將這種觀察放在不同的文學作品裡去審閱作者的時間感：一個作家如何呼應生命的節奏、時代的腳步，如何描述一時片刻的心理感受，應用什麼意象表述時間，怎樣詮釋時間與權力的關係，因而可以得出作者所蘊含的時間觀及其創作的時間美學。所以，麥爾斯・戴維斯（Miles Davis）肯定地說：「時間並不是主要的關鍵，而是唯一的關鍵。」勞勃・勒范恩（Robert Levine, 1945-）則在《時間地圖》（*A Geography of Time: The Temporal Misadventures of a Social Psychologist*）的第十章做出這樣的結語：「我們如何組織及利用時間，最終將決定我們這一生的特質及品質。」[3]

Caryl Emerson and Michael Holquist (Austin: U of Texas P, 1981) pp.84-85；中譯見巴赫金：〈小說的時間形式和時空體形式——歷史詩學概述〉，白春仁、曉河譯：《巴赫金全集》，錢中文主編，石家莊市：河北教育出版社，1998，頁274-75。

2　勞勃・勒范恩（Robert Levine）著，馮克芸、黃芳田、陳玲瓏譯：《時間地圖》（*A Geography of Time: The Temporal Misadventures of a Social Psychologist*），臺北市：臺灣商務印書館，1997，頁14-39。

3　同前注，《時間地圖》，頁253。

反觀空間，其實亦然。時間如果是關鍵，空間或許就是目的。美
國學者瑪格麗特・魏特罕（Margaret Wertheim, 1958-）在《空間地圖》
（*The Pearly Gates of Cyberspace: A History of Space from Dante to the
Internet*）的緒論〈空間地圖的開展〉中，一再提及天國聖城新耶路撒
冷乃是早期基督教信仰中的偉大應許，這是一個無重量的光輝之城，
「這兒是寧靜、美好、和諧的永恆安歇處，超越煩惱的物質世界之上
之外。」[4] 這種未來時間裡的空間應許，不僅出現在基督教的《聖
經》中，佛教的西方淨土、儒家的大同世界，都有相類似的描繪。換
言之，超越煩惱多災的塵世網，進入永恆光輝的理想國，是人類終極
幸福的最大想望，不分性別、膚色、種族，無論老少、賢愚、妍媸。
當然，《空間地圖》的論點放在：虛擬實境的網路空間（cyberspace）
是實現新耶路撒冷的當然領域，因為基督教應許人人可得救贖，網路
的天地亦然。但是這種連結，更加增強人類對空間的想望與需求這種
念頭，從基督文明到二十一世紀不曾有些許變異。

回到文學世界，所有的文類中「虛構」成分最足的應該是小說，
武俠小說更是虛構中的虛構，想像外的想像，不一定要與「現實」對
話。可以說，武俠小說的想像世界是人類想像裡的浩瀚之極致，一個
無終無始的空間。一個傑出的武俠小說作家如何經營他的想像世界，
如何創造他的浩瀚空間，值得關注。本文即試圖從華文世界閱讀率最
高的金庸（查良鏞，1924-）武俠小說中，探討文學這種時間藝術裡
的空間設計所呈現的面貌，或許能對文學寫作學（creative writing）
有所助益。眾所周知，金庸武俠小說是想像肆力飛騰、跳躍的作品，
如何落實於空間裡的實有存在，讓人信服、接納，是一件有趣的課

4　瑪格麗特・魏特罕（Margaret Wertheim）著，薛絢譯：《空間地圖：從但丁的空間到
　　網路的空間》（*The Pearly Gates of Cyberspace: a History of Space from Dante to the
　　Internet*），臺北市：臺灣商務印書館，1999，頁2。

題，本文選擇以小喻大、以微知著的「角落」，作為空間理論裡「邊陲」與「中心」的辯證依據。[5]

第二節　小處著手的空間設計

以小喻大，以微知著，以有限暗示無限，這是文學「暗喻」、「象徵」的最基本技巧，這裡的「小」、「微」、「有限」，可能是實際空間裡實存之物，以空間裡的實有去「暗喻」或「象徵」更大的抽象的概念，如「玫瑰」暗喻「愛情」，「國旗」象徵「國家」，「玫瑰」與「國旗」都是實際佔有空間、展現空間之物。我們理解事物，通常是以已知去推求未知，以必然去推究或然，以近身之物去推知遠方之事，以具體的事物去推測抽象的事理，修辭學上的「譬喻」就是依循這樣的準則。「對多數人而言，譬喻是一種詩意的想像與修辭性誇飾的技巧——一種與日常語言迥異的表現。」語言學家更將「譬喻」推崇為我們賴以生存的「概念」：「譬喻在日常生活中普遍存在，遍布語言、思維與行為中，幾乎無所不在。我們用以思維與行為的日常概念系統（ordinary conceptual system），其本質在基本上是譬喻性的。」[6] 此

---

5 劉珂：〈談金庸小說中的風物描寫〉，吳曉東、計璧瑞編：《2000'北京金庸小說國際研討會論文集》，北京市：北京大學出版社，2002，頁538、554。吳秀明、陳奇佳：〈現代社會文化語境與金庸的武俠敘事〉，金庸學術研究會編：《名人名家讀金庸》，上海市：上海書店出版社，2000，頁242。徐鋼：〈江湖：歷史與小說的舞臺〉，林麗君編：《金庸小說與二十世紀中國文學國際學術研討會論文集》，香港：明河社出版有限公司，2000，頁267-286。關於文學內緣的空間研究，可參考范銘如：〈看見空間〉，《文學地理：臺灣小說的空間閱讀》，臺北市：麥田出版社，2008，頁15-40。陸揚：〈空間理論〉，朱立元主編：《當代西方文藝理論》，上海市：華東師範大學出版社，2005，頁487-502。

6 雷可夫（George Lakoff）、詹森（Mark Johnson）著，周世箴譯注：《我們賴以生存的譬喻》（Metaphors We Live By），臺北市：聯經出版公司，2006，頁9。

一立論，使得「空間設計」在日常思維與文學寫作上，找到更大的賴以生存的空間。

　　以《我們賴以生存的譬喻》（*Metaphors We Live By*）中所舉證的「Time is money（時間是金錢）」的概念系統，尋思其中所使用的「浪費」、「省」、「給」、「花」、「用」、「耗」、「投資」、「用完」、「留」、「有」、「借來的」、「利用」、「失去」[7] 等等詞語，除了作為動詞所顯現的「具體感」之外，其實還有主客體之間的「空間感」存在。

　　「時間是金錢」是一句俗諺，同樣是「時間」，更具體的文學作品中的「空間設計」，可以先拿詩人商禽（羅顯烆，1930-2010）最有名的散文詩〈長頸鹿〉作為例證來探討：

> 那個年輕的獄卒發覺囚犯們每次體格檢
> 查時身長的逐月增加都是在脖子之後，
> 他報告典獄長說：「長官，窗子太高了！」
> 而他得到的回答卻是：「不，他們
> 瞻望歲月。」
>
> 仁慈的青年獄卒，不識歲月的容顏，不
> 知歲月的籍貫，不明歲月的行蹤；乃夜
> 夜往動物園中，到長頸鹿欄下，去逡巡，
> 去守候。[8]

這首詩裡出現的空間，醒目的是監獄、窗、動物園、長頸鹿欄，但真

7　同前注，《我們賴以生存的譬喻》，頁16-17。

8　商禽（羅顯烆）：〈長頸鹿〉，《夢或者黎明及其他》，臺北市：書林出版公司，1988，頁33。

正用來指稱「時間」的卻是「長頸鹿的脖子」，以這樣一截「空間」去暗喻瞻望歲月、數計時日、盼望自由的內涵，真所謂「大處著眼，小處著手」。大處著眼，看的是「瞻望歲月」；小處著手，指的是「脖子之後」。如此具體而微的空間設計，是在指稱漫長時間裡的漫長等待。

其後，商禽另有一首詩〈背著時間等時間〉則以貓眼的變化來顯映時間：「蹲伏在陽臺上／靜靜守候時間的貓／根本不知道時間就藏在自己身體裡面／而且表現在牠的兩眼中（子午卯酉一條線，寅申巳亥如鏡圓／丑未辰戌似棗核……）／牠還以為剛才從這邊陽臺飛到那邊陽臺的／鴿子便是時間，以為時間是灰色的翱翔／／太陽已落山」[9] 此詩以貓眼因光線強弱而變換，顯示時間的動貌，貓之瞳孔有時瞇成一條線，有時圓成一面圓鏡，如果是介於兩者之間的柔光，貓眼有時橢圓似棗核。龐大的時間，詩人以貓的身體去承載，甚至於以貓眼（有時還瞇成一條線）那麼小的空間去對應。這兩首詩，商禽借用動物的身體（長頸鹿的脖子）、極微細的區塊（瞇成一條縫的貓瞳孔），暗示著時間就藏在我們身體裡面，與生命共存亡，而人不自知；同時也在辯證著「人守候時間」、「時間守候人」的矛盾。最終極的辯證卻是以最微小的空間驗證時間的存在——或許就如詩人夏宇（黃慶綺，1956-）所說：「那些詩／我發現它們會隨著光線變化／像貓眼」[10]——驗證詩的存在。

對時間敏銳的人對空間也敏銳，與商禽相差整整二十歲的簡政珍（1950-），最新的詩作中，顯映時間的「空間」設計，其一是照鏡

9　商禽：〈背著時間等時間〉，蕭蕭（蕭水順）主編：《八十九年詩選》，臺北市：臺灣詩學季刊雜誌社，2001，頁39。此詩原載《中央日報・副刊》，2000年3月6日。

10　夏宇（黃慶綺）：〈太初有字〉，《夏宇詩集 Salsa》，臺北市：唐山出版社，2004（五刷），頁98。

子時的「鬍鬚」，鬍鬚氈氈，短而纖細，是隱微的空間採樣；其二是不照鏡子時，鏡子破裂後的「碎片」，細薄而有光，是不穩定的光影變化，將空間虛化、幻化。

照鏡子的時候
鬍鬚所宣示的
是時間露出的馬腳
鏡子經常躲在灰塵後面
避開你我呆滯的眼神
水氣適時瀰漫開來
拯救了目瞪口呆的表情

不照鏡子的時候
可以想像季節沒有五官
臉孔沒有皺紋
不曾有過鬍鬚
即使有了鬍鬚，也不會泛白
除非鏡子破裂
玻璃的碎片
在浴缸裡找到
你我臉孔漲紅的倒影 [11]

詩人以「長頸鹿的脖子」、「貓眼」、「鬍鬚」、「鏡子的碎片」，這樣幽微的「空間」設計，去對應時間、情意。若是，龐大的武俠世界，一

---

11 簡政珍：〈照不照鏡子？〉，《聯合報・副刊》，2008年9月29日。

個翻覆自如、來去自如的想像空間，又會如何從小處著手，完成他的「角落」設計？

第三節　金庸小說起筆處的角落設計

　　武俠小說，基本上是一種飄浪行旅的文學，小書中的人物：邪惡之魔、仗義之俠、方外之士、壯遊之徒，無一不是居無定所、行無定址的人，他們隨時、隨勢轉換著不同的空間，在不同的空間裡轉換著不同的爭戰、引發不同的爭議；武功的高低，行事的正邪，都在讀者的心中隨著空間的轉換，象喜亦喜，象憂亦憂。因此，武俠小說的寫作是否成功，在人物性格的意象化，高潮、懸疑的戲劇化等方面，與一般小說無異；但與一般小說不同的，「虛構」的武俠招式之出神入化，劇情之峰迴路轉，固屬首要，使之「落實」的幾項技巧，如空間上：戲劇場所的描寫，如何讓讀者存有真實感，時間上：小說傳奇與正史實事，如何找到交點、切點，使讀者能深信無疑，卻也不可或缺。[12]

　　小說中的空間通常顯現在建築、建築結構及其記號特性上，從大型結構來看，一座歐式庭園的主人與閩南式三合院的主人，建築物本身已經為他們個別傳達了許多不同的訊息；從角落設計來看，放置泡茶器具或咖啡用品，顯然也可以見出物件主人不同的品味。但是，飄浪行旅的武俠小說常在荒郊野外、冰天雪地、崇山峻嶺之間推展故事，缺少人為建築的空間，如何辨識建築的記號與特性？武俠人物常投宿客棧、宗祠、神廟、山洞等公眾場所，不是專屬於個人的私密空

---

12 柳龍飛：〈中國現代武俠小說的審美價值〉，廣西師範大學碩士論文，2006，頁9-14。張素貞：〈風靡華人世界的《金庸作品集》〉，《續讀現代小說》，臺北市：東大圖書股份有限公司，1993，頁253。

間，如何見證個別人物的特質或屬性？[13] 俠義人物如何在飄浪行旅的動態中，保持一己的靜定感，一如現象學者巴舍拉（Gaston Bachelard, 1884-1962）所言：「每一個靈魂層次裡的隱匿都有藏身處的外在形貌。而所有藏身處中最為慘澹的一種，角落，值得加以檢視。」[14]

因此，本文選擇金庸長篇武俠中篇幅較短的《連城訣》，《連城訣》裡的角落設計，作為探索的範本，不期望得出金庸武俠小說的場景設計模式，卻希望能看出金庸空間設計的用心。

《連城訣》是金庸少數從真事發展出來的小說，為紀念一個深受冤屈的家中老長工和生而寫。[15] 小說架構與真實人生甚為接近，但因此翻湧出來的離奇情節，卻仍然是金庸式的，匪夷所思。小說中敘述殺師滅祖，殘害同門，犧牲女兒，拘囚正人，都只為了一套可以尋得寶藏的密碼，[16] 真有這樣的連城寶藏？整部小說全長四一九頁，只在最後第四一七頁的地方，以一段十二行的篇幅，說這是梁元帝（蕭繹，508-554，552-554在位）所藏的寶藏，直到清朝康熙年間（1662-1722）天寧寺高僧無意間發現，製成密碼，託交天地會香主，希望發掘出來，作為反清（1616-1911）復明（1368-1661）之用。[17] 此一短

---

13 邵明：〈金庸新論——關於金庸小說文化策略敘事模式及其文學史意義的思考〉，安徽大學，2001，頁36-37。

14 〔法〕加斯東・巴舍拉（Gaston Bachelard）著，龔卓軍、王靜慧譯：《空間詩學》（la Poétique de L'espace），臺北市：張老師文化事業公司，2006（初版八刷），頁223。

15 金庸：〈後記〉，《連城訣》，臺北市：遠流出版公司，2007（四版六刷），頁421-426。並參考彭華、趙敬立：《漫談金庸：刀光・劍影・俠客夢》，臺北市：大都會文化事業有限公司，2002，頁145。

16 龔彼德：〈金庸小說的敘事藝術〉，《2000'北京金庸小說國際研討會論文集》，頁516。李晨霞：〈《連城訣》內容賞析〉，《科技信息（學術版）》8，2006，頁108。李愛華：〈《連城訣》：貪婪人性異化的寓言〉，《語文學刊》8，2004，頁130-31。

17 金庸：《連城訣》，頁417。

短敘述，讓金庸鋪天蓋地的想像，得以跟史事有那麼一處相切點。但也就是這個小小的相切點，使讀者透過只有皇帝才有聚集這麼多珍寶能力的歷史迷思，相信此一劍訣為真；透過只有梁朝（502-557）皇帝與佛經、佛像關係密切的歷史共識，相信此一寶藏為真；[18] 透過「天地會」反清復明的歷史認知，相信此一故事為真；因而相信這麼多的珍寶真會讓不同階層的人喪心病狂，這麼多的珍寶真會讓人性暴露出最醜陋的一面。金庸以這個小小的「支點」，撐起這部小說。金庸其他武俠小說傳奇與正史實事，都靠著這樣小小的「支點」在支撐，[19] 那麼，空間的「支點」又會是什麼，又會多麼微小？金庸武俠世界的角落設計，正是本文想要一探真相的空間「小支點」。

　　《連城訣》一開始的起筆，就是一個很好的角落設計：

　　　托！托托托！托！托托！
　　　兩柄木劍揮舞交鬥，相互撞擊，發出托托之聲，有時相隔良久
　　　而無聲息，有時撞擊之聲密如聯珠，連綿不絕。

將書中男女主角的出場集中在「木劍交鬥」這個極微小的動作與聲音中，這樣微小的動作描寫，可以稱得上是「角落設計」，因為接下來

---

18 龍革新即指出：「《連城訣》狄雲在荊州城南廟發現的鎏泥黃金大佛，與北魏泥塑大佛『相似』」，將小說事物與朝代特徵加以聯繫。見龍革新：〈愛不釋手的小說〉，三毛（陳懋平，1943-1991）等著：《諸子百家看金庸（肆）》，香港：明窗出版社有限公司，1997，頁23。

19 馮其庸：〈讀金庸的小說〉，《諸子百家看金庸（肆）》，頁44-45。葉洪生：〈中國武俠小說總論〉，劉紹銘、陳永明編：《武俠小說論卷》上冊，香港：明河社出版有限公司，1998，頁141-142。劉小麗：〈金庸武俠小說對傳統武俠小說的繼承與發展〉，華中師範大學碩士論文，2007，頁20-23。〔日〕岡崎由美（Okazaki Yumi）：〈金庸作品の歷史傳承〉，《きわめつき武俠小說指南：金庸ワールドを読み解く》，岡崎由美監修，東京：德間書店，1998，頁107-118。

金庸的敘述是：

> 那是在湘西沅陵南郊的麻溪鋪鄉下，三間小小瓦屋之前，晒穀場上，一對青年男女手持木劍，正在比試。[20]

在這一小節的五行敘述文字裡，金庸拉出來的空間，可以感受到由大而小，急速遞減：湘西 → 沅陵 → 南郊 → 麻溪鋪 → 鄉下 → 小小瓦屋 → 晒穀場 → 一對青年男女 → 木劍，最後聚焦在木劍交鬥的托托之聲，顯然是有意的一場角落設計。甚至於托托之聲，有時相隔良久，悄無聲息，有時密如聯珠，連綿不絕，更可視為男女主角狄雲和戚芳感情事件的伏筆或象徵。此後故事的發展，有極長的時間他們被絕緣體監牢、冰山、雪谷所完全隔絕，毫無訊息通聯，不知對方存在與否，有如木劍對峙而無交鬥聲；但在狄雲無意間攜回《唐詩選輯》時，兩人的命運又復密切相關，有如聯珠，顆顆緊密，聲聲相連。顯見起筆的這五行角落設計，呼應著整部小說的脈息。

　　《連城訣》從鄉間種田人寫起，所以起筆場景設計在小小瓦屋的晒穀場上，結尾卻放在遠離江湖的冰天雪地間、一個小小的山洞前，首尾二處都是天地間極微小的角落設計。

　　相對於《連城訣》，《雪山飛狐》的大背景是冰封雪凍的雪山，何其寬闊開展的天地，但其起筆仍然是描寫雪地裡劃過長空的「一枝羽箭」：「颼的一聲，一枝羽箭從東邊山坳後射了出來，嗚嗚聲響，劃過長空，穿入一頭飛雁頸中。大雁帶著羽箭在空中打了幾個筋斗，落在雪地。」[21] 結尾則是設計在懸崖盡頭的危石上，無可逃離之處，一生

---

20 金庸：《連城訣》，頁4。
21 金庸：《雪山飛狐》，臺北市：遠流出版公司，2008（四版七刷），頁4。

恩怨情仇糾纏不已的胡斐與苗人鳳，最後決鬥之時，胡斐掌握了苗人鳳刀法中的小破綻，面對這千載難逢之際，面對殺父之仇、戀人之父，屏其氣靜其息，這一刀到底要不要砍下去？起筆處的箭毫不猶疑地射出，結尾處的刀卻一直懸在作者心上、讀者心上，久久未落。一箭、一刀，一俐落、一遲疑，首尾呼應的仍然是天地間另一個小小的角落。[22]

　　《雪山飛狐》的故事背景可以橫跨兩代、百年，但正面敘述的情節卻濃縮於一日之內，時間果能集於一瞬，空間當然可以聚焦於角落，金庸的「點睛」敘述手法，從起筆處陸續展開。[23]

第四節　希望之所繫：窗臺上盆花的象徵寓意

　　《連城訣》裡受著最大冤屈的人是狄雲，一個來自農村的習武青年，竟被師伯的弟子誣陷為意圖強姦、盜財的小賊，不僅削去他的右手指，還送入官府，關進死囚牢，又被鐵鍊穿過肩胛琵琶骨，連著雙手的手銬、雙腳的鐵鐐鎖在一起。關在同一死囚牢的是丁典，一樣鐵鍊鎖住琵琶骨，每次月圓的晚上就會被架出去慘遭笞打，昏迷不醒，醒過來卻拿狄雲出氣，以為狄雲是臥底的人，總是一陣毒打。這樣暗無天日的日子過了將近一年，春天時，狄雲聽得牢房外燕語呢喃，想起從前和師妹戚芳觀看燕子築巢的情景，心中驀地一酸，向燕語處望去：

22　許彙敏：〈論金庸《雪山飛狐》的復仇模式〉，花蓮：《慈濟技術學院學報》9，2006，頁16、18、26。

23　富華：〈「叛逆」的敘事方式——《雪山飛狐》敘事藝術初探〉，《嘉興高等專科學校、嘉興教育學院學報》1，1997，頁41。吳漢源：〈略論金庸武俠小說〉，《諸子百家看金庸（肆）》，頁136。張繼東：〈金庸小說藝術研究〉，南京市：南京師範大學碩士論文，2003，頁38-39。

> 只見一對燕子漸飛漸遠,從數十丈外高樓畔的窗下掠過。他長
> 日無聊,常自遠眺紗窗,猜想這樓中有何人居住,但窗子老是
> 緊緊關著,窗檻上卻終年不斷地供著盆鮮花,其時春光爛漫,
> 窗檻上放的是一盆茉莉。[24]

在一個死囚牢小小窗口所能望見的、數十丈外的高樓,樓畔的窗檻,金庸布置了一盆鮮花。囚牢與盆花,一個截然的對比。「他坐了一陣,茫然打量這間牢房。那是約莫兩丈見方的一間大石屋,牆壁都是一塊塊粗糙的大石所砌,地下也是大石塊鋪成,牆角落裏放著一隻糞桶,鼻中聞到的盡是臭氣和霉氣。」[25] 這是狄雲剛剛進入牢房的初步印象,粗糙的大石、牢固的鐵條、霉臭的糞桶、不時潑灑進來的尿液,就在這樣陰冷惡臭的牢房,這樣含冤莫白的絕望裡,金庸卻在遙遠的角落設置了一盆鮮花,終年不斷的供著。不僅被誣陷、被誤解的狄雲要往這角落多望幾眼,就連被狄雲視為瘋漢的丁典,更是專注凝望:「嘴角帶著一絲微笑,臉上神色誠摯,不再是那副凶悍惡毒的模樣,雙眼正凝望那盆茉莉。」「他總是臉色溫柔地凝望著那盆鮮花,從春天的茉莉、玫瑰,望到了秋天的丁香、鳳仙。」[26] 「那瘋漢只有在望著對面高樓窗檻上的鮮花之時,臉上目中,才露出一絲溫柔的神色。」[27] 這一方高處角落的盆花,為死囚牢的狄雲、丁典帶來春天的想望。

商禽〈長頸鹿〉中的囚犯,透過高窗瞻望歲月。

金庸《連城訣》裡的囚犯,透過高窗想望情愛。

---

24 金庸:《連城訣》,頁58。

25 金庸:《連城訣》,頁51-52。

26 金庸:《連城訣》,頁58。

27 金庸:《連城訣》,頁60。

　　原來這盆花牽連著丁典與凌霜華的愛，凌霜華是荊州知府凌退思的女兒，她避開父親的狠毒，以「人淡如菊」的清雅之姿與丁典交往，但凌退思雖貴為翰林，仍然暗中在江湖中行走，積極謀奪丁典所知悉的「連城訣」寶藏與「神照經」內功，施毒、囚禁、凌虐，無所不用其極。早已練就「神照經」的丁典，囚牢裡的巨石、鐵條，其實已無法栓鎖他，但他寧願把囚室當作自己的「私密感空間」（espaces de l'intimité），將自己「蜷起來」（blottir），「『蜷起來』（blottir），屬於居住現象學的動詞。只有已經學會蜷起來的人，才有可能有深刻的棲居。」[28] 丁典從非自願被囚，到甘心承受鞭笞窩居囚室，為的只是在囚室的這個角落可以望見自己心愛的女人為他準備的另一方角落，這樣私密的空間結合了丁典的情愛「回憶」，成為《連城訣》這部小說最純真的愛的經典畫面，成為連貫《連城訣》的內在靈魂，縈繞全書。[29]

　　巴舍拉在《空間詩學》（*The Poetics of Space*）裡強調「所有閃閃發亮的東西都在看」，[30] 他認為這是光亮世界想像力活動裡最偉大的定理之一。他說：「窗口的燈火就是家屋的眼睛。」「燈的光線越狹窄，它的警醒狀態就越有穿透力。」[31] 他引述克里斯提安·巴呂寇（Christiane Barucoa）的的詩句，證明「微光」不可忽視的力量：

　　　　窗口一盞點亮的燈火，
　　　　在夜晚的神祕之心中守夜。

28　〔法〕加斯東·巴舍拉（Gaston Bachelard）：《空間詩學》，頁58。
29　張健：〈《連城訣》的主題、人物與情節〉，《2000'北京金庸小說國際研討會論文集》，頁616。陳自然：〈略論金庸的《連城訣》〉，《鹽城工學院學報（社會科學版）》2，2003，頁25。
30　〔法〕加斯東·巴舍拉（Gaston Bachelard）：《空間詩學》，頁100。
31　同前注，《空間詩學》，頁100。

> 來自一種被囚禁的凝視，
>
> 囚禁於它的四堵石牆之間。[32]

反觀金庸在《連城訣》裡所設置的、囚室高牆外、高樓窗臺上的「盆花」，終年不斷的供著，其實已具足了巴舍拉所說的「閃閃發亮的東西」——相當於一種會發光的「燈火」，一種「愛」的凝視、期許與等待。

第五節　功夫之所習：牢房與破廟的象徵寓意

　　丁典每日凝望高樓窗臺上的盆花，不是因為獄中無可遣興，而是深情記憶與深情角落完全結合的凝望。春風茉莉，秋月海棠，日日夜夜凌霜華總維持窗檻上一盆鮮花，若非含苞待放，便是迎日盛開，不等有一瓣凋謝，便即換過。但是這一次，「盆中三朵黃薔薇中，有一朵缺了一片花瓣。」「那盆黃薔薇仍然沒換，有五六片花瓣已為風吹去。」「一陣寒風過去，三朵黃薔薇上的花瓣又飄了數片下來。」「曙色朦朧中看那盆花時，只見三朵薔薇的花瓣已然落盡，盆中唯餘幾根花枝，在風中不住顫動。」[33] 金庸隨時在記錄角落裡這一盆花的些微變化，細膩地以花的局部凋殘，襯托丁典情緒的波動，也讓就近協助的狄雲更能深入瞭解情深義重之所以動人之處，鋪排其後他出生入死，誓願達成將丁典與凌霜華合葬的心願。

　　金庸的「角落設計」是自主而有意的行為，不是潛意識裡的無意

---

32 同前註，《空間詩學》，頁100。此詩為〔法〕克里斯提安・巴呂寇（Christiane Barucoa）的〈圍牆裡〉（*Emmuré*），《前方》（*Antée*），Cahiers de Rochefort 出版，頁5。

33 金庸：《連城訣》，頁82-84。

義動作。以他描寫丁典與狄雲來到放置花盆的窗下，進入凌霜華的房間所敘述的，可以看出：

> 室中空空洞洞，除一桌、一椅、一床之外，甚麼東西也沒有。床上掛著一頂夏布白帳子、一床薄被、一個布枕，床腳邊放著一雙青布女鞋。只這一雙女鞋，才顯得這房間原為一個女子所住。[34]

　　以一桌、一椅、一床的簡單布置，寫出凌退思父女貪婪與簡約之截然相異。「只這一雙女鞋，才顯得這房間原為一個女子所住」，清楚地顯露出金庸刻意要以一雙女鞋去透露這是凌霜華房間的意圖，要以一個小小的角落擺設，去深化凌霜華的修持與氣節。

　　其他諸如「空心菜」的呼喚、[35]「羽衣」的編織，[36] 都可以見出金庸以極細緻、極微小的行動、場景，去顯映書中人物內心情意的綿密與悠長。

　　這樣的角落設計，當然不僅運用在兒女情長的事件上，即使是大氣魄的江湖俠義依然如此下筆。

　　狄雲，一個來自農村厚道純樸的習武青年，應該是「大漠孤煙直，長河落日圓」的唐詩劍法，卻被陰險的師父教成「大母哥鹽失，長鵝鹵翼圓」的躺屍怪招，因而武功根柢平平，加上右手指被削、琵琶骨被鎖、身體被囚，師妹已嫁作人妻，師父又生死未卜，看來一輩子的冤屈無法昭雪，仇怨無從消解。但在金庸的武俠世界裡，總會讓這樣憨厚的青年，在特殊的因緣際會中，習得特殊的武功，《連城

34　金庸：《連城訣》，頁88。
35　金庸：《連城訣》第四章，頁115-140。
36　金庸：《連城訣》第八章，頁255-298。

訣》裡的狄雲當然也不例外，而且還陰差陽錯兩次獲得不同的內外功法，這些內外功法的習得，當然是在角落裡。

第一次是在死囚牢中。一直遭受丁典誤解和毒打的狄雲，因為師妹與陷害他的仇敵結婚，生存意志全無，以布繩自縊，卻反而消除了丁典對他的疑慮，主動教他內功中威力最強、最奧妙的法門——神照經。

牢房是一個狹窄的空間，「約莫兩丈見方的一間大石屋」，不適合使刀弄劍，卻是無外力干預、可以專注修習內功的所在，如果有外力侵擾，已經練成神照經的丁典，一抓、一拳，轉眼間便排除障礙。因此，在這斗室中，狄雲常常臉向牆壁，依法吐納，神照經就這樣在牢房的一個小角落慢慢演練。牢房極小，面壁的空間更小，但神照經發出的威力卻又極大，極小與極大在讀者心中留下對比，這是金庸善於利用「角落」所使然。

狄雲第二次習得武功，是在經歷大風大浪之後的一座小廟。大風大浪後的狄雲，金庸仍以角落的意象語去呈顯，這次的角落設計，顯現在簡潔俐落的詞句裡：

> 他是在一艘小舟之中。小舟正在江水滔滔的大江中順流而下。[37]
> 自己是在一艘小舟之中，小舟是在江中漂流。[38]

滔滔江水是一個極大的背景，四周黑雲籠罩，什麼也瞧不見，是一個更大的背景，這時狄雲在一艘小舟中，彷彿風中一葉，命運飄搖，伴隨他的是丁典的屍體。金庸以這樣的角落設計，呈現江湖風險中的暫時苟安。接著狄雲輾轉到了一座小小破廟，終究還是大地上的一個小

---

37 金庸：《連城訣》，頁137。
38 金庸：《連城訣》，頁138。

小角落：「一座土地廟，泥塑的土地神矮小委蕤，形貌可笑。狄雲傷
頹之餘，見到這小小神像，忽然心生敬畏，恭恭敬敬地跪下，向神像
磕了幾個頭，心下多了幾分安慰。」[39] 就在這座小廟，他從寶象怪僧
身上取得《血刀經》，按圖胡亂練過幾頁，竟使他內息運行暢通無
比，將操練神照經所未能衝破的穴道迅速打通。多日後，狄雲在雪地
裡與血刀老祖纏鬥，生死繫於一線之際，任督二脈全然通徹，飛快運
轉一十八周天，四肢百骸精神力氣，勃然而興，沛然而至：

> 突然之間，他只覺得胸腹間劇烈刺痛，體內這股氣越脹越大，
> 越來越熱，猶如滿鑊蒸氣沒有出口，直要裂腹而爆，驀地裡前
> 陰後陰之間的「會陰穴」上似乎給熱氣穿破了一個小孔，登時
> 覺得有絲絲熱氣從「會陰穴」通到脊椎末端的「長強穴」去。
> 人身「會陰」、「長強」兩穴相距不過數寸，但「會陰」屬於任
> 脈，「長強」卻是督脈，兩脈的內息決不相通。他體內的內息
> 加上無法宣洩的一股巨大濁氣，交迸撞激，竟在危急中自行強
> 衝猛攻，為他打通了任脈和督脈的大難關。[40]

任脈的「會陰」穴與督脈的「長強」穴，相距不過數寸，這數寸，人
體上一個隱蔽的小小角落，卻是打通任督二脈的大關卡。

　　金庸在狄雲習武的場所上，選擇在禁閉罪犯的囚牢裡學得正派內
功，卻在護佑黎民的破廟中獲取邪派內功，正邪交叉、衝撞，這樣的
功力，匯聚在狄雲身上，卻都是經由「禁制邪惡」、「祈求福祉」的人
造建築物，小小的角落裡完成儀式。甚至於他還仔細描繪「會陰」

---

39 金庸：《連城訣》，頁145。
40 金庸：《連城訣》，頁252。

「長強」二穴的數寸距離，落實「角落設計」確然是金庸大俠精彩的
毫末之雕，未可忽略。

第六節　情意之所寄：洞穴的象徵原型與寓意

挪威奧斯路大學（University of Oslo）建築學院教授諾伯休茲
（Christian Norberg-Schulz, 1926-）在《場所與非場所性》（*Place and
Placeness*）中論及：「認同感和方向感是人類在世存有的主要觀點。
因此認同感是歸屬感的基礎，方向感的功能在於使人成為人間過客
（homo viator），自然中的一部分。現代人的特徵是長久以來扮演高
傲的流浪者。他想要無拘無束，更想征服世界。目前我們開始瞭解真
正的自由是必須以歸屬感為前提，『住所』即歸屬於一個具體的場
所。」[41]

《連城訣》裡的狄雲被迫成為一個飄浪行旅者，哪一個「住
所」，哪一個「具體的場所」，才是狄雲最後的歸屬，一個流浪者心靈
的歸宿？他所認同的「家」一直放在師父戚長發、師妹戚芳身上，他
們在哪裡，哪裡就是他的家；偏偏這兩個人一個生死未卜，行蹤成
謎，一個嫁作仇家婦，無法窺伺她情之所歸。狄雲的「家」應該如何
建構？文化地理學者認為「創造家或故鄉的感覺是寫作中一個純地理
的建構。……一篇文章中標準的地理，就像遊記一樣，是家的創建，
不論是失去的家還是回歸的家。」[42] 若此，狄雲失去的「家」或回歸

---

41 諾柏休茲（Christian Norberg-Schulz）：〈場所？〉（"Place?"），施植明譯，季鐵男
　　編：《建築現象學導論》，臺北市：桂冠圖書公司，1992，頁137-138。本文選譯自諾
　　伯休茲（Christian Norberg-Schulz）著《場所的精神》（*Genius Loci –Towards A
　　Phenomenoiogy of Architecture*, New York: Rizzoli, 1979）pp.6-23。另載於施植民譯：
　　《場所精神》，臺北市：尚林，1986，頁6-32。

42 〔英〕邁克·克朗（Mike Crang）著，楊淑華、宋慧敏譯：《文化地理學》（*Cultural
　　geography*），南京市：南京大學出版社，2003，頁60。

的「家」，會是一個什麼樣的場所？什麼樣的地理建構？

　　《連城訣》中最關鍵的連城劍譜，引起江湖翻江倒海搜尋，腥風血雨追殺的，其實一直靜靜躺在狄雲和戚芳日常玩耍、不為人知的山洞，那是戚芳用來夾鞋樣、繡花樣的《唐詩選輯》。經歷了人間許多險惡之後，狄雲又回到這個山洞，所有的景物、記憶，歷歷在目：

> 　那邊荒山之中，有一個旁人從來不知的山洞，是他和戚芳以前
> 常去玩耍的地方。他懷念昔日，信步向那山洞走去。翻過兩個
> 山坡，鑽過一個大山洞，才來到這幽秘荒涼的山洞前。一叢叢
> 齊肩的長草，把洞口都遮住了。他心中一陣難過，鑽進山洞，
> 見洞中各物，仍和當年自己和戚芳離去時一模一樣，沒半點移
> 動過，只積滿了塵土[43]

這山洞收藏了狄雲和師妹所有美好的回憶，狄雲用來彈鳥的彈弓、捉山兔的扳機、打草鞋編竹筐的用具，戚芳用黏土捏的泥人、放牛時吹的短笛、做鞋子的針線盒，兩小無猜的記憶都留在這個旁人無從得知的山洞，專屬於兩人的小天地。要進入這個小天地，必須翻過兩個山坡，鑽過一個大山洞，才能來到這幽秘的所在。洞中的一切都是微小、卑陋之物，但這個角落卻是狄雲的「回憶的衣櫃」：「因為角落否定了宮殿、灰塵否定了大理石、敝舊之物否定了優雅與奢華。角落裡的夢者一筆勾銷擺設精緻的日夢裡所呈現的世界。這樣的夢只會一個接一個地毀壞這個世界上所有的瑣碎用物。角落成了回憶的衣櫃。」[44]

43　金庸：《連城訣》，頁307。
44　〔法〕加斯東・巴舍拉（Gaston Bachelard）：《空間詩學》，頁136。

就大地而言，山洞只是個幽秘的角落，就狄雲而言，這山洞卻是他情意寄寓的一隅，回憶的衣櫃。如今，舉目所見，叢草齊肩，洞口被堵，舊物蒙塵，難以擦拭，象徵這是一段無法回去的記憶，只能留在腦海深處。

依據建築學家的看法，「山洞」、「洞穴」是人類最原始的「住屋」，穴居時代最原始的「建築」，最初是為了抵抗風雨霜雪、猛禽野獸，後來成為溫馨安全的「家」，可以萌生情意，可以衍傳後嗣，「山洞」、「洞穴」的象徵意義更加擴大：「當人類為了抵抗風雨，而為自己造了棲身的『洞穴』並藉其貯存食物、繁衍生命甚至進行與天聯絡的祭拜儀式後，他發現『洞穴』的意義不再只是『安全』而已，而是包含了一連串如家族的、神聖的、溫暖的⋯⋯意義，在長期的體驗當中『洞穴』已成為『安全』、『家族』、『神聖』等象徵性（Symbolic）的記號（Sign）。」[45]

《連城訣》中狄雲與戚芳的山洞──即使是一個失去的家，一個回不去的家，也有這種安全、溫暖、神聖的意涵。

同樣透過「山洞」的角落設計，金庸不僅隱約暗示了狄雲與戚芳「過去式」的青梅竹馬少年之情，金庸也藉由山洞，暗示一場「未來式」屬於狄雲與水笙的愛。狄雲與戚芳從不知情愛的懵懂歲月，就因師兄妹的關係在山洞中度過屬於兩人的日子，狄雲與水笙卻因為誤解的仇敵關係，在大雪封山的日子，不能不藉由山洞躲避天災與人禍：「水笙叫道：『快走，快走！』拉著狄雲，搶進了山洞。兩人匆匆忙忙地搬過幾塊大石，堆在洞口。水笙手執血刀，守在石旁。這山洞洞口甚窄，幾塊大石雖不能堵塞，但花鐵幹要進山洞，卻必須搬開一兩

---

45 建築史與理論研究室孫全文、王銘鴻著：《中國建築空間與形式之符號意義》，臺北市：明文書局，1995（三版），頁1。

塊石頭才成。只要他動手搬石，水笙便可揮刀斬他雙手。」[46] 這段由仇轉愛的歷程，呼應整部小說收束時，狄雲帶著師妹戚芳的女兒空心菜，離開荊州城的寶藏紛擾，回到川邊雪谷口雪白純潔的山洞，水笙已經在洞口笑著等他。[47] 小說雖結束，一場「未來式」的愛卻正待開始。山洞像家一樣，就具有這種使人重生的特質和力量，經由洞穴，生命獲得再生，彷彿生命初生之時。

洞穴的原型象徵，正是「女體」最隱密、幽微的角落，生命最原始的「家」。夏宇最早的一本詩集《備忘錄》，有兩首以「洞穴」象徵女性生殖器官的詩，最足以說明詩人敏銳的感受：

〈銅〉

晚一點是薄荷
再晚一點就是黃昏了

在洞穴的深處埋藏一片銅
為了抵抗
一些什麼
　　日漸敗壞的 [48]

---

46 金庸：《連城訣》，頁268。

47 嚴家炎、孔慶東：〈《連城訣》總論〉，葛濤、谷紅梅選編：《金庸其書》，北京市：社會科學文獻出版社，2004，頁170。嚴家炎：〈似與不似之間——金庸和大仲馬小說的比較研究〉，《2000'北京金庸小說國際研討會論文集》，頁233。

48 夏宇（黃慶綺）：〈銅〉，《備忘錄》，臺北市：作者自印，未註明出版日期，最後一頁有〈錄一九八三年七月札記代再版後記〉，註明寫於「一九八六年一月於臺北市」，應是一九八六年再版，頁48。

這裡的「銅」是指銅七避孕器，放在子宮深處。生或不生小孩，女性具有絕對的自主權，因為她是洞穴的主人。

另一首題為〈姜嫄〉的詩中，夏宇引述《詩經·大雅·生民》篇，應用周人祖先后稷的母親姜嫄，踩著上帝腳指印，竟歡欣、感動而懷孕的神話，敘說「女者」盼望成為「母者」，原是一種天性，所以每逢下雨天就有想要交配，以繁殖子嗣遍布於世上的期望：「像一頭獸／在一個隱密的洞穴／每逢下雨天／／像一頭獸／用人的方式」。[49] 洞穴，原是女體中人類最早的住所，生命最原始的角落，從兩千五百年前的《詩經》，到二十一世紀後現代主義興旺之時，詩人都有相近的體認。

女性意識抬頭的年代，夏宇在《腹語術》詩集中更清晰、果決地表達「我豢養你在我唯一的洞穴，溫暖柔軟的洞穴」：

> 你背著海來看我的下午
> 帶你到我溫暖柔軟的洞穴
> 豢養你在我唯一的洞穴 [50]

日本學者岡崎由美（Okazake Yume, 1958- ）在〈金庸小說的幻想因素──以洞天的隱喻為主〉文中，將金庸小說中的洞窟與〈桃花源記〉、〈遊仙窟〉深山幽谷中別有洞天相比擬，認為這是代表著中國傳統的祕境傳說，但在討論「空間結構」的結語也點出「以主角出入洞穴的行動視為『死』與『生』交替的通過禮儀」、「以洞穴為子宮的隱喻」是正確的，因為「既然金庸小說以十幾歲的少年為主角來描寫他

---

49 夏宇：〈姜嫄〉，《備忘錄》，頁118-119。
50 夏宇：〈我們苦難的馬戲班〉，《腹語術》，臺北市：現代詩季刊社，1991，頁65。

通過練武漸漸長大，為人成熟，終於成為一代大俠的過程，『死』與『生』交界的洞穴這個母題在作品上起的隱喻作用就不小。洞穴裡的『死』味，對少年主角來說，有重新出生的意義。」[51] 洞穴的「新生」象徵在金庸小說裡受到肯定，而金庸《連城訣》中，狄雲兩次的情緣都與洞穴相關，可見洞穴作為女體、母者、新生的象徵原型，是人類潛在意識的基層底蘊，或許已成為詩人、小說家共同的語言。

第七節　結語：角落設計後的時間藝術

現象學者巴舍拉認為：「意識到在某個角落裡，我們處身於平靜之中會營造出一種靜定感，並且散發著這種靜定的氛圍。」[52]

金庸武俠小說之想像力四處飛騰，小說中的人物永遠馬不停蹄，是最欠缺靜定感的小說，唯有「角落」處，即使只是一盆有心設置的花，也足以讓一位英雄好漢完全馴服；即使是限定區域的囚牢、僻靜的破廟，小小方丈之室，也可以調息練成絕頂的內功；何況是隱蔽的洞穴，自古以來一直是母者的象徵，正是心意相繫相應最佳的場所。因此，在《連城訣》書中，可以見證金庸的角落設計：

窗臺的盆花可以是希望之所繫

牢房、破廟可以是功夫之所習

---

51 〔日〕岡崎由美（Okazake Yume）：〈金庸小說的幻想因素——以洞天的隱喻為主〉，吳曉東、計璧瑞編：《2000'北京金庸小說國際研討會論文集》，北京市：北京大學出版社，2002，頁504-505。並參考趙言領：〈金庸小說中的山洞意象〉，《西北農林科技大學學報（社會科學版）》2，2007，頁127-130。

52 〔法〕加斯東·巴舍拉（Gaston Bachelard）：《空間詩學》，頁224。並參考大衛·列伊（David Ley）對「幸福空間」（felicitous space）的整理：David Ley, "Social Geography and the Taken-for-granted World", *Transactions of the Institute of British Geographers* New Series 2.4, 1977, pp. 498-512。

山洞、洞穴可以是情意之所寄

這些角落當然是「邊陲」，卻全然左右著故事的發展，儼然成為武俠世界的「中心」。經由角落這種空間設計後的時間藝術，顯然可以垂之久遠，可以以小喻大，以微知著，以有限暗示無限。

參考文獻

一　中文書目（依姓名筆畫序）

吳曉東、計璧瑞編　《2000'北京金庸小說國際研討會論文集》　北京市　北京大學出版社　2002

季鐵男編　《建築現象學導論》　臺北市　桂冠圖書公司　1992

金　庸　《連城訣》　臺北市　遠流出版公司　2007　四版六刷

金　庸　《雪山飛狐》　臺北市　遠流出版公司　2008　四版七刷

夏　宇　《夏宇詩集 Salsa》　臺北市　唐山出版社　2004

夏　宇　《備忘錄》　臺北市　作者自印　1986

夏　宇　《腹語術》　臺北市　現代詩季刊社　1991

孫全文、王銘鴻　《中國建築空間與形式之符號意義》　臺北市　明文書局　1995

商　禽　《夢或者黎明及其他》　臺北市　書林出版公司　1988

蕭蕭主編　《八十九年詩選》　臺北市　臺灣詩學季刊雜誌社　2001

簡政珍　〈照不照鏡子？〉　臺北市　《聯合報・副刊》　2008年9月29日

二　中譯書目（依姓氏字母序）

Bachelard, Gaston（加斯東・巴舍拉）著　龔卓軍、王靜慧譯　《空間詩學》（la Poétique de L'espace）　臺北市　張老師文化事業公司　2006

Crang, Mike（邁克・克朗）著　楊淑華、宋慧敏譯　《文化地理學》（Cultural geography）　南京市　南京大學出版社　2003

Lakoff, George（雷可夫）、Mark Johnson（詹森）著　周世箴譯注

《我們賴以生存的譬喻》（*Metaphors We Live By*） 臺北市
聯經出版公司 2006

Levine, Robert（勞勃・勒范恩）著 馮克芸、黃芳田、陳玲瓏譯
《時間地圖》（*A Geography of Time: The Temporal
Misadventures of a Social Pychologist*） 臺北市 臺灣商務
印書館 1997

Wertheim, Margaret（瑪格麗特・魏特罕）著 薛絢譯 《空間地圖：
從但丁的空間到網路的空間》（*The Pearly Gates of
Cyberspace: a History of Space from Dante to the Internet*）
臺北市 臺灣商務印書館

第八章
都市心靈的工程師：
隱地詩中的空間觸感與人間情味

摘要

　　隱地文學的產作歷程，不與一般作家的成長歷史相類近，也不與主流文學場域相呼應，初老之後才開始寫詩，其詩之美與真，就在於生活智慧的顯現，特別是這種生活的空間長期設定在臺北市都城裡，窄小、匆急，歡樂、無端，因而成為都市受創心靈的療癒系藝術，正面而積極地為逐漸邁入都市化的臺灣，繪製心靈工程的可能藍圖，其中有全然的孤獨與永恆的寂寞，有性的歡愉與身體的衰老，當然也有生活的利便與瑣碎，人的本質性的善與惡的評鑑。文分四節：木盒圓瓶方鏡是都市拘囿的當然縮影，口舌體腔四肢是都市慾望的必然載體，喜怒哀樂愛惡是都市活力的自然型錄，孤獨寂寞懷憂是都市本質的黯然伏流。全面論述隱地詩篇，既是都市體驗的智慧結晶，也是年歲積澱的思想產品，其都市性與智慧性，獨樹一幟，成為臺灣詩壇不可或缺的重要風景。

關鍵詞：隱地、都市性、空間觸感、人間情味、心靈工程師

第一節　前言：罕見的都市型詩人

　　作為一位出版家，隱地（柯青華，1937-）異於嗅覺敏銳、隨時盯緊書市走向、改變出版常規的出版人，從一九七五年七月成立「爾雅出版社」以來，堅持文學本位，不譁眾取寵，一年二十本，穩紮穩打，因而在二〇一〇年九月獲得行政院「金鼎獎」圖書類「出版貢獻獎」的肯定，三十五年來從未隨波逐流、降低品質，以迎合市場口味，且往往逆風而行，出版不易銷售卻極具歷史意義的年度詩選、評論選、作家日記、圖誌、目錄、詩集等類型書籍，在以締造暢銷紀錄為第一目標的出版界，隱地無疑是異數。

　　以作家的身分而言，隱地從小說家、小說評論家、散文家、語錄體小品文專家，以至於成為一位高齡的資淺詩人，面貌多變而常異，依章亞昕（1949-）的觀察，以隱地的年齡略分其創作階程為：

> 青春期的小說時代（二十世紀五〇、六〇年代）
> 揚帆期的廣義散文時代（二十世紀七〇年代）
> 顛峰期的狹義散文時代（二十世紀八〇年代）
> 知命期的詩歌時代（二十世紀九〇年代至今）[1]

這樣的產作歷程，不僅與一般作家的成長歷史有異，且不與主流文學場域相呼應，二十世紀六〇、七〇年代，臺灣現代詩正風起雲湧，海綿式吸收西洋思潮，全面性翻覆傳統正典，成為現代文學、前衛藝術急先鋒之時，隱地卻在「傘上傘下」當「幻想的男子」，寫他《一千

1　章亞昕：《時光中的舞者——隱地論》，臺北市：爾雅出版社，2003，頁224-294。

個世界》的小說。[2] 二十世紀八〇年代，臺灣散文逐漸告別張秀亞
（1919-2001）為代表的短篇美文，加大篇幅，偏倚敘事，重視細節
之際，[3] 隱地卻以語錄體式的哲理小品，推出「人性三書」：《心的掙
扎》（1984）、《人啊人》（1987）、《眾生》（1989），閃現生活智慧，拔
高小品散文的哲學高度，披斬荊棘，開拓手記文學的寬度。九〇年
代，臺灣現代詩已經過了現代主義的狂飆期，踏進以顛覆為樂、以遊
戲為上、以人性溫暖為主要內涵的後現代社會，隱地反而以五十六歲
的「高齡產婦」[4] 之姿，開始詩作的生產。浪漫的年歲創作小說，壯
年時期小品出擊，知命、耳順之交卻寫起新詩，創作者隱地，顯然也
是文壇的異數。

　　隱地自稱五十六歲才開始寫詩，[5] 這一特殊機緣，讓他與席慕蓉
（1943-）出現詩壇所形成的「席慕蓉現象」，有著可以相互比對的徵
狀，席慕蓉現象是指當時已屆後青春期的席慕蓉（三十八歲出版《七
里香》），卻以青春、浪漫為歌詠客體造成旋風，席捲華文世界的閱讀
視野，打亂現代詩壇聲嘶力竭倡導的「知性」呼籲；「隱地現象」類
似於此，是指五十六歲的隱地，以將老未老的人生歷練，既隱藏不住

2　隱地第一本書，名為《傘上傘下》（臺北市：皇冠出版社，1963），小說、散文合
　　集；第二本書，名為《一千個世界》（臺北市：文星書店，1966），後來易名為《幻
　　想的男子》（臺北市：爾雅出版社，1979），小說集。

3　孫于清：〈傳承與裂變──從散文選看出的變化〉，《九歌年度散文選研究》，桃園
　　縣：中央大學中國文學系碩士論文，2006，頁155-180。陳建宏：〈1980年代年度散
　　文選書寫題材與內容探討〉，《臺灣年度散文選集研究（1981-2001）》，宜蘭縣：佛光
　　大學文學系碩士論文，2006，頁21-59。

4　詩人瘂弦（王慶麟，1932-）曾戲稱仍在創作的五、六十歲詩人為「高齡產婦」，而
　　調侃停筆已久的自己為「結紮多年」。見洛夫：〈詩是隱地活得真實的理由〉，《洛夫
　　小品選》，臺北市：小報文化公司，1998，又見隱地：《生命曠野》，臺北市：爾雅
　　出版社，2000，序頁2。

5　隱地：〈寫詩的故事〉，《法式裸睡》，臺北市：爾雅出版社，1995，頁161。

人性的激情，又時時隱現永恆的詩之悸動，鼓舞躍躍欲試的火熱詩心，席慕蓉與隱地因而成為詩壇罕見的異常現象，也同時避開了現代詩晦澀難解的原罪。洛夫（莫洛夫，1928-）是現代詩壇少數艱深詩人之一，即曾指出隱地的詩有當代性，卻無現代詩的的艱澀難懂；有後現代的一點嘻皮笑臉的顛覆性，卻又通情達理，毫不作怪；有都市詩的無聊題材和無奈心境，卻無一般都市詩的浮誇和陳腔濫調。洛夫認為隱地之所以被視為詩壇異數，倒不在於他是一位高齡的「年輕詩人」，而在於他能表達目前臺灣生活節奏和文化內涵。[6]

　　二○○二年精選隱地《法式裸睡》等四本詩集中的五十七首詩，英譯為《七種隱藏》（Seven Kinds of Hiding）的唐文俊（C.Matthew Towns），他慶幸隱地寫詩起步較晚，因為可以運用中西文學知識，且能切合今日世界社會趨勢，唐文俊指出隱地詩的主題十分及時，深刻地描繪生活在高度資本主義社會所帶來的困擾。[7] 觀察唐文俊與洛夫所交集的，是隱地作品的「空間」，指向高度資本主義影響下的臺北市，但不是洛夫所稱「臺灣生活節奏」（雖然，臺北市可以「借代」臺灣），亦即是，隱地是作為五都之首的臺北市「都市詩」代表人，而且很可能在全國詩人中不易找出類近的第二位。

　　隱地在一九四七年十歲時，由父親自中國大陸接來臺北市，住在臺北市寧波西街，此後約搬了二十次家，但始終未離開臺北市，隱地自承十歲來到臺北市，屬於他人生的大幕才真正地拉開……。[8] 而且，這樣的搬家史強化了他對人存在空間感的認識，空間與人的關係

6　洛夫：〈詩是隱地活得真實的理由〉，隱地：《生命曠野》，臺北市：爾雅出版社，2000，序頁3。

7　唐文俊：〈譯者序〉，隱地著，唐文俊（C. Matthew Towns）譯：《七種隱藏》（Seven Kinds of Hiding 中英對照），臺北市：爾雅出版社，2002，序頁4。

8　隱地：〈第五十八首〉附註，《漲潮日》，臺北市：爾雅出版社，2009，頁55。

就成為他詩歌的一大主題。[9] 隱地以一冊散文集《漲潮日》（2000），記述童、少年在臺北市的苦難、流離，以兩冊散文集《盪著鞦韆喝咖啡》（1998）、《身體一艘船》（2005），寫臺北市、咖啡、身體的歡愉。臺北市，就這樣一住住了六十多年，未曾搬離。比起其他詩人，或從外縣市成長再進入臺北市，或在臺北市成長又出國留學再返臺（或不返臺），隱地則一生「紮根」臺北市，道地首都公民的身分，首都公民的性格，十分顯豁。他的文章與新詩，心無旁騖聚焦於臺北市，完全找不到臺灣小鎮或鄉村圖像，全無臺北市以外的地理景觀、人文圖騰，即使是永和、新店這樣與臺北市市聲息相通的近鄰市郊。因此，或許有其他詩人生於臺北市、長於臺北市、成於臺北市、老於臺北市如隱地者，但未有像隱地這樣只以臺北市作為一輩子的生活空間、觸發空間、冥想空間的詩人。臺北市乃臺灣五都之首，本文即立基於隱地詩中的都市風情，以隱地五本重要詩集《法式裸睡》（1995）、《一天裡的戲碼》（1996）、《生命曠野》（2000）、《詩歌鋪》（2002）、《風雲舞山》（2010）為本，藉此探索隱地詩風之特殊性，探索臺灣現代「都市詩」的殊異體質。

第二節　木盒圓瓶方鏡是都市拘囿的當然縮影

五十六歲開始寫詩，隱地發現：詩，無所不在。「有一次在美容院洗頭，洗到一半突然叫停，借了紙筆，寫下〈鏡前〉。坐在餐廳等餐等咖啡也會靈光一閃，得詩一首。走在四月的仁愛路上，『一千棵綠連著一千棵綠，是詩的畫面。』他也為十月的天母忠誠路──臺北

9　孫學敏：《存在與超越──論隱地的詩歌世界》，臺北市：爾雅出版社，2000，頁8。

市的一個漂亮蝴蝶結寫詩。」[10] 這一段宋雅姿（1951-）所描寫的隱
地「生活即詩」的空間：美容院、餐廳、咖啡室、四月仁愛路（菩提
樹）、十月忠誠路（臺灣欒樹），無一不是臺北市都城的指標性空間，
無一不是斯文風格、雅痞習性的象徵性品味所在。與隱地生活熟稔的
亮軒（馬國光，1942-）也認為「讀隱地的作品，總覺得這個人會隨
時出現在街頭巷尾的什麼地方，譬如咖啡廳、小餐館、車站、超市、
電影院的售票口……」[11] 事實大體如此，亮軒這樣見證，隱地的詩文
也這樣見證。借用隱地所選的詞彙，隱地的詩是「臺北市的蝴蝶
結」，它所指稱的空間是小小的空間，它所指陳的美是優美，從來不
是壯美，它所指向的意涵是黃昏的歡慶。就空間書寫而言，木盒、圓
瓶、方鏡，成為隱地都市詩中拘囿的當然縮影，人身可以觸碰的具體
存在。

　　以木盒而言，〈盒子與房子〉詩中，隱地說都市的房子像俄羅斯
的套娃娃，一個躺在一個肚子裡，小盒子躺在大盒子裡，大盒子躺在
房間裡，房間躺在房屋裡，房屋躺在天地裡。二十世紀後期臺北市流
行灰色的四樓公寓，顯然是隱地「盒子」靈感的由來，後來都市更
新，高樓矗立，「套娃娃」的意象自然興起。但是對於這種盒子套盒
子的房子，盒子套盒子的人生，隱地卻是消極排斥而又無可如何：
「盒子裏裝著的／再也不會有思想」，「百寶箱裝著我的童年／保險箱
裝著我遺失的生命」，「還有很多空心的盒子／一顆寂寞的心／等待人
來撫摸」[12] 這是都市人的空間感，少有變化，少有顏色，因此也少有
自然的生機，居住其中不會有思想，因而遺失生命，成為空心、寂寞

---

10 宋雅姿：〈隱地與他的文學宗教〉，《文訊雜誌》第236期，2005年6月，頁133。

11 亮軒：〈正港生活大師──讀隱地的《我的眼睛》〉，《文訊雜誌》第272期，2008年6
　月，頁113。

12 隱地：〈盒子與房子〉，《一天裡的戲碼》，臺北市：爾雅出版社，1996，頁28-30。

的實存。處在這種沒有個性的空間裡的都市人，就像處在「生命的曠
野」中：

　　　　如果我沒有名字
　　　　別人怎麼稱呼我
　　　　群眾走在群眾裡
　　　　沒有名字的我　　消失在曠野裡 [13]

　　這首〈生命曠野〉有如圖象詩，前三行是整齊的七字句，彷彿沒有個
性的都市大樓、盒子一般的房子，這時「群眾走在群眾裡」，就像盒
子套在盒子裡，是一種失去自我的形象與空間。最後一行似乎走出不
一樣的空間形式，其寓意卻是：不論走在或走出這種制式空間，人在
曠野裡（群眾裡）默默消失，剩下的還是整齊、單調而無生趣的、盒
子般的房子。而且此處的曠野，不僅不是空間開闊的象徵，更是空間
逸失、人情荒涼的暗示。畢恆達在《空間就是性別》裡為女性爭取自
我的空間，強調女性有了自己的獨立空間，才能活得有自在、有尊
嚴，[14] 但在隱地的都市詩中，女性、男性同在狹仄的、無個性的盒子
裡，走出盒子，全面且無可避免地，步入荒涼的曠野中。曠野的感
覺，在隱地詩中，既不屬獨立空間，卻也非自在而尊嚴的所在，那是
無所依傍、無可觸摸的「無」、「限」。
　　一般而論，曠野，可以是舒放自己的平靜空間，卻也可能是另一
種不知何去何從的窒息。加斯東・巴舍拉（Gaston Bachelard, 1884-
1962）在《空間詩學》（*La poétique de l'espace*）中，將「曠野」分成

13　隱地：〈生命曠野〉，《生命曠野》，頁2-3。
14　畢恆達：〈離家出走，無所逃於天地間〉，《空間就是性別》，臺北市：心靈工坊文化
　　事業公司，2008，頁119。

實際的曠野與想像的曠野：「在一片平緩的曠野上，面對一個寂靜的世界，人類能夠享受平和與休憩。但是在一個想像的世界裡，曠野的景象通常只能製造出最平凡無奇的效果。」[15] 所以，面對曠野，「一種被曠野鄉景所撫慰，而另一種卻因它而感到不自在。」[16] 很不幸，隱地詩中的曠野不是親眼目睹的鄉景曠野，既無法親臨，也不能撫觸，那是都市中人所期冀、所渴望、所想像的曠野。在巴舍拉的「曠野測試（test de la plaine）」裡分為兩端，一端是里爾克（Rainer Maria Rilke, 1875-1926）寫的「曠野是讓我們感到偉大的心情」，因為所有讓我們感到偉大的心情，都規劃了我們在世界裡的處境，[17] 隱地詩中所顯現的、都市裡想像的曠野，則是不曾規劃的生命中的曠野，應該屬於「曠野測試」的另一端，那是昂利·博斯科（Henri Bosco）的《風信子》（Hyacinthe）所述：在曠野中，「我總在他處，在一個漂浮、流動中的他處。很長一段時間從自己身上脫離，無處可以容身；我的確太易於陷溺在自己難以連貫、朝向無邊界空間裡的日夢裡，這些無邊無際的空間助長了日夢。」[18] 隱地的「沒有名字的我　消失在曠野裡」，是這種無處可以容身，朝向無邊無際的空間裡的日夢。

　　研究隱地詩歌世界的孫學敏則以對比的方式指出：「人生活在層層空間的包圍之中，詩人將人置入浩瀚宇宙中來考量，凸顯出人生存的微渺性，從宇宙、地球、國家、城市、街巷、樓宇、到具體的房門，人就是在構築的層層空間裡蝸居著的渺小心靈。」[19] 她認為宇宙、曠野是詩人用來對比人的微渺。事實上，都市人日常所面對的狹

15 〔法〕加斯東·巴舍拉（Gaston Bachelard）著，龔卓軍、王靜慧譯：《空間詩學》（La poétique de l'espace）臺北市：張老師文化事業公司，2008，頁305。

16 同前注，〔法〕加斯東·巴舍拉（Gaston Bachelard）：《空間詩學》，頁300。

17 同前注，頁300。

18 同前注，頁300。

19 孫學敏：《存在與超越——論隱地的詩歌世界》，頁13。

隘空間感，表現在實際生活上，隱地選擇的是「瓶」的窄小與封閉，
以此作為最佳隱喻。

> 我是瓶／我裝酒／我有千種風貌／我可以使地球上一半的人醉
> ／改變另一半人的命運
> 我是瓶／我裝醋 我裝麻油 我裝胡椒粉／我替滄桑人生調味
> ／暫時忘記人間愁苦
> 我是瓶／我裝古龍水 我裝香水 我裝礦泉水／讓甘泉流入生
> 命／讓女人橫陳的肉體更香／讓男人放射男性應有的魅力
> 我是瓶／我裝維他命 我裝藥丸／一粒一粒的紅橙黃綠藍靛紫
> ／一一進入你口中／我成了棄兒／你也進入墓中
> 我是瓶／我總是被鮮花佔領／我成了花瓶／人們讚美著花的美
> 麗／卻忘了我的存在
> 我是瓶 我是瓶／我不停地向你說／我是瓶／瓶本身到底是什
> 麼呢？ [20]

雖然瓶內有著不同承載，顯現都市的人生百態，卻也看出其中的不安
與不快，如：瓶中裝酒時，世人一半為酒所醉，已夠令人驚心，這一
半人卻又改變另一半人的智慧，此一「改變」意味著「降低」，因此
醉與不醉，殊途而同歸於「無明」。瓶中裝調味料、裝藥，城鄉皆
同，但隱地卻說，裝調味品是為了替滄桑人生調味，用以暫時忘記人
間愁苦；裝維他命丸、藥丸，隱地筆觸輕輕一轉，碰觸生死問題。此
其中所引發的滄桑、生死、恐慌、焦急，應是都市狹窄空間所造致。
特別的是，關於「瓶」的聯想，都市中人才會想到「古龍水」、「香

---

20 隱地：〈瓶〉，《一天裡的戲碼》，頁20-22。

水」，轉而衍生隱地詩中肉體、情慾的書寫：「讓甘泉流入生命／讓女人橫陳的肉體更香／讓男人放射男性應有的魅力」。此詩最後的「花瓶」之說，以花的美麗逼問瓶的存在、人的本質，「瓶本身到底是什麼呢？」「我是誰？」將生活的情景提升為生命的質詢、存在的思考，這是中老年詩人重要的徵象，隱地五十六歲開始寫詩所造成的特殊景觀。

綜合而言，〈瓶〉這首詩具體而微地呈現隱地都市詩的重要意涵與寫作特色、人生觀與生命態度。都市的情味多變，〈瓶〉已具足；都市的情慾橫流，〈瓶〉亦具足；都市的茫亂無方，〈瓶〉更具足。「瓶」的窄小與封閉，因隱地〈瓶〉詩而成為都市無可取代的徵象。

至於五十六歲開始寫詩的隱地所造成的特殊景觀，也顯現在年歲的敏感與緊張上，以〈鏡前〉為例：

> 鏡子裏的人老了呢／還是我老了？
> 一個每天看著的自己／一個昨天還刻意打扮過的自己／今天在一眨眼之間／他竟偷偷的老了！
> 鏡子／你不必守著誠信／讓一個離枝枯葉老人／站在我面前 [21]

面對老態，先是懷疑：是鏡子裡的人、還是我真的老了？今天的我竟然不似昨天的我？接著才是枝離、葉枯的傷悲，這樣的心境轉折符合人性，重要的是隱地選擇了一個微小的化妝用品──鏡，盒（子）、瓶（子）、鏡（子）都是小而封閉之物，隱地以微知著，以細微的物件、封閉的形體去逼視都市人的習慣性視野，呈現都市人有限空間裡的無限潮騷。在都市人小而封閉的空間裡，當然顯現隱地預期的效

21　隱地：〈鏡前〉，《一天裡的戲碼》，頁78-79。

應：酒醉的人改變清醒人的智慧。

　　被稱為「日本經營之聖」的稻盛和夫（1932-）強調每個人、物都是世間必要的存在，他認為：即使遺漏重量只有數百兆分之一公克的微量物質，宇宙也可能因此失去平衡，因此世間並沒有不必要的存在；只要某種物質存在，就是構成宇宙的必要物質，也就是一項必要的存在。而且萬物是在相互的連繫中建立「存在」這種現象。[22] 因此詩中的意象安排、空間設計，自不以小大分其優劣，而是以適任、適切為其評價標準，隱地的木盒、圓瓶、方鏡相互連繫而存在，做為都市拘囿的當然縮影，有其一體性、合理性與必要性。

第三節　口舌體腔四肢是都市慾望的必然載體

　　「房屋」是一種強烈的象徵，美國心理治療師 Jeanne Safer 說：「在夢裡，它們代表我們的身體、心靈與自我。不管一棟房屋是避風港或監獄，都可以是打穩基礎、盡情度日的場地；但其中也可能貯存了最好拋開的童年經驗。」[23] 隱地散文集《漲潮日》（2000）即是以「家屋」的搬遷、父母的在與不在，訴說童少年的悲歡離合。但在詩中，如上一節所論，房屋（盒子）只用來作為都市空間的拘囿徵象，隱地完全拋開他的童年經驗，專注於當前的年歲，直視當前的身體，「身體」是他詩中注視的主體，是他書寫的主要空間，不似西方詩人隱晦地以房屋作為夢中身體的代稱。

---

22 〔日〕稻盛和夫著、呂美女譯：《人為什麼活著》，臺北市：天下雜誌公司，2010，頁51-52。

23 〔美〕Jeanne Safer 著、謝靜雯譯：《死亡的益處》（*Death Benefits:How Losing a Parent can Change an Adult's Life –For the Better*），臺北市：大塊文化出版公司，2010，頁118。

　　二十世紀六〇、七〇年代有所謂「身體藝術家」，以自己的身體做為媒介，發現「自我」、探索「自我」，但自從有了 DNA 科技後，新的文化騷動隨之發生，科學家或藝術家注目的焦點，從宇宙縮小到大自然，再從大自然縮小到人類（身體），這種新的藝術運動稱為「標本藝術」（Specimen Art），「標本藝術」是借用（或批評）科學理論、科學技術及自我想像的一種視覺藝術，它透過描繪人體，包括：細胞、組織、器官、體液、四肢，以及整個身體，來提醒人類，把人體以性感的、不完美的、靈性的、或死肉般的方式呈現，藉以頌揚人的本質。[24] 隱地雖然不是「標本藝術」家，也非身體詩學的主要推崇者，但在空間的選擇上，口舌、體腔、四肢是他經常應用的空間，借助它們作為都市慾望的必然載體。

　　「物」，隱地選擇木盒、圓瓶、方鏡的小空間，「體」，書寫「口舌」也就成為他的第一選擇。隱地是有名的美食饕客，一般飲食文學都以散文或小說作為媒介，隱地是第一個大量以詩傳達他對咖啡、美食偏嗜的詩人。在側寫隱地時，王盛弘（1970-）所引述的，麗水街的「夢見地中海」：「／我吃過他們的招牌飯／綠色花椰菜和白色花椰菜對話／加一層金黃色的起士／簡簡單單的調理／讓我日夜思念」，或者是重慶南路上的「月牙泉」：「／是一家異國風情餐廳／如果登上二樓　彷彿坐在樹的枝枒間用餐／聽著法文歌曲／紅酒燴牛肉變成音樂節拍」。[25] 不僅點出隱地的詩不忘美食，滿足口舌唇齒的慾望，還點出「柯先生對餐館的堅持，正是他對人生的堅持；對餐館的品味，

---

24 〔美〕約翰・奈思比（John Naisbitt）著，尹屏譯：〈第四章：死亡、性與身體——新標本藝術運動〉，《高科技・高思維》（High Tech / High Touch: *Technology and Our Search for Meaning*），臺北市：時報文化出版公司，2000，頁212-213。

25 王盛弘：〈應該感謝誰——側寫隱地〉，臺北市：《幼獅文藝》583期，2002年7月，頁24。

正是他的人生品味；對餐館的態度，正是他的人生態度。以小喻大，一以貫之。」[26] 王盛弘所謂的「小」，既可以指老子「治大國若烹小鮮」的餐飲小事，卻也未嘗不是口腔的空間之小，如將口腔之「食」之「小」與體腔之「色」之「大」，聯成一氣，正是告子所言「食、色，性也」（食與色，都是性）的一貫說解，也證明我們以口舌、體腔作為隱地詩作都市慾望的空間觀察，十分正確。

隱地的情色之作，有時涵蘊抒情之美，如〈換位寫詩〉：

　　小草以歡欣的舞姿／迎接朝霞的映照
　　咖啡以熱情的香氣／迎接杯子的邀請
　　跑道以筆直的軍禮／迎接輪子的滾動
　　我以擁抱的姿勢／迎接你的情慾體操[27]

從大自然的歡欣，直寫到咖啡與杯、跑道與輪子的碾壓熱情，再轉入你我的情慾體操，以動詞「迎接」縱貫全詩，有唯美的傾向，「換位」二字呼應這種從天體到人體的純情轉向；不過，「換位」二字是否也暗示性愛體位的改變？以性別的陰陽、性愛的主客，列表以明：

	小草	朝霞	咖啡	杯子	跑道	輪子	我	你
陰／陽	陰	陽	陽	陰	陽	陰	陽	陰
主／客	主客	客主	主客	客主	主客	客主	主客	客主

就「迎接」而言，似乎小草、咖啡、跑道、我為主，但就「映照」、「邀請」、「滾動」、「體操」而言，朝霞、杯子、輪子、你，才是

---

26 同前注，頁25。
27 隱地：〈換位寫詩〉，《詩歌舖》，頁40-41。

真正的主動者，啟動對方的「迎」，因此，將此詩解讀為性愛體位的多變，陰陽之間互為主客，更可以看出隱地的性愛觀。

隱地的情色詩也有露骨之作，如〈薄荷痛〉：「凹凸不是兩塊積木嗎？／凹凸是兩個人的重疊／他們玩著翹翹版的遊戲／啟承轉合之後／他們感覺一種甜蜜的痛／一種屬於薄荷風味的痛」[28] 以凹凸的視覺特徵作為男女之別，缺少蘊藉，但末句「薄荷風味的痛」以嗅覺、痛覺轉移焦點，滋生詩味，不使詩歌成為情慾宣洩直通通的管道。凹凸之形之外，隱地另有軟硬對比的〈軟硬篇〉，說「勃起中的老二」、「木頭桌椅」、「鋼鐵」用「硬度」支撐人類歷史，「絲絨棉被」、「羊毛地毯」、「四十女子的一雙乳房」則是「柔軟」如春天青草地，柔軟與堅硬，懸殊有若天地，但「因為海／／天與地有時連成一線／軟與硬　合了節拍／也會奏出歡樂樂章」，[29] 凹凸軟硬，陰陽性愛，說得如此自然、自在，而且以「海」作為「泰卦」（乾下坤上）：「天地交而萬物通也，上下交而其志同也」的媒介，[30] 有如《莊子》書上所言：「至陰肅肅，至陽赫赫，肅肅發于天，赫赫生于地，兩者交通成和而萬物生焉。」[31] 從《易經》泰卦、否卦的彖辭，《莊子》書上老聃與孔子的對話，都在強調天地交泰、陰陽互為其根的真理，回頭再思考隱地的〈換位寫詩〉，隱地的性愛觀自有他合乎天地至理、人間至性的哲學內涵。

臺灣第一本研究情色詩的碩士論文中，青年學子認為隱地的〈開

---

28 隱地：〈薄荷痛〉，《一天裡的戲碼》，頁152。

29 隱地：〈軟硬篇〉，《風雲舞山》，臺北市：爾雅出版社，2010，頁97。

30 〔魏〕王弼、韓康伯注，〔唐〕孔穎達等正義：《十三經注疏・周易正義》，臺北市：新文豐出版社，2001，頁136。

31 〔戰國〕莊子著，〔清〕陳壽昌輯：《南華真經正義》，臺北市：新天地書局，1977，頁331。

礦之歌〉[32] 提倡性享樂，不強調生殖意義，以慾望的宣洩作為人生最大的收穫。[33] 此言極是，其實不僅〈開礦之歌〉如此，隱地所有的情色詩宣揚的都是性的歡暢、慾的滿足，人被性所牽引，不必扭捏作態，是隱地詩中所傳達的性態度，如〈慾望透明體〉所言，「慾望是一座山，讓我們攀爬一生」：

> 慾望飛翔於／百貨公司的透明櫥窗
> 慾望躲在雙人床上／等待一個夢的完成
> 慾望是一種呼吸／精靈的穿梭於你我的體溫[34]

　　慾望與體溫同在，人存活一天，慾望緊隨在側。此詩利用百貨公司的櫥窗寫物慾，以雙人床寫情慾，空間有限而慾望無窮。

　　性與慾望，象徵著「生」的開始，但哲學家卻又認為「性是抗拒死亡的生命，是堅持延續的生命」，[35] 二十世紀中葉法蘭克福學派（Frankfurt School）創始人阿多諾（Theodor Adorno）即宣稱：性歡愉是為了保持物種存續的一種生物詭計──和陰險的意識型態一樣，性歡愉讓你去做它要你做的事。[36] 隱地在散文《漲潮日》中也表達這「半身之愛」是一團火，人的生命為什麼要有這團火？沒有了這團

32　隱地：〈開礦之歌〉，《法式裸睡》，頁78-79。

33　顏秀芳：《戰後臺灣情色詩研究（1950-2010）》，彰化市：國立彰化師範大學臺灣文學研究所碩士論文，2011，頁137。在此論文中，顏秀芳討論隱地五首情色詩：〈開礦之歌〉、〈雲雨〉、〈薄荷痛〉、〈換位寫詩〉、〈慾望透明體〉，主題分別是「沉淪的愉悅」、「慾望的召喚」。

34　隱地：〈慾望透明體〉，《詩歌舖》，臺北市：爾雅出版社，2002，頁38-39。

35　〔英〕羅伯・洛蘭德・史密斯（Robert Rowland Smith）著，陳品秀譯：《哲學家教你學會過一天》（*Breakfast with Socrates: An Extraordinary Philosophical Journey Through Your Ordinary Day*），臺北市：臉譜出版・城邦文化公司，2010，頁266。

36　同前注，頁266。

火，生命之愛又為的是什麼？[37] 性與生命、死亡，儼然都是一線之隔，「標本藝術」運動最常出現的主題，約略有五：一、性：是人之為人的中心。二、身體內部：用顯微或透明法顯示人體的美，以及密藏資訊。三、身體外部：外形的多元多樣受到頌揚。四、體液：肉身本質相同。五、死亡：把死亡從科技那邊拉回，是高貴人性的努力。[38]其中身體內部、身體外部、體液，都屬於具體存在的肉身結構；唯有性與死亡，是與身體空間相連結的哲學思考，不全然棲止在有形的、可感的物質之上。

以隱地詩集《一天裡的戲碼》來看，〈午後的馬力〉以天搖地動形容「不安的肉體／像海浪狂嘯」的性，但在整座城的震波停止後，「聽得見一片樹葉落地的聲音」的死亡（頁36-37）；〈十行詩〉裡，「我和你以擁抱的身體寫詩」，但「死亡在灰塵裡寫詩」，死亡與性緊緊相隨，如灰塵之無所不在。[39] 一日如此，一生亦然。如《生命曠野》中性與死亡結合的詩篇極多，〈搖籃曲〉說睡眠是有溫度的死亡，睡搖睡搖的最後是睡在她身上（頁4-5）；〈時間之床〉說床在生與死之間，歡愛在睡與醒之間（頁14-15）；〈人的歷史〉是上午婚禮，下午喪禮，這才是「完成」的儀式（頁56-57）；〈海洋的故事〉是歡樂的汗滴在裸露的乳房，悲傷的淚落在安靜的咖啡杯（頁64-65）；〈生死舞〉說人生如苗，成樹成林，最後因火而舞成灰燼（頁90-91）；〈掩卷〉說曾經像鐘擺相疊，卻誰也不知道誰何時從地球消失（頁122-123）。始於搖籃，終於掩卷的生命曠野，性與死亡更是緊密結合。隱地這種夕陽下的性愛歡愉，令人在顫慄之餘多所警醒，既是都市詩的沉淪特色，卻也未嘗不是都市慾望裡的上昇風景。

---

37 隱地：〈半身之愛〉，《漲潮日》，臺北市：爾雅出版社，2000，頁125-135。

38 約翰・奈思比：《高科技・高思維》，頁216-217。

39 隱地：〈灰塵之歌〉，《法式裸睡》，頁68-69。在這首詩中，隱地強調：我們死時，還是為這個灰色小精靈所掩蓋。

第四節　喜怒哀樂愛惡是都市活力的自然型錄

　　隱地的散文集極少抒情或寫景之作，最精彩的作品是類近「人性三書」的智慧小品，張默（張德中，1931- ）認為這三書中的某些篇章可以媲美印度詩哲泰戈爾（Rabindranath Tagore, 1861-1941）的散文詩。[40] 敘述之書如《漲潮日》的細節瑣碎，則是隱地散文中極少數的例外，即使在這種以敘述為主體的自傳體散文中，歐宗智（1954- ）也讀出隱地散文所流露的，人情練達的生活智慧，簡單樸素的文字美感。[41] 同樣，《2002隱地》的日記體散文，是隱地文學的「起居注」，生活的「語錄體」，張春榮（1954- ）仍然稱之為「靈魂按摩館」、「精神裸體個展」，指出此書語調溫婉自如，淺顯有餘味，重要的是隨機點染，照見生命滋味。[42] 早期喻麗清（1945- ）評論隱地的旅遊書《歐遊隨筆》，即言：他把客觀的事實都用主觀的情感剪裁，渲染了一下；再以平實的三言兩語，讓讀者感受到他的坦白與親切。[43] 這是隱地文學的重要特色，不在人、事、景、物上拉長為線與面的描繪，卻在世務的觀察中拈提「點評」、「點化」的點的功能。因此，作為臺北市都市詩的代言人，都市的浮世繪不能不畫，隱地卻是粗略勾勒，即匆匆帶出警世之語，如此匆急、活靈的行文方式，可以視之為工商都市的活力展現，是機械文明薰育下都市人的機靈反應，機智回應。

---

40 張默：〈《我的書名就叫書》──側寫隱地〉，《文訊雜誌》55號，1990年4月，頁104。

41 歐宗智：〈文壇一道可口的點心──談隱地自傳《漲潮日》〉，《文訊雜誌》182號，2000年12月，頁28。

42 張春榮：〈大自然的風吹著麥浪稻花：《2002 / 隱地 Volume Two》〉，《文訊雜誌》212號，2003年6月，頁30-31。

43 喻麗清：〈《歐遊隨筆》印象〉，《書評書目》86期，1980年6月，頁46-47。

　　吃，是都市文明喜樂的一環，隱地一首〈英式炸魚〉正以連鎖的
方式帶出那種喜悅：

　　　到英國去留學／學會了吃英式炸魚／以及　喝下午茶
　　　臺北市也流行下午茶／還有　下午茶式的外遇
　　　喝下午茶／是一種傾聽／吃英式炸魚／要記得擠幾滴檸檬水
　　　外遇／不可忘了愛 [44]

這首詩利用頂真修辭，陸續感染英國留學所學會的英式炸魚、下午
茶、外遇（都市飲食男女的可能習癖），其後分項點明喝下午茶要懂
得傾聽，吃炸魚要配檸檬水，外遇不可忘了愛，彷彿這種喜樂可以借
頂真句型一路傳延下去。歐宗智指出，隱地詩文喜用排比、映襯、頂
真、回文等修辭，同樣的字、詞、句接二連三重複使用，短語或句子
整齊並列，有綿密詳實、面面俱到及曲盡其義的效果，還容易表現出
燦爛熠耀的氣象。[45] 重要詩作如〈換位寫詩〉、〈七種隱藏〉、〈十行
詩〉、〈寂寞方程式〉，都使用這種具有感染力的修辭，文如其人，詩
亦如其人，隱地是一個熱忱外鑠的詩人，張曉風（1941-）譽之為
「具有舊時代敦厚氣質的人」，齊邦媛教授（1924-）稱美他「有高層
次的誠實品格」，[46] 隱地詩文所肆力渲染的就是這種溫厚爾雅、可以
傳遠的「愛」。
　　黃守城（筆名歸人，1928-）曾引述亞里斯多德（Aristotéls，西
元前384-322年）《詩學》（Poetics）之說：「在詩裡……要是某一部

---

44 隱地：〈英式炸魚〉，《法式裸睡》，頁18-19。

45 歐宗智：〈隱地散文的修辭特色──談《草的天堂》〉，《中國語文》587期，2006年5
　月，頁28。

46 鄭寶娟：〈小就是美──隱地，一位不靠生意眼成功的出版家〉，《自由青年》681
　號，1986年5月，頁18-23。

分可有可無，並不引起顯著的差異，那就不是整體中的有機部分。」[47]
以此檢視〈英式炸魚〉這首詩，英式下午茶、英式炸魚自是相連的，
外遇事件雖非外國人專利，卻也可視為性觀念開放後所滋生的併發
症；吃魚要以檸檬水去腥，外遇屬偷腥行為，如能有愛，多少有去腥
作用，至於「傾聽」，則是友情或愛情的「愛」的展現，隱地都市下
午茶外遇事件，三事相繫相連，正是都市極短篇的有機架構，輕描淡
寫的一句話「不可忘了愛」，則是都市心靈工程的積極建構。

　　至於哀傷、忿忿不平，大多來自年華老去、歲月不居，〈肉體證
據〉是其中一個無奈的例子：

> 週而復始的／身體之旅／是一臺野戲
>
> 激情四濺／如海浪拍打著海岸
>
> 肉體會留下什麼證據呢？／五十年後的兩具殘骸 [48]

　　另一首〈耳朵失蹤〉不是耳朵真的失蹤，而是耳朵再也聽不到樂
音的感慨：

> 黃鶯還肯唱歌嗎？／口沫橫飛的年代／所有的嘴巴都在尋找耳朵
>
> 每一隻患了不停說話症的大嘴巴／為耳朵的不再勃起／鬱鬱寡歡
>
> 說 speak 說／整座城的嘴巴／全在張合著／人們的臉變得像一
>
> 架探照燈／四面八方通緝／逃亡的耳朵 [49]

47　黃守城：〈浪漫與寫實之間──《詩歌鋪》裡的貨色試探〉，《文訊雜誌》198號，
　　2002年4月，頁27-28。

48　隱地：〈肉體證據〉，《法式裸睡》，頁29。

49　隱地：〈耳朵失蹤〉，《法式裸睡》，頁49-50。

　　這是肉體的衰老，生活品質的衰退，隱地詩中最大的感慨幾乎來自於此。

　　喜、怒，哀、樂，愛、惡，是都市活力的自然型錄，豐富了都市文明與心靈，這一節所論述的詩都取自於《法式裸睡》，學者指出「這種對兩極之間的人生形態的開掘，事實上就成為隱地在《法式裸睡》中灌注自己人生思考的基本載體和主要方式。」也就是人生的一切──生死、愛恨、盛衰、美醜、老幼、表裡、悲歡、動靜、真幻、虛實──都是一個過程，都是從起點（此極）走向終點（彼極）的「在路上」。[50] 特別分明的是隱地所呈現出來的、都市的生命活力，一直都是「在路上」、「在眼前」、「在自我」。

　　亞伯拉罕‧馬斯洛（Abraham Maslow, 1908-1970）認為各種族文化或有不同，但最終目的似乎一樣，驅使人類的是若干始終不變的、遺傳的、本能的需要，他提出人類基本的需求層次（hierarchy of needs）有五：生理需求、安全需求、歸屬和愛的需求、尊重的需求、自我實現的需求，這五大需求依次排成梯形，最底層的生理需求得到充分滿足後，上一層的需求才會變得重要，以此類推。[51] 但不同於弗洛伊德（Sigmund Freud, 1856-1939）將「無意識」（本我）視之為邪惡、危險，不同於行為學派（Behaviorism）以動物實驗的結果套加在人類身上，馬斯洛批評以殘障、心智不全、不成熟和不健康的樣本做探討，只可稱為是殘缺的心理學。所以，他以傳記資料分析歷史

---

50 劉俊：〈獨特而又純熟的詩世界──論隱地的《法式裸睡》〉，《聯合文學》152期，1997年6月，頁152-155。

51 〔美〕弗蘭克‧G‧戈布爾（Frank G. Goble）著，呂明、陳紅雯譯：《第三思潮：馬斯洛心理學》（*The Third Force: The Psychology of Abraham Maslow*），臺北市：師大書苑，1992，頁45-64。〔美〕Duane Schultz、Sydney Ellen Schultz著，陳正文等譯：《人格理論》（*Theories of Personality*），臺北市：揚智文化公司，1998，頁337-365。

人物的人格，以面談、投射測驗來評估當代不到百分之一的傑出人物，這是他關於自我實現者的研究，「他發現自我實現的人更會享受生活──並不是沒有痛苦、憂愁、煩惱，而是他們能從生活中得到更多東西。他們更會欣賞生活，更有情趣，更能意識到世界之美。他們較少害怕和焦慮更具有信心及輕鬆感。他們較少因為厭倦、失望及羞恥或缺少目的而煩惱。」[52] 這就是隱地。

隱地詩文中所傳達的情緒，即傾向於馬斯洛的自我實現者，創造、友愛、積極、健康而不張狂，即使有負面的反諷，反而凸顯出都市積極的性格，充滿活力的生存意志。

第五節　孤獨寂寞懷憂是都市本質的黯然伏流

爾雅出版社推出《2002隱地》為首的日記叢書十冊（十人，十年），每年厚厚一本作家個人日常生活實錄，這是作為發行人的隱地所生發的出版構想。關於日記，法國莫里斯・布朗蕭（Maurice Blanchot, 1907-2003）在《文學空間》（L'espace Littéraire）裡，將日記體現為「作家為認識自我而建立起的標記」，他說：「日記──表面上看，這本書是完全孤獨的──往往是由作家在作品中所遭遇的孤獨所引起的恐懼和焦慮寫成的。」[53] 是以，如此揭露自我隱私的日記叢書之設計，可以視為隱地詩中孤獨、寂寞最直接的佐證。

心理學家認為，從蒙昧的時代開始，人類恆常覺得孤單、寂寞，為人遺棄，因而深以為苦。因為「孤獨」是人性特徵──「依戀」

---

52 〔美〕弗蘭克・G・戈布爾（Frank G. Goble）：《第三思潮：馬斯洛心理學》第三章〈關於自我實現的研究〉，頁27-44。

53 〔法〕莫里斯・布朗蕭（Maurice Blanchot）著，顧嘉琛譯：《文學空間》（L'espace Littéraire），北京市：商務印書館，2005，頁11。

（attachment）的另一面。以榮格（Carl Gustav Jung, 1875-1961）式的詞彙來說，人類天生就有一種「建立關係」的「原型需要」（archetypal need），必須和人或物建立依戀的關係，一旦這種依戀關係消失了，被切斷了，就會倍覺孤單、寂寞，備嘗孤獨的苦楚。[54] 不過，關於孤獨，威廉・考柏（William Cowper, 1731-1800）是以「孤獨之魔咒」（charms of solitude）來形容孤獨對人的誘惑，存在主義之父齊克果（Søren Kierkegaard, 1813-1855）則覺得人類在世間的生命，僅僅是一段「存在之孤獨」（existential solitude）。這就是人類對孤獨的矛盾，需要孤獨，卻又苦於孤獨，追求孤獨，也逃避孤獨。[55]

　　孤獨感的由來，都市人顯然要比鄉野人感受得更為深刻，或需求、或走避，也要比鄉野人更深切。孤獨感與寂寞，都屬主觀體驗，雖然都市人的社交環境、社群關係，要比鄉村大，但交往深度、依戀關係則不如鄉村親。歸納其因素有五項：

（一）都市人口眾多，流動率大，人與人的接觸機會雖多，但相見而不相識，相識而未能相談。

（二）都市公寓、高樓林立，堅固的建築物，注重隱私權的設施，阻隔了交流的可能。

（三）社會結構由大家族演變為小家庭，喪失共同生活的機會、共同記憶的可能，倫理價值崩潰。

（四）都市為多元文化聚生處，相異的語言、種族、職業、生活習慣，形成嚴重的隔閡與疏離。

（五）都市生活緊張、忙碌，親人友人之間缺乏溫馨的、深度的支

54　〔德〕瓊安・魏蘭－波斯頓（Joanne Wieland-Burston）著，宋偉航譯：《孤獨世紀末》（*Contemporary Solitude*），臺北市：立緒文化公司，2007，頁22。

55　同前注，《孤獨世紀末》，頁6-10。

持，離散的機會比鄉村嚴重，支持力被剝奪的機會相對提
高，挫敗感增加。

隱地以〈孤單〉一詩，點明這種都市孤獨感：

我等著電話
響著鈴聲的
卻是隔壁無人接聽的電話

世界總是這樣
黑夜等不到黎明
黎明也等不到黑夜 [56]

此詩從生活裡的孤單、空間的孤單（我等電話，一牆之隔卻是電話無
人接聽），轉入天體的孤單、時間的孤單（黎明與黑夜不相疊，各自運
行），更見出孤獨之無所不在，無法揮除。這一首詩前後兩段各三行，
銜接自然，轉化適切，彷彿孤獨與寂寞如影之隨形，隨傳隨在。
　　文學家對孤獨的體驗各不相同，意象使用也天差地遠，德國作家
赫塞（Hermann Hesse, 1877-1962）把孤獨比擬為「荒野之狼」，美國
詩人艾略特（Thomas Stearns Eliot, 1888-1965）卻說：「我應該是一
對暴怒的蟹爪子，在無聲的海底下疾走。」惠特曼（Walt Whitman,
1819-1892）則以孑然獨立的橡樹自況：

我在路易士安那看到一株橡樹

---

56 隱地：〈孤單〉，《法式裸睡》，頁55。

它孑然獨立，葉子從樹枝上

纍纍垂下；

沒有半個伴，它獨自舒捲著歡樂的

深綠色葉子，而

它的樣子，原始、耿直、精力充沛，讓我聯想起

我自己 [57]

孤獨、寂寞是世界性的，人類共通的感覺，西洋文學家書寫寂寞，臺灣詩人一樣以不同的意象呈現內心的孤獨。紀弦（路逾，1913-）以〈狼之獨步〉自況；[58] 楊牧（王靖獻，1940-）說「孤獨是一匹衰老的獸」；[59] 焦桐（葉振富，1956-）的〈雙人床〉上「寂寞佔用了太大的面積」；[60] 白靈（莊祖煌，1951-）則以情愛與「孤獨」結合，說「孤獨是難以豢養、難以馴服的情人」。[61] 相對於焦桐的寂寞在空氣中佔用了太大的面積，白靈的「寂寞」以水為喻，期求情人「不要留下我，在寂寞裡游泳」。

　　白靈如此書寫寂寞：「沒有蝴蝶的親吻，花是寂寞的／沒有刀的飢渴，木頭是寂寞的／沒有你的燃燒，愛是寂寞的／那麼，襲擊我吧，以你的唇，和微笑／不要留下我，在寂寞裡游泳」。[62] 白靈以

---

57 〔美、加〕菲力浦・科克（Philip Koch）著，梁永安譯：《孤獨：一個哲學的交會》（*Solitude: A Philosophical Encounter*），臺北市：立緒文化公司，2004，頁130-131。惠特曼之詩 "I Saw in Louisiana a Live-Oak Growing" 原載於 Mark Van Doren 編：*The Portable Walt Whitman*，頁248。

58 紀弦：〈狼之獨步〉，《紀弦自選詩卷之六：檳榔樹丁集》，臺北市：現代詩社，1969，頁30。

59 楊牧：〈孤獨〉，《楊牧詩集II 1974-1985》，臺北市：洪範出版社，1995，頁19-20。

60 焦桐：〈雙人床〉，《焦桐・世紀詩選》，臺北市：爾雅出版社，2000，頁95。

61 白靈：〈孤獨〉，《白靈・世紀詩選》，臺北市：爾雅出版社，2000，頁15。

62 白靈：〈微笑I〉，《白靈・世紀詩選》，頁4。

「微笑」為題寫寂寞（悖論的技巧），以兩個已知事項肯定「沒有你的燃燒，愛是寂寞的」（排比的修辭），是一首情愛告白詩。隱地則一路唱著：「等不到風／樹寂寞／／等不到眼睛／畫寂寞／／劇場沒有觀眾／椅子寂寞／／思想沒有性慾／夜寂寞／／書籍布滿灰塵／知識寂寞／／創作者等不到欣賞者／靈魂寂寞／／主人老了／鏡子寂寞／／沒有光亮的顏面／歡笑寂寞／／看不見船／河寂寞／／等不到情人的撫摸／乳房寂寞」。[63] 隱地一路以兩句一段的排比句型、類疊修辭，形塑寂寞的方程式，依此方程式可以推衍到大自然寂寞（風／樹，船／河）、都市生活寂寞（眼睛／畫，觀眾／椅子，灰塵／知識，欣賞者／靈魂，老／鏡子，光亮的顏面／歡笑）、性愛寂寞（性慾／夜，情人的撫摸／乳房），無處不寂寞，無事不寂寞，隱地詩中，寂寞佔用了極大的面積。

出入於「新月派」與「現代派」的詩人卞之琳（1910-2000），他寫的〈寂寞〉是從「鄉」到「城」的寂寞：「鄉下小孩子怕寂寞，／枕頭邊養一隻蟈蟈；／長大了在城裡操勞，／他買了一個夜明錶。／／小時候他常常羨艷，／墓草做蟈蟈的家園；／如今他死了三小時，／夜明錶還不曾休止。」[64] 像一幕寂寞、悲涼而無聲的人生慘劇（此詩押的是 AABB／CCDD 一去無回的韻）。「鄉」，或許寂靜，卻不寂寞；「城」，或許熱鬧，終究孤獨，即使過世，世界（包括自己最鍾愛的錶）依然不會為他休止。

隱地的詩不寫城鄉的對比或差異，他直接寫都市裡寂寞的本質，甚至於受到存在主義（Existentialism）思潮的影響，質問自我的存在：

63　隱地：〈寂寞方程式〉，《一天裡的戲碼》，頁102-104。
64　卞之琳：〈寂寞〉，《魚目集》，未名書屋，1935，頁10-11（全書八十七頁）。卞之琳著、中國現代文學館編：《卞之琳代表作》，北京市：華夏出版社，2008，頁73。

沒有人看見我／這世界根本沒有我

我以優雅舞動自己　你沒有看見我／我已狂暴舞動自己　你沒有看見我／我舞動了一生一世／從耀眼的綠／舞成枯竭的黃葉／散落一地／我是那片曾經綠過的青春／你正踩著我　卻從未看見我

沒有我／沒有人看見我／這世界上根本沒有我 [65]

　　自從存在主義者質問「存在」與「本質」的關係，個體性、個人主義、自我的存在，多少成為詩人反思的課題。「沒有人看見我」，這句話是誰說的？不就是我嗎？我到底存不存在？就這首詩的意旨而言，這是悖論式的表達。

　　如果以「悖論」的說法來理解人類面對孤獨的態度，其實也十分貼切，悖論（Paradox）是指表面上自相矛盾、荒謬，但實際上卻正確無誤、諧和一致的表述，[66] 悖論與反諷，都是用來分析具有複雜結構的詩歌中的矛盾統一的張力系統。[67] 孫學敏即以「悖論」論述隱地的詩歌，認為在隱地的詩歌中，悖論無處不在，她指出兩個層次：首先，悖論是一種生活原生態的存在特質，探究人生必然思索悖論；其次，悖論作為一種詩性思維，從語言與結構提升詩歌的表現力，擴大詩意的輻射空間。[68] 準此，以悖論的詩性思維來看，「沒有我」、「沒

65　隱地：〈沒有我──給寂寞〉，《風雲舞山》，頁69。

66　孫學敏：《存在與超越──論隱地的詩歌世界》，頁89。

67　司有侖主編：《當代西方美學新範疇辭典》，北京市：中國人民大學出版社，1997，頁459-460。

68　孫學敏：《存在與超越──論隱地的詩歌世界》，頁90。

有人看見我」，其實就是珍視「我」的存在，雖然，「我」的存在是一種孤獨的存在；而孤獨，確實是生活原生態的存在特質，而且以「悖論」的方式存在，亦即「孤獨」有其隔絕、疏離、寂寞的一面，卻也是可以使心靈趨於寧靜，使思想更為深刻，使生命恢復完整，身心得以安頓的情境。[69] 這正是孤獨與詩的共同特質，一種矛盾的統一、對立的諧和。

　　值得玩味的是，菲力浦‧科克的《孤獨：一個哲學的交會》（*Solitude:A Philosophical Encounter*），在「孤獨的意象」裡，以中國《易經》的「太極圖」說明「在交會的極致中，人有可能會突然體驗到最深沈的孤獨，而在孤獨的極致中，人又可能會突然體驗到最深沈的交會。」[70] 這是一種悖論的應用。他還在此書的最後一章〈孤獨：是世間普遍的價值？〉藉助老莊學說，對於「孤獨」，提出這樣的結語：「人的安身立命之道，既不在棄絕人間世界的關係，也不在放棄對內在精神超越的嚮往，而是在蜿蜒地穿行於這兩者之間。」[71] 這也是悖論式的論述，宣稱孤獨既不可恃，卻也不可棄。

　　孤獨是苦，但是「如果要使頭腦起最大的作用，如果一個人要發揮最大的潛能，似乎就必須稍微培養獨處的能力。人類很容易疏離自己最深處的需要與情感。學習，思考，創新與自己的內在世界保持接觸，這些全都要藉助孤獨。」[72] 從「夢」、「思考」、「祈禱」等行為上，人類才可能「不」依平常方式「作本能反應」，而能從本能的行

69　傅佩榮：〈孤獨三昧〉，〔美、加〕菲力浦‧科克（Philip Koch）：《孤獨：一個哲學的交會》，頁11-15。

70　〔美、加〕菲力浦‧科克（Philip Koch）：《孤獨：一個哲學的交會》，頁131-134。

71　〔美、加〕菲力浦‧科克（Philip Koch）：《孤獨：一個哲學的交會》，頁330。

72　〔英〕安東尼‧史脫爾（Anthony Stor）著，張嚶嚶譯：《孤獨》（*Solitude:A return to the Self*），臺北市：知英文化事業公司，1999，頁19-35。

為進化到有智慧的行為，這一切都有賴於「孤獨」。基於此，蘇格拉底（Socrates，西元前469-399年）從另一個面向為孤獨開墾出一塊哲學的沃土：「人的行為，應該以執行自己良知的指示為依歸，而不是以獲得別人的肯定為依歸。」[73] 踽踽而行的人生，在都市叢林中自我堅持的人生，就會是成功的人生。

在另一首寫寂寞的詩中，透過「鏡子」隱地發現你就是我，因而肯定自我的存在，為寂寞、孤獨、懷憂，找到積極的力量：

> 我看著鏡子裡的你／你看著鏡子裡的我／我笑了／你也笑了
> 寂寞的時候／我們這樣互相笑一笑 [74]

隱地最精彩的一首都市詩是〈瘦金體〉：

> 肥胖的婦人
> 在婚姻末期邂逅並且突然愛上了一個瘦金體的男子
>
> 骨肉相連的風景
> 想是一首宋詩 [75]

前兩行有圖像詩的效果，矮胖與高瘦的對比、骨肉相連的畫面，有著都市型的諧趣，暗藏著都市型的孤獨情懷，詩之最後跳接「宋詩」，則是心靈工程的設計，將孤獨的形象提升為哲理的領會、生命境界的

---

73 〔英〕彼得・法朗士（Peter France）著，梁永安譯：《隱士：透視孤獨》（*Hermits: The Insights of Solitude*），臺北市：立緒文化事業公司，2004，頁18。

74 隱地：〈寂寞〉，《詩歌舖》，頁58-59。

75 隱地：〈瘦金體〉，《生命曠野》，頁80-81。

圖繪，呼應前一首「笑一笑」的灑脫。

　　亮軒曾言，讀隱地作品，會發現他的日子常常是一個人在過，但許多的覺悟卻也都是在孤獨中思考而得，也許這樣的孤獨才是他之所以成就如此獨特風格的來由。[76] 隱地詩中的孤獨是都市黯然伏流的現象呈供，卻也是他內在心靈思索之歷程與結晶，隱地寫孤獨但不畏懼孤獨，美國心理學教授已經在強調「共處」與「獨處」的需求應該相互平衡：「有的人一天可能需要獨處好幾個鐘頭，有的人可能一點點時間就夠了。不管需要多少，我們永遠都需要獨處。它是我們生命中一種深沉、平靜、永恆的呼喊。」[77] 隱地之詩掘發都市裡孤獨的伏流（sinking creek），但勇於承擔，不怕面對，能走入黑暗與孤獨相處，懷憂而不喪志，孤獨而能獨創，寂寞時笑一笑，反而發揮伏流的威力。

第六節　結語：罕見的智慧型都市型詩人

　　隱地詩之美，就在於生活智慧的顯現，特別是這種生活的空間長期設定在都市中，窄小、匆急，歡樂、無端，隱地所體驗的，正可為都市受創的心靈覓得療癒的效能，積極地為逐漸邁入都市化的臺灣，繪製心靈工程的可能藍圖，其中有全然的孤獨與永恆的寂寞，有性的歡愉與身體的衰老，當然也有生活的利便與瑣碎，人性的惡與善。一如里爾克（Rainer Maria Rilke，1875-1926）在《馬爾特‧勞利‧布里格記事》（*Cahiers de Malte Brigge*）所說：「詩句並不是感情，詩句是

---

76 亮軒：〈正港生活大師——讀隱地的《我的眼睛》〉，《文訊雜誌》，頁113。
77 〔美〕艾絲特‧布赫茲（Ester Schaler Buchholz）著，傅振焜譯：《孤獨的呼喚》（*The Call of Solitude: Alonetime in a World of Attachment*），臺北市：平安文化出版公司，1999，頁17。

體驗。要寫一句詩，就必須遊歷許多城市，見過許多人和事……」[78]
隱地的詩是都市體驗的智慧結晶。

　　當一般十五、六歲的詩人以青春的感傷作為「人性自覺」的情
懷，五十六歲才開始寫詩的隱地，卻從「文化反思」出發，伴隨著老
辣的文思，表現深沉的情調，章亞昕即從這種文化反思的面向，認為
隱地的自我意識在面對充滿悲劇性的現實挑戰之際，反而自覺地鄰近
了詩人人格的精神定位——用陽光取代黑暗，以歌唱回答悲劇性的人
生體驗。[79] 章亞昕所謂的「詩人人格的精神定位」，張索時（張厚
仁，1941-）則稱之為「思想所由表現的獨特佈置」，他在〈詩話隱
地〉中說：「詩是最經濟的文字，蘊藏最豐富的美，而美在思想所由
表現的獨特佈置。」[80] 所以，隱地的詩是年歲積澱的思想結晶。

　　一生都生活在臺灣最繁華也最煩忙的臺北市都城，體驗都市；初
老之後才開始寫詩，閃現生命的智慧。隱地因而成為都市心靈的工程
師，精確刻劃生存於都市裡人的悲喜原貌，具體顯映人的本質，深入
挖掘人的本性，五本重要詩集《法式裸睡》、《一天裡的戲碼》、《生命
曠野》、《詩歌鋪》、《風雲舞山》，共同推湧出隱地詩作的「都市性」
與「智慧性」，獨樹一幟，成為臺灣詩壇不可或缺的重要景觀。

---

78 里爾克：《馬爾特·勞利·布里格記事》（Cahiers de Malte Brigge）發表於一九一〇
　　年，此處轉引自〔法〕莫里斯·布朗蕭著，顧嘉琛譯：《文學空間》，頁72。

79 章亞昕：《時光中的舞者——隱地論》，頁113。

80 張索時：〈詩話隱地〉，《新詩八家論》，臺北市：爾雅出版社，2006，頁199。

參考文獻

一　隱地詩集（依出版序）

隱　地　《四重奏》（合著）　臺北市　爾雅出版社　1994

隱　地　《法式裸睡》　臺北市　爾雅出版社　1995

隱　地　《一天裡的戲碼》　臺北市　爾雅出版社　1996

隱　地　《生命曠野》　臺北市　爾雅出版社　2000

隱　地　《詩歌鋪》　臺北市　爾雅出版社　2002

隱地著　唐文俊（C.Matthew Towns）譯　《七種隱藏》（*Seven Kinds of Hiding*，中英對照）　臺北市　爾雅出版社　2002

隱　地　《十年詩選：自選與他選》　臺北市　爾雅出版社　2004

隱　地　《風雲舞山》　臺北市　爾雅出版社　2010

二　中文書目（依作者姓名筆畫序）

〔魏〕王弼、韓康伯注　〔唐〕孔穎達等正義　《十三經注疏・周易正義》　臺北市　新文豐出版社　2001

司有侖主編　《當代西方美學新範疇辭典》　北京市　中國人民大學出版社　1997

洛　夫　《洛夫小品選》　臺北市　小報文化公司　1998

孫學敏　《存在與超越──論隱地的詩歌世界》　臺北市　爾雅出版社　2000

張索時　《新詩八家論》　臺北市　爾雅出版社　2006

畢恆達　《空間就是性別》　臺北市　心靈工坊文化事業公司　2008

章亞昕　《時光中的舞者──隱地論》　臺北市　爾雅出版社　2003

莊子著　〔清〕陳壽昌輯　《南華真經正義》　臺北市　新天地書局　1977

顏秀芳　《戰後臺灣情色詩研究（1950-2010）》　國立彰化師範大學
　　　　臺灣文學研究所　碩士論文　2011

三　中文篇目（依作者姓名筆畫序）

卞之琳　〈寂寞〉　卞之琳著　中國現代文學館編　《卞之琳代表
　　　　作》　北京市　華夏出版社　2008　頁73

王盛弘　〈應該感謝誰──側寫隱地〉　臺北市　《幼獅文藝》583
　　　　期　2002年7月　頁24

白　靈　〈孤獨〉　《白靈・世紀詩選》　臺北市　爾雅出版社
　　　　2000　頁15

白　靈　〈微笑Ⅰ〉　《白靈・世紀詩選》　頁4

宋雅姿　〈隱地與他的文學宗教〉　《文訊》雜誌236期　2005年6月
　　　　頁133

亮　軒　〈正港生活大師──讀隱地的《我的眼睛》〉　《文訊雜
　　　　誌》第272期　2008年6月　頁113

紀　弦　〈狼之獨步〉　《紀弦自選詩卷之六：檳榔樹丁集》　臺北
　　　　市　現代詩社　1969　頁30

唐文俊　〈譯者序〉　隱地著　唐文俊（C.Matthew Towns）譯
　　　　《七種隱藏》　臺北市　爾雅出版社　2002　序頁3

孫于清　〈傳承與裂變──從散文選看出的變化〉　《九歌年度散文
　　　　選研究》　國立中央大學中國文學系碩士論文　2006　頁
　　　　155-180

張索時　《新詩八家論》　臺北市　爾雅出版社　2006

畢恆達　《空間就是性別》　臺北市　心靈工坊文化事業公司　2008

章亞昕　《時光中的舞者──隱地論》　臺北市　爾雅出版社　2003

莊子著　〔清〕陳壽昌輯　《南華真經正義》　臺北市　新天地書局
　　　　1977

楊　　牧　〈孤獨〉　《楊牧詩集Ⅱ 1974-1985》　臺北市　洪範出版
　　　　　社　1995　頁19-20

劉　　俊　〈獨特而又純熟的詩世界──論隱地的《法式裸睡》〉
　　　　　《聯合文學》152期　1997年6月　頁152-155

歐宗智　〈文壇一道可口的點心──談隱地自傳《漲潮日》〉　《文
　　　　　訊雜誌》182號　2000年12月　頁28

歐宗智　〈隱地散文的修辭特色──談《草的天堂》〉　《中國語
　　　　　文》587期　2006年5月　頁28

鄭寶娟　〈小就是美──隱地，一位不靠生意眼成功的出版家〉
　　　　　《自由青年》681號　1986年5月　頁18-23

隱　　地　〈寫詩的故事〉　《法式裸睡》　臺北市　爾雅出版社
　　　　　1995　頁161

四　中譯書目（以原作者姓名字母為序）

Bachelard, Gaston（加斯東・巴舍拉）著　龔軍卓、王靜慧譯　《空
　　　　　間詩學》（*La poétique de l'espace*）　臺北市　張老師文化事
　　　　　業公司　2008

Blanchot, Maurice（莫里斯・布朗蕭）著　顧嘉琛譯　《文學空間》
　　　　　（*L'espace Littéraire*）　北京市　商務印書館　2005

Buchholz, Ester Schaler（艾絲特・布赫茲）著　傅振焜譯　《孤獨的
　　　　　呼喚》（*The Call of* Solitude: *Alonetime in a World of*
　　　　　Attachment）　臺北市　平安文化出版公司　1999

Burston, Joanne Wieland（瓊安・魏蘭・波斯頓）著　宋偉航譯　《孤
　　　　　獨世紀末》（*Contemporary Solitude*）　臺北市　立緒文化公
　　　　　司　2007

France, Peter（彼得・法朗士）著　梁永安譯　《隱士：透視孤獨》

（*Hermits: The Insights of* Solitude） 臺北市 立緒文化事業公司 2004

Goble, Frank G.（弗蘭克・G・戈布爾）著 呂明、陳紅雯譯 《第三思潮：馬斯洛心理學》（*The Third Force: The Psychology of Abraham Maslow*） 臺北市 師大書苑 1992

Koch, Philip（菲力浦・科克）著 梁永安譯 《孤獨：一個哲學的交會》（*Solitude: A Philosophical Encounter*） 臺北市 立緒文化公司 2004

Naisbitt, John（約翰・奈恩比）著 尹屏譯 《高科技・高思維》（High Tech / High Touch: *Technology and Our Search for Meaning*） 臺北市 時報文化出版公司 2000

Safer, Jeanne 著 謝靜雯譯 《死亡的益處》（*Death Benefits:How Losing a Parent can Change an Adult's Life –For the Better*） 臺北市 大塊文化出版公司 2010

Schultz, Duane、Schultz,Sydney Ellen 著 陳正文等譯 《人格理論》（*The Theories of Personality*） 臺北市 揚智文化公司 1998

Smith, Robert Rowland（羅伯・洛蘭德・史密斯）著 陳品秀譯 《哲學家教你學會過一天》（*Breakfast with Socrates: An Extraordinary Philosophical Journey Through Your Ordinary Day*） 臺北市 臉譜出版・城邦文化公司 2010

Storr, Anthony（安東尼・史脫爾）著 張嚶嚶譯 《孤獨》（*Solitude: a return to the self*） 臺北市 知英文化事業公司 1999

〔日〕稻盛和夫著 呂美女譯 《人為什麼活著》 臺北市 天下雜誌公司 2010

第九章
鄉鎮郊野處的空間詩學：

林煥彰詩作的快意穿梭

摘要

　　臺灣自發性詩人林煥彰，有如穿梭於城鄉小鎮、市井閭巷的背包客，從各種不同詩學流派中成長，本文透過童心，以形象喻詞模擬林煥彰呈現的空間感：初期的007背包規格，遮掩了林煥彰語言的瑣碎，鎖藏了林煥彰鮮活的生命力；中期的臺灣包巾標誌，將邊陲的聲音放大，為兒童、市井小民彩繪，顯現真我；近期的個性帆布包形象，簡樸的本質、耐用的材質，自由進出於大千世界，生活中處處自在，處處是詩，因而成為各種空間快意穿梭的遊戲龍。

關鍵詞：庶民詩學、林煥彰、空間穿梭、童詩本質

第一節　前言：市井閭巷的背包客

　　林煥彰（1939-）是臺灣自發性的詩人，沒有高學歷，沒有高理
想、高抱負，不依賴艱深學識，不應用艱深語言，好像拿著一張悠遊
卡（香港的八達通）穿梭於城鄉小鎮、市井閭巷的背包客，在詩的王
國隨意坐臥，悠然自得，不懼高山峻嶺擋道，不畏海角天涯路遙，有
時興來獨往，有時呼朋引伴。

　　出生於日據時代宜蘭礁溪偏僻鄉下的林煥彰，一九五三年礁溪國
小畢業後不曾再進入正式學堂，兩年後到基隆肉類食品加工店當學
徒，而後進入臺灣肥料公司南港廠當宿舍清潔工，再轉任檢驗工，臺
灣肥料公司自此成為林煥彰前半生最重要的職場。一九五九年二十歲
的林煥彰開始接觸文藝雜誌《新新文藝》，喜歡新詩，隨後入伍服役，
參加馮放民（1919-1988）創辦的「中國文藝函授學校軍中文藝班」詩
歌組進修，開始學習新詩的創作。退伍後常逛臺北市武昌街周夢蝶
（周起述，1920-）的書攤，結識沙牧（呂松林，1928-1986）、管管
（管運龍，1929-）等人，獲得他們的指引。一九六四年首次以短詩
〈雲〉投稿《葡萄園詩刊》，刊登於第四期，正式進入詩壇。此後又
參加中國文藝協會主辦「文藝研究班」詩歌組研習，受現代派詩人紀
弦（路逾，1913-）、鄭愁予（鄭文韜，1933-）等人指導，進步神速。
一九六五年參加「笠詩社」年會，結識詩人桓夫（陳武雄、陳千武，
1922-2012年4月30日）等笠社長老，並經由李魁賢（1937-）介紹成為
社員，且擔任編輯委員。一九六七年出版第一部詩集《牧雲初集》，
兩年後出版《斑鳩與陷阱》，奠下詩壇地位，因而在一九七〇年獲頒
中國文藝協會「文藝獎章」詩歌創作獎。接下來的兩年（1971-1973），
林煥彰與同輩友人：辛牧（楊志中，1943-）、施善繼（1945-）、陳芳
明（1947-）、蕭蕭（蕭水順，1947-）、蘇紹連（1949-）等成立「龍族

詩社」，出版《龍族》詩刊，編輯《龍族詩選》，並出版第三本詩集《歷程》，再攀上詩壇的另一個高峰。

因此，林煥彰自承：「我在《葡萄園》萌芽，在《笠詩刊》成長，然後與同輩詩友組織『龍族詩社』；這是我寫詩十五年來的歷程。今天，我的風格之形成與詩觀的確定，也可以用《葡萄園》提倡明朗，《笠》注重鄉土感情底真摯的流露，以及《龍族》追求表現民族意識、關心現實等多種看似不同，而實相貫通的精神來加以概括。」[1]《龍族》詩刊活躍於一九七一至一九七六年之間，一九七六年停刊後，林煥彰所有精力轉往兒童詩發展，現代詩的創作趨於緩和。

林煥彰早在一九七三年即已踏入兒童詩領域，由於童心、童語、童趣的舒展，與自己個性、成長背景相互吻合，為孩子寫詩、教孩子寫詩，成為他最大的心願，一九七六年《龍族》停刊，林煥彰連續出版兩本兒童詩集——《童年的夢》和《妹妹的紅雨鞋》，這兩本兒童詩集獲得一九七八年兒童文學類「中山文藝獎」，更增強了林煥彰往兒童文學發展的信心與大志。此後曾參與創辦《布穀鳥》兒童詩學季刊，組織中華民國兒童文學會、並擔任第一屆總幹事，擔任大陸兒童文學研究會會長，《兒童文學家》雜誌創辦人，中國海峽兩岸兒童文學研究會理事長，世界華文兒童文學資料館館長，楊喚兒童文學紀念獎委員會主任委員等等，一生重要志業，盡在於斯。[2]

一九八三年，林煥彰從臺肥南港廠服務滿二十五年退休，轉往《聯合報·副刊》擔任編輯，職場的改變，增添他在兒童文學發揮的能力與機緣，後來因為主編聯合報系泰國、印尼《世界日報》副刊，開展東南亞文壇關係，推動兒童文學在中國大陸、東南亞華文地區的

---

1 林煥彰：〈詩觀〉，紀弦、瘂弦、張默等編：《八十年代詩選》，臺北市：濂美出版社發行，1979，頁170。

2 陳春玉：《林煥彰童詩研究》，臺東縣：臺東師範學院兒童文學研究所碩士論文，2002。

發展。二〇〇三年元月起，林煥彰還在泰國、印尼推動六行以內的小詩寫作，設立小詩磨坊，探討小詩寫作技巧，主編並出版《小詩磨坊》，著有成效。以小學畢業的學歷，自學苦讀，積累深厚學力，發揮藝術創作天賦，七十二年來已出版著作七十餘部，作品編入臺灣、中國、香港、新加坡等小學語文課本中，新詩創作被譯成英、日、泰、韓、德、意、俄、印尼、蒙古、馬來等外文，並出版中、英、韓、泰文對照版詩集和圖畫書多種。自聯合報系退休後，仍擔任《兒童文學家》發行人，《乾坤詩刊》發行人兼總編輯，「林家詩社」發起人兼輪值主編《林家詩叢》（首冊為《森，林的家》），持續出版《小詩磨坊》，並與「玩詩合作社」的年輕詩友林德俊（1977-）等人玩創意，示範「詩貼畫」，走入社區，參與後現代的詩行動、詩裝置，走出國門，擔任香港大學首任駐校作家、赴東南亞各國傳播詩訊息。其創作精神與毅力，顯現臺灣農村子弟紮實的功夫，頑強的鬥志，贏得詩壇普遍的尊崇，學界的矚目。

　　美國研究後現代主義的學者，曾以舞鞋的改換作為不同主義的比喻，十分有趣：古典舞蹈的標誌是能把腳變美的芭蕾舞鞋，現代舞的標誌是鄧肯的光腳，而後現代舞的標誌則是普通的球鞋。中國學者根據這個說法，也提出自己的形象喻詞：「原始文化是一個洋蔥，分不清皮和肉；古典主義文化是蘋果，皮薄肉多；現代文化是香蕉，皮和肉一樣厚，而且剝離後兩者都能各自成型；後現代文化是核桃，外面堅硬其實裡面的內核很少。」[3] 林煥彰現代詩的創作，有如背包客，快速穿過不知新詩為何物的「原始文化」時代、跳過「古典主義」時期、經歷「現代主義」、「現實主義」交錯時期，而後來到「後現代文

3　嚴程瑩、李啟斌：《西方戲劇文學的話語策略：從現代派戲劇到後現代派戲劇》，昆明：雲南大學出版社，2009，頁19。

化」時代。本文企圖透過童心，以形象喻詞為林煥彰的現代詩找到恰當的譬喻，藉以窺探各時期林煥彰所呈現的空間感。

第二節　007公事包規格

林煥彰新詩創作，依其詩集出版現象，約略可以分為三期：

一是龍族詩社組成前後所出版的詩集，包括：《牧雲初集》（豐原：笠詩社，1967）、《斑鳩與陷阱》（臺北市：田園出版社，1969）、《歷程》（臺北市：林白出版社，1972），是他寫詩最初的九年（1964-1972），詩質最濃厚的時代。

二是與兒童詩並行的時期，一九七三年是林煥彰兒童詩、兒童文學盛世開啟之時，一直到二十世紀末，輝煌而豐碩，相對的現代詩作品則減緩、減量、減去現代主義的敏銳與衝撞，熄燈、熄火、熄滅西方流派的迎合與抗拒；在第一時期《歷程》出版後十二年才發行《公路邊的樹》（臺北市：布穀出版社，1983），自此林煥彰現代詩寫作微微復甦，陸續推出《現實的告白》（臺北市：布穀出版社，1985）、《無心論》（臺北市：文鏡出版社，1986）、《孤獨的時刻》（臺北市：蘭亭出版社，1988）、《愛情的流派及其他》（臺北市：石頭出版公司，1991），此五冊詩集完成於大量兒童詩寫作之後，臺灣詩壇後現代主義興起，中心與邊陲開始易位之初，這是林煥彰自我覺醒、自我珍視的時代。

三是後「現代」、後「兒童詩」時期，《愛情的流派及其他》出版後，林煥彰停歇十七年，未有詩集問世，直至參與「乾坤詩社」的運作，推廣六行小詩的寫作，才又出版《分享‧孤獨》（臺北市：乾坤出版社，2007）、《翅膀的煩惱》（臺北市：爾雅出版社，2008）、《關於貓的詩：貓有不理你的美》（臺北市：秀威資訊科技公司，2011），

構成林煥彰的第三時期。三個時期的兩次區隔期都長達十年以上未有
作品發行，這樣的區隔期間越長，三期風格的突出也就越明顯。

　　本節為林煥彰第一時期詩作的空間討論，以最初的三冊詩集為
範疇。

　　前輩詩人桓夫曾言：「《牧雲初集》有其初集的現代新鮮美。有與
其他詩人沒有的獨自風格。有韻律的均衡。有清醒的生命的躍動。展
示詩人的，esprit 燃燒了時，有其燃燒度的累積。」[4] 這是對林煥彰
詩中湧動的詩靈魂的發現，林煥彰以小學的學歷所建構的詩王國，不
跟學院教育下的詩修辭、詩理論相同，卻又可以跟學院教養下的詩人
有著同等的「學力」，閃現異樣的光輝，那正是詩人內在的、含光的
靈魂的掙扎。閱讀林煥彰，不必在文字上尋聲摘句，卻要在無形的、
流動的詩靈魂中享受心靈的震動。因此，桓夫從《牧雲初集》點明林
煥彰初期的迷失：「我不相信現代精神應該具備什麼『工業年代，日
光燈的鬼眼』等標新立異的字眼。」點醒林煥彰中期之後的方向：
「作者不斷地以誠實和坦白的態度，發現新的存在，去追求自己的世
界，似可建立其詩的現代性。」[5]

　　林煥彰在第一本詩集的〈自序〉裡，也有這樣的覺醒：「傳統，
祇當她在我們還是孩提時的母親，我們才離不了她。／而作為現代，
長大了的我們，推開母親的乳房，去追求，去戀愛，甚至於去結婚，
乃是為了傳宗接代。」[6] 在成長的過程中必須擁抱傳統，但現代，長
大了，卻應該另立傳統，這是林煥彰的覺醒與決志。〈後記〉裡他也
發現「做自己」的重要：「『居（既）然你已選擇寫詩作為你的終身
職，那就不該學人家的樣，就像走路，你也該要有你自己的姿態。』

4　桓夫：〈五月・牧雲〉，林煥彰：《牧雲初集》，豐原：笠詩社，1967，序頁2。

5　同前注。

6　林煥彰：〈自序〉，《牧雲初集》，序頁4。

我常這樣『醒著』，我必須走出我自己的路子才行。」[7] 第一時期的林煥彰在顛躓中找尋自己的路，要另立一個傳統。

　　以他這時期的筆名「牧雲」來思考，牛羊可以圈牧、可以放牧，雲卻只適合放牧一途。檢視這一時期的詩作空間，雲不是自由自在的雲、不是放牧的雲，卻是圈牧的雲，彷彿將活生生的詩靈魂平放在外觀平整、勻稱、素色的007公事包裡。[8] 優點是可以將驃悍的野性，馴服為可用的資材，缺點是套用同樣的模式，做不了自己。

　　以雲相近的霧來看空間設計，林煥彰的〈霧〉是在酒窖的空間裡發酵：

　　　　夜是釀酒的地窖／有露發酵著／／霧是酒徒／躺在地窖裡／／癮來／抱著空罐子發抖／／醉了／遂亂舞　亂舞[9]

雲霧霜雪，應該在天地大自然間自由升降、飄飛，無所拘限，但林煥彰的詩中卻是在釀酒的地窖中亂舞。「酒窖」的空間選擇，溢出林煥

7　林煥彰：〈後記〉，《牧雲初集》，頁73。
8　取自 http://udn.gohappy.com.tw/shopping/Browse.do?op=vp&sid=7&cid=3241&pid=1259391#（2011年4月12日擷取）
9　林煥彰：〈霧〉，《牧雲初集》，頁6。

彰的生活經驗，臺灣鄉下人不乏釀酒習俗，但沒有以酒窖藏酒的認識，所以「夜是釀酒的地窖」，是以現代主義的想像，繫住或轉化現實的經驗，通過「酒窖」這樣的空間設計，林煥彰從不知詩為何物的年代，跳過以古典詩（嚴謹的格律）認識詩的階段，直接來到新詩的現代主義時期，穿上最時髦的衣飾。

　　林煥彰學習新詩的最直接途徑，來自兩次正式的傳授研習：馮放民的「中國文藝函授學校軍中文藝班」，中國文藝協會的「文藝研究班」詩歌組，以及無數次的「學徒」似的「私相授受」：「現代派」的紀弦、鄭愁予，「藍星」的周夢蝶，「創世紀」的管管、沙牧、瘂弦（王慶麟，1932-），「笠詩社」的桓夫、楓堤（李魁賢）、趙天儀（1935-），「葡萄園」的藍雲（劉秉彝），[10] 都是他請益的對象，師出多門，轉益多師，林煥彰可以說是臺灣詩壇師承最複雜、態度最謙虛的一位詩人。唐朝詩人杜甫（712-770）〈戲為六絕句〉第六首即言「未及前賢更勿疑，遞相祖述復先誰？別裁偽體親風雅，轉益多師是汝師。」林煥彰以「轉益多師」為其師，無所不學，沒有固定的學習對象，所以能博採眾家之長，但在「轉益多師」之前，是否有「別裁偽體」的鑑識能力，卻也關乎他是不是真正學得詩的真髓，「別」是鑑別、區隔，「裁」是選擇、裁決，如何能在傳承上有效地既批判又繼承，如何能在風格上既前衛又明朗，在多項矛盾、尷尬的角力中，林煥彰的智慧受到最大的考驗，他在眾聲中迷失自己的聲音，還是找到自己的聲音，我們要從他詩中穿行的空間獲得端倪。

　　〈霧〉詩中，霧以亂舞之姿穿過夜的酒窖，〈十五‧月蝕〉的月，依然穿行，穿窗、穿屋或穿不過屋，林煥彰以擬人化（穿衣或不穿衣）、戲劇化、故事化的方式，寫出天體的變化，屬於他自己的聲

---

10 林煥彰：〈後記〉，《牧雲初集》，頁73。

音，屬於童話式的幻想，就這樣穿行在詩行間。

> 八點鐘。月在我二樓／企圖穿窗而過／／十五那個晚上／我捉
> 住了她／所以，你們／就有了一次月蝕／／而午夜／她將衣裳
> 留在我床上／所以，那晚／她特別明亮[11]

以〈十五・月蝕〉的月亮詩往前看〈月方方〉，[12] 往後看〈月光光〉，[13]
遇到月亮，林煥彰詩中的空間立體化了，人物增加了，肢體語言活絡
了，情節深刻了，情感柔軟了，童趣也來了。但夾在現代主義的公事
包裡，這樣的穿梭活力是被硬紙板、牛皮、針線，緊緊繃住，是被嚴
謹的科技、儀器、制度、規則，緊緊繃住，無法透過氣來。

　　同理，牆、碑石這類無法穿梭的固著之物，硬生生、篤定定的存
在，在林煥彰詩中，一向是冷色、悲悽，或死亡的象徵。如〈讀
牆〉，將牆當做「一截時間之書的殘頁」，充滿奧義，難以通透了解：
「石灰都已脫落／牆面都已斑駁／／時間，時間／就是這樣一種容顏
嗎？……／／早晨，我就這樣停在最難懂的地方／而牆該為著護衛，
還是／　　為著囚禁？／／很久很久／即因這樣的一頁／我不敢翻
過」。[14] 如〈沒有名字的碑石〉：「望我遠方遠方的雲雲灰茫／望我遠
方遠方的路路盡處」，[15] 同樣沒有出口，無法自由穿梭。如〈站著〉：
「我昨天看到的那個人今天還站在那裏／我前天看到的那個人今天還
站在那裏」，[16] 不動的人佔據著空間，卻無法創造新的空間。

11　林煥彰：〈十五・月蝕〉，《斑鳩與陷阱》，臺北市：田園出版社，1969，頁76-77。

12　林煥彰：〈月方方〉，《牧雲初集》，頁25-26。

13　林煥彰：〈月光光〉，《斑鳩與陷阱》，頁90-91。

14　林煥彰：〈讀牆〉，《斑鳩與陷阱》，頁27-29。

15　林煥彰：〈沒有名字的碑石〉，《歷程》，臺北市：林白出版社，1972，頁63-64。

16　林煥彰：〈站著〉，《歷程》，頁65-66。

這是林煥彰被現代主義制約的時代，活潑潑的生命力有可能被遏制，鬆散的口語有可能被刪削，現代主義的利與弊，都可以在林煥彰的詩中找到例證。就像007公事包，遮掩了瑣碎髒亂，鎖藏了善惡真偽，鮮活的生命納入規格化，人生萬象歸檔於固定的表達形式，瑕瑜不掩而功過互見。二十世紀六〇年代，經濟上積極追逐現代化，公務人員、企業人士，甚至於教師、學生，手中不離制服一般的007公事包，詩學表現上一窩蜂標新立異，唯現代主義為尚，林煥彰無可避免地在這潮浪中載浮載沉，成為詩壇的公務員。

第三節　臺灣包巾標誌

創辦「龍族詩社」（1971-1976），在林煥彰寫作生涯中是一個關鍵時刻，「我們敲我們自己的鑼，打我們自己的鼓，舞我們自己的龍」，[17]是龍族詩社最主要的訴求，現實臺灣（當時使用的詞彙仍然是中國）則是龍族詩社最關注的客體。第二時期的林煥彰，從「龍族詩社」創辦開始，此時林煥彰已將心力放在兒童詩寫作上，但也出版了《公路邊的樹》、《現實的告白》、《無心論》、《孤獨的時刻》、《愛情的流派及其他》等五冊詩集，同時臺灣詩壇後現代主義悄悄興起，邊陲的聲音如原住民文學、眷村文學、兒童文學、同志文學、母語文學……逐漸受到文壇重視，眾聲喧嘩而交響，林煥彰終於放心扯開自己的喉嚨，發出自己的聲音。

青年學者在研究《龍族詩刊》時曾言：林煥彰是龍族詩社同仁中最年長的一位，他的詩作風格在六〇年代末已經穩固。就整個臺灣現代詩發展來看，以「白話」入詩這樣的理念，能夠在現代詩壇成為一

17　《龍族詩刊》創刊號，1971年3月，封面。

種獨特而被接受的風格，林煥彰是其中關鍵性的人物。[18] 進而評論他的詩作譬喻極少、形容詞極少、修飾的詞彙極少，[19] 大約就是這個階段林煥彰的風格特徵，一方面顯現林煥彰「口語」、「簡單」的本性，另一方面卻也透露林煥彰現代詩中的童詩本質。這是繼前一時期轉益多師之後，邁步走出來的專屬林煥彰的庶民、口語、生活三結合的作品。因此，這一節特別選用足以代表臺灣本土風味的客家包巾作為林煥彰的標誌。[20]

客家包巾是庶民生活的必備品，可以繫在斗笠上增強防曬作用，相對的兩角打結可以包紮禮品、雜物，手提、手挽或繫在腰際均可，時至今日還可變成圍巾、領帶、髮箍代用品，結合時尚以應生活萬變，不因時代變遷而消失於日常生活中，如此宜古宜今、宜男宜女的行旅用物，正適合林煥彰詩中的空間設計，平民化而又可任意穿梭。

首部詩集《公路邊的樹》，寫於《龍族詩刊》正常出版之日，明寫

---

18 蔡明諺：《龍族詩刊研究——兼論七○年代臺灣現代詩論戰》，新竹市：清華大學中國文學系碩士論文，2002（初版），2004（威力加強版），頁38。

19 同前注，頁55。

20 取自 http://tw.myblog.yahoo.com/play-hualien/article?mid=8644（2011年4月12日擷取）

樹，暗寫人，在人與樹之間來回轉化，訴求共通的苦境，以〈朋友〉
為例：

> 朋友，一個／比一個／瘦。又一個／比一個／疏／遠／
> 我們／站在路的兩邊／只是觀望／只是對峙／不相往來／
> 沒有言語；／靜默的世界／孤寂的心靈／有什麼比這／更可
> 怕？／
> 睜開眼，所能看見的／朋友，一個／比一個／疏／遠，一個／
> 比一個／消／瘦 [21]

文句精悍短小，在空間上，顯示樹與人的／疏／遠／消／瘦。公路邊
的樹即使有朋友，卻是靜默的世界，孤寂的心靈；行道樹分站路的兩
旁，樹與樹間卻是一個不能「穿梭」的空間。林煥彰自言：「作為一
個『人』，在某種情境上，是與公路邊的樹的生存條件有著無可奈何
的極為相似之處。」[22] 對照第一時期的霧與月的空間穿梭，此一階段
的樹是靜默、孤寂，無法在任一空間裡往復遊走。

　　《公路邊的樹》發表在《龍族詩刊》七、八兩期，同為龍族詩社
同仁的施善繼在介紹這冊詩集時，即指出這種口語運用的自覺：「以
最鮮活的口語創作，將會造成詩的新出路與新發展，特別是這樣的態
度，實是詩人們湮滅了許久而現出供狀的一份『自覺』。」（原載《龍
族詩刊》十三期，1974年12月12日）[23] 前輩詩人郭楓（郭少鳴，
1933-）則在另一冊詩集《現實的告白》強調：「用平易淺近的句子寫
詩，這是以真面目與人相見。既不化妝，也無掩飾，這是對創作藝術

---

21 林煥彰：〈朋友〉，《公路邊的樹》，臺北市：布穀出版社，1983，頁16-19。

22 林煥彰：〈我所關心的──《公路邊的樹》出版感言〉，《公路邊的樹》，頁57-58。

23 施善繼：〈談林煥彰──平樸的里程碑《公路邊的樹》〉，《公路邊的樹》，頁4-5。

的挑戰，也是對詩人寫作功力的考驗！嚴格的說，字句淺近的詩最難寫，前人有謂：『古體詩易寫而難工，近體詩難寫而易工。』正是這種道理。」[24] 這一時期的林煥彰作品，語言與童詩相近，不離「淡、白、質」三個字，甚至於可以加上副詞「極」，極淡、極白、極質——可以視為對當時艱澀、繁複的現代詩的一種顛覆或解構。

如此看來，童詩的「淺語藝術」影響林煥彰的現代詩寫作，或者說：現代詩的「淡、白、質」反向影響童詩的發展，就語言來說，語言趨向一致。但就內容而論，童詩所導向的是正面的童趣與歡意，但這一時期的林煥彰詩作則在人生的孤獨與現實的艱困中掙扎，童詩與新詩之間形成互補作用，或許也促使林煥彰多寫童詩以維持現實與心靈之平衡，新詩創作上則以停歇狀況，留存省思空間。

《現實的告白》全書寫事而不寫境，比不能穿梭的空間還要可悲，彷彿在訴說生活空間被壓縮，甚至於被追殺的的窘境：「我的背後仍然響著：／他們嘶聲吶喊的聲音，／穿越擁擠的地下道，／響尾蛇一般的，跟蹤我」。[25] 整部詩集幾乎沒有空間可以探索，暗示邊緣人物貧無立錐之處，生活裡沒有喘息的餘地。

《孤獨的時刻》是小詩集，只有三十二首詩，但有不同版本的英、泰、韓譯文，選擇此書譯為外文，因為孤獨是人類共同的心境，此書的空間設計，為呼應「孤獨」感，空間極為狹窄且有窮盡之處，如〈路的盡處〉：「路，一直往前走／它的盡處，是我／遠望而凝視的孤獨。」[26] 如〈一隻瘦蟬〉：「蟬聲叫我一直沿著修長的椰子樹幹往上

---

24 郭楓：〈在生活中扎根——從林煥彰談新詩路向〉，林煥彰，《現實的告白》，臺北市：布穀出版社，1985，頁4-10。

25 林煥彰：〈小販叫賣的聲音〉，《現實的告白》，頁50-51。

26 林煥彰：〈路的盡處〉，《孤獨的時刻》，臺北市：蘭亭出版社，1988，頁8。

爬／日正當中」。[27] 或者像鏡子，成為禁錮的空間。[28] 而穿梭的快意只剩下門內門外進進出出的〈門〉。[29]

「詩是受傷的鳥兒，還要帶箭飛行。」[30] 第二時期的空間無法穿梭，林煥彰竟是帶箭飛行！

第四節　個性帆布包形象

本節為林煥彰第三時期詩作的空間討論，以最新的三冊詩集為範疇。這三冊詩集分別是《翅膀的煩惱》（臺北市：爾雅出版社，2008）、《關於貓的詩：貓有不理你的美》（臺北市：秀威資訊科技公司，2011）、《關於貓的詩：貓有好玩的權利》（臺北市：秀威資訊科技公司，2011），都是二十一世紀的作品，進入新世紀之後，林煥彰的詩集雖然仍以孤獨、煩惱命名，但空間應用極為開闊。

一則因為經濟生活改善，臺灣在上世紀八○年代之後，城鄉差距拉近，貧富懸殊仍大，但林煥彰早已從勞工階層躍昇為白領階級，子女成長後各自開闢自己的生活天地，林煥彰得以自由穿梭於南港、汐止、臺北市、九份不同風貌的城鄉之間。二則因為主編泰國、印尼《世界日報‧副刊》，東南亞作家之人脈關係穩定發展，公務私情得以自由穿梭於亞洲各國，生活空間不再拘限於臺北市城市邊緣，視野不同，眼界開發，詩中可用空間自然豐富而生動。

三是既經歷當代常民生活，也通過現代主義洗禮，既以常人之眼寫作新詩，又以赤子之心寫作童詩，仿若冷暖體驗、悲喜沖刷，林煥

---

27 林煥彰：〈一隻瘦蟬〉，《孤獨的時刻》，頁60。

28 林煥彰：〈鏡子說〉，《孤獨的時刻》，頁36。

29 林煥彰：〈門〉，《孤獨的時刻》，頁10。

30 林煥彰：〈詩的隨想〉，《愛情的流派及其他》，臺北市：石頭出版公司，1991，頁14。

彰的寫作技巧終能揮灑自如。四是不同藝術的開發，速描、水彩、顏料的隨機應用，「玩詩合作社」青年詩人裝置藝術的激盪，撕紙畫的隨興佳作，林煥彰深切體認藝術創作放膽、放心的效能，遊走於不同的生活空間，出入於截然相異的藝術門類，林煥彰新世紀的作品穿門過戶，一無阻攔。

> 雪，不一定要堅持潔白／給誰看。枯枝、雜草、泥沙／同樣可以成為親暱的朋友／彼此赤裸，彼此交心 [31]

這是林煥彰在羅德島第一次看到雪，眼界大開，我與雪、枯枝、雜草、泥沙同在一個開闊的空間裡，可以彼此赤裸、交心，而且不一定要堅持潔白，心靈的世界從此打開，穿梭、飛越，無所不能，物與我可以如此交融、合一。

　　人與動物更能親暱、貼近，「我是貓」林煥彰自況為貓，以詩以畫展出博物之愛，他說：「貓有不理你的美／也有　懶得理你的權利。」 [32] 「不理你」是一種自在，拋除禮俗、教化，拋除物種限制，體認到這種權利、也體認到這種美，空間的穿梭自然一無限制，有如個性化的背包， [33] 可以任意裝添自己喜愛的物品，可以隨內在物品而脹縮，可以隨興之所至，背起就走，林煥彰的人、詩與空間，呈現這樣的美。

---

31 林煥彰：〈在羅德島的第一個早晨〉，《翅膀的煩惱》，臺北市：爾雅出版社，2008，頁14-16。

32 林煥彰：〈我是貓（一）〉，《關於貓的詩：貓有不理你的美》，臺北市：秀威資訊科技公司，2011，頁8。

33 取自http://luxury.china.com/zh_cn/aristocrat/11060855/20080201/14652295_3.html （2011年4月12日擷取）

第五節　結語：庶民詩學的遊戲龍

　　林煥彰以一個城鄉邊緣的背包客，穿梭於於常民生活的艱困中，歷經現代主義的衝擊，不捨眾生的苦難，而能以《葡萄園》的明朗，《笠》詩刊的鄉土感情，《龍族》詩社對臺灣現實的無盡關心，相互貫通，低學歷而高成就，為臺灣、華文世界，建立起庶民詩學的完整信心，六十年來一貫保持嬉戲快樂的心境，穿梭於新詩、童詩、繪畫、設計的國度，穿梭於臺灣、香港、中國、亞洲各地，穿梭於現實的困頓與想像的美好，八方通達，優遊自在，有如一尾上天入地、嬉遊不疲的「龍族」的遊戲龍。

　　二十世紀六〇年代的林煥彰，有如一張白紙、一塊海綿，吸納各種寫詩的經驗，創造出第一階段的穿梭想望，那是屬於雲霧、屬於天地的遼闊空間，卻以制式的規格加以包裹，007公事包中可以感受到野性的衝撞與馴服。進入職場現實後，體會到生活的殘酷，林煥彰自覺到空間的壓縮，自覺於語言「淡、白、質」的可貴，隨手一塊四角包巾，可以包古包今、包天包地，是他最佳的標誌。進入新世紀之後，山還是山，水還是水，空間的穿梭者不必欣羨大自然的雲和月，更不必賤視自己有如塵與土，「我」就是空間快意的穿梭者，林煥彰自此煥發、彰揚，擁有自己的「乾坤」。

參考文獻

一　林煥彰詩集（依出版序）

林煥彰　《牧雲初集》　豐原　笠詩社　1967

林煥彰　《斑鳩與陷阱》　臺北市　田園出版社　1969

林煥彰　《歷程》　臺北市　林白出版社　1972

林煥彰　《公路邊的樹》　臺北市　布穀出版社　1983

林煥彰　《現實的告白》　臺北市　布穀出版社　1985

林煥彰　《孤獨的時刻》　臺北市　蘭亭出版社　1988

林煥彰　《愛情的流派及其他》　臺北市　石頭出版公司　1991

林煥彰　《翅膀的煩惱》　臺北市　爾雅出版社　2008

林煥彰　《關於貓的詩：貓有不理你的美》　臺北市　秀威資訊科技公司　2011

二　引用書目、篇目（依作者姓氏筆劃序）

紀弦、瘂弦、張默等編　《八十年代詩選》　臺北市　濂美出版社發行　1979

陳春玉　《林煥彰童詩研究》　臺東縣　臺東師範學院兒童文學研究所碩士論文　2002

郭　楓　〈在生活中扎根──從林煥彰談新詩路向〉　林煥彰　《現實的告白》　臺北市　布穀出版社　1985　頁4-10

蔡明諺　《龍族詩刊研究──兼論七〇年代臺灣現代詩論戰》　新竹市　清華大學中國文學系碩士論文　2002初版　2004威力加強版

嚴程瑩、李啟斌　《西方戲劇文學的話語策略：從現代派戲劇到後現代派戲劇》　昆明市　雲南大學出版社　2009

第十章

結論：

空間文化學的深度觀察

　　空間的相對詞是「時間」，「空間」的意涵非常具體，小至一個玩具盒、汽水瓶，人的身體、臟器，可以擴及到廚房、屋子、庭院、花園，甚至於充滿政治意涵的地方、城鄉、家國、山河、星球、宇宙，都是人類身體與思想活動的空間。李白在酒甕、池水、月色裡高歌，杜甫則在河嶽之間、茅屋底下吟詠，想到李白與杜甫，讀者的心中會想起不同的畫面，那畫面就是李杜詩意所寄託的空間。

　　詩意空間的研究，可以看出詩人習慣的養成、生存背景的差異、民族習俗的約定俗成。城裡的人會注意高樓的陰影、陽臺的寫意、舞臺的布置、房車的舒適，鄉間的人會注意麥穗如何由青轉黃、麥子如何墜入田園、燕子如何結巢、鷹隼如何翔空，即使互換生存的空間，也是將目前所居住的環境拿來對應昔日生活的空間。這樣的空間研究，其實可以深入個人靈魂的隱蔽處、隱匿處、隱密處，從詩中不自覺詳述的空間可以索隱觀秘，窺幽探玄，深入於現象學、心理學的領域而優游自如。因此，空間學的研究，從具體的實物、實境，可以進入想像的天地、虛擬的幻境、心靈的廣遠與深邃處，因而成為迷人的顯學。

　　本書的論述，大抵秉持這樣的途徑（十分具體，可循），從而進入詩人心靈世界的堂奧（想像，幻變，神秘）。

一　時間與空間的生命交叉場域

　　相對於空間的詞是「時間」，空間具體可見、可聞、可說，有著多樣的型態與色彩；時間卻十分抽象，勉強以分分秒秒去計數，以日月季年、春夏秋冬去刻畫，但未足以含括、籠絡時間的真貌、時間的本質，所以時間是「抽象」的，我們看不到時間本身，我們看到的是時間所帶來的變化，如四季的不同、日夜的差異、陽光照耀角度的轉移，我們看到的是人類為時間所做的刻度、量度，終究不是「時間」自身。

　　從一個常識性的認知，我們或許可以從「空間」去認知「時間」，那就是物體之所謂「動」，是指在不同時間而佔有不同空間謂之「動」，不同時間而有相同空間謂之「靜」。所以，線性的「時間」其實可以切割為許多細密的「空間」，這一「空間」的變動，可以連串而成為「時間」。以電影的放映來說明，電影是一張張膠片快速轉動，在腦海中的視覺暫留而形成，一個簡單的動作切割成無數個微動作，放置在連續的膠片中，以每秒二十四張的速度播放，就會有「動」的感覺，也就是每張膠片所顯現的就是一個不動的「空間」，連續播放的成果就是流動的「時間」。古代名家惠施（約西元前370-310年）所說的「飛鳥之景，未嘗動也，鏃矢之疾而有不行不止之時。」（《莊子・天下》），西洋古希臘哲學家芝諾（Zeno of Elea，約西元前490-435年）所提出的「芝諾悖論」之一「飛矢不動」，其實都可以視為：時間是可以用「空間的快速改變」來認知。

　　因此，詩文學所傳達的無非是：時間＋空間＋人間，人間的情意互動、恩怨變遷、意志行使、思想改造，是詩文學的內涵，而時間＋空間則是這些活動的背景，如果時間真可以切割為無數綿密的空間，則空間的書寫在時間與空間的生命交叉場域中，就成為重要的觀察對象。

二 空間所觀察的空間文化學理

《空間新詩學》所觀察的詩人，集中在前行代男性詩人，包括商禽、瘂弦、張默、林亨泰、王鼎鈞、金庸、隱地、林煥彰諸人，如果再加上《後現代新詩美學》裡的周夢蝶、余光中、管管，自然形成一個特定性別、特定年齡層、特定文類的專一觀察，他們幾乎是跨越世紀、跨越海峽、跨越統治集團，隸屬於差異性極大、轉易不同空間的一群詩人。我們或許無法歸納其同，卻可以見出其異，這樣的空間觀察，或許將會逐漸形成特異的空間文化學。

新詩空間文化學，會是甚麼樣的面貌，本書只是發軔初階，結論章節不做斷語，相信未來的時間裡會有更多的關注，切割得更細密的空間及其所蘊含的深意，終將逐漸浮現，詩人的內心世界更將清澈，甚至於還可繼續擴充到古典詩人的空間探究，推深文化學的學理。

附錄

蕭蕭評論書目（一九七七年四月至二○一七年六月）

1.鏡中鏡

　臺北市　幼獅文化公司　1977年4月　ISBN無

2.燈下燈

　臺北市　東大圖書公司　1980年4月　ISBN 9571907138

3.現代詩入門

　臺北市　故鄉出版社　1982年2月　ISBN無

4.現代詩學

　臺北市東大圖書公司1987年4月　ISBN 9789571928333

5.青少年詩話

　臺北市　爾雅出版社　1989年1月　ISBN 9576394414

6.現代詩縱橫觀

　臺北市　文史哲出版社　1991年6月　ISBN 9789575470524

7.現代詩創作演練

　臺北市　爾雅出版社　1991年7月　ISBN 9576390354

8.從鍾嶸詩品到司空詩品

　臺北市　文史哲出版社　1993年2月　ISBN 9575471938

9.現代詩廊廡

　彰化縣　彰化縣立文化中心　1993年6月　ISBN 957002674X

10.青紅皂白──中國古典詩中的色彩

　臺北市　新自然主義　1994年1月　ISBN 9576963591

11.雲端之美‧人間之真

　　臺北市　駱駝出版社　1997年3月　ISBN 957954915X

12.現代詩遊戲

　　臺北市　爾雅出版社　1997年11月　ISBN 9576392357

13.詩從趣味始

　　臺北市　幼獅文化公司　1998年7月　ISBN 9575740254

14.現代詩縱橫觀

　　臺北市　文史哲出版社　2000年6月　ISBN 9575470524

15.臺灣新詩美學

　　臺北市　爾雅出版社　2004年2月　ISBN 9789576393785

16.新詩體操十四招

　　臺北市　二魚文化公司　2005年5月　ISBN 98672370702

17.現代詩學

　　臺北市　東大圖書公司　2006年4月　ISBN 957192833X

18.老子的樂活哲學

　　臺北市　圓神出版社　2006年11月　ISBN 9861331700

19.土地哲學與彰化詩學

　　臺中市　晨星出版社　2007年7月　ISBN 9789861771373

20.現代新詩美學

　　臺北市　爾雅出版社　2007年7月　ISBN 9789576394508

21.蕭蕭教你寫詩、為你解詩

　　臺北市　九歌出版社　2010年6月　ISBN 9789574446902

22.後現代新詩美學

　　臺北市　爾雅出版社　2012年2月　ISBN 9789576395352

23.我夢周公周公夢蝶

　　臺北市　萬卷樓圖書公司　2013年11月　ISBN 9789577398215

24.空間新詩學

　　臺北市　萬卷樓圖書公司　2017年6月　ISBN 9789864780907

25.物質新詩學

　　臺北市　萬卷樓圖書公司　2017年6月　ISBN 9789864780914

26.心靈新詩學

　　臺北市　萬卷樓圖書公司　2017年6月　ISBN 9789864780921

文學研究叢書・現代詩學叢刊 0807013

空間新詩學——新詩學三重奏之一

作　　者　蕭　蕭
責任編輯　邱詩倫
特約校稿　林秋芬

發 行 人　林慶彰
總 經 理　梁錦興
總 編 輯　張晏瑞
編 輯 所　萬卷樓圖書股份有限公司
　　　　　臺北市羅斯福路二段 41 號 6 樓之 3
　　　　　電話 (02)23216565
　　　　　傳真 (02)23218698

發　　行　萬卷樓圖書股份有限公司
　　　　　臺北市羅斯福路二段 41 號 6 樓之 3
　　　　　電話 (02)23216565
　　　　　傳真 (02)23218698
　　　　　電郵 SERVICE@WANJUAN.COM.TW

ISBN 978-986-478-090-7

2018 年 12 月初版二刷
2017 年 6 月初版
定價：新臺幣 360 元

如何購買本書：

1. 劃撥購書，請透過以下郵政劃撥帳號：
　　帳號：15624015
　　戶名：萬卷樓圖書股份有限公司
2. 轉帳購書，請透過以下帳戶
　　合作金庫銀行　古亭分行
　　戶名：萬卷樓圖書股份有限公司
　　帳號：0877717092596
3. 網路購書，請透過萬卷樓網站
　　網址　WWW.WANJUAN.COM.TW

大量購書，請直接聯繫我們，將有專人為
您服務。客服：(02)23216565 分機 610

如有缺頁、破損或裝訂錯誤，請寄回更換
版權所有・翻印必究
Copyright©2018 by WanJuanLou Books CO., Ltd.
All Rights Reserved　　　**Printed in Taiwan**

國家圖書館出版品預行編目資料

空間新詩學——新詩學三重奏之一 / 蕭蕭著.
-- 初版. -- 臺北市：萬卷樓, 2017.06
面；公分. -

ISBN 978-986-478-090-7(平裝)
1.新詩　2.詩評
820.9108　　　　　　　　　　106008516